For those of you who haven't met yet

まだ出会っていないあなたへ

柾木政宗

講談社

目次

プロローグ　4
第一章　7
第二章　87
第三章　187
第四章　279
第五章　337
インタールード　351
エピローグ　366

装幀　西村弘美
装画　げみ

瀛州(えいしゅう)は済州島(さいしゅうとう)のことで、老人星(ろうじんせい)はアルゴ座の一部、龍骨座(りゅうこつざ)の一等星カノープスの中国名である。日本の緯度では、一月、二月の頃、南の地平線に僅(わず)か現れてすぐ沈むし、東京では高度漸(ようや)く二度に過ぎないので、天文ファンの憧(あこが)れになっている。

さて、カノープスが見える見えないの興味は、星そのものにもあるのは無論だが、同時に初めに書いたように、これが中国で南極老人星、老人星、時に寿星(じゅせい)として重んぜられて来た興味も手伝っている。これは、昔の洛陽長安(らくようちょうあん)の緯度でも、南極の名が示しているように、この星が毎年僅かの間南天低く現れて、すぐ沈み、人の目を捉(とら)えることが稀(まれ)だった事実から来ている。

野尻抱影(のじりほうえい)『星と伝説』中央公論新社

プロローグ

都会では星が見えない。

ここは新宿駅。山手線のホームで、列のいちばん前に立ち電車を待つ間、目黒大地は黒い空を見上げた。日暮里まで行き常磐線に乗り換えて、南千住にある自宅まで帰るところだった。

屋根があるため、一面の空とはいかない。そのうえ屋根の間からのぞく空は真っ暗だった。令和の空は暗いのだと、間違った思い込みをしてしまう。

もうずいぶんと星を見ていない。こうして空を眺めるのもいつぶりか。

今の時期なら、秋の四辺形を作るペガスス座やアンドロメダ座、それにカシオペヤ座、みずがめ座、などが夜空を彩る。

大地は学生時代、天文部に所属していた。いくつかでも星が見えれば、見えない星にも繋いで頭の中に秋の星座を描けるのに、こうも真っ暗な曇り空では難しい。

学内で設けている就活サイトの特集に協力してほしいと、大地が卒業した大学に行き、学生支援課から取材を受けた、その帰りだった。

気が付けば四十歳になった。自分では昔と変わっていないつもりだったが、かつて通ったキャンパスに立ち入って多くの学生を目にしたら、年を取ったなと感じた。

今日は一人息子の流星の誕生日だった。

家族の誕生日は、全員で食卓を囲むことにしている。早く帰ってくるようにと、妻の紗理奈からラインが来ていた。ただ流星は中学生になり、あまり乗り気ではないようだ。

見えない星に思いを馳(は)せながら、視線を戻した。

向かいに見えるホームも、帰宅途中のサラリーマンでにぎわっている。

電車を待つ人が持つスマホ。ホームの電灯に電光掲示板。奥に見えるビルのネオン。

街を彩る光はどれもきれいだが、それゆえに本当にたいせつな光を見逃してしまいそうでもある。だがどの輝きも、誰かにとってはたいせつな光なのだろう。

それを見ながら、頭の中で星座を描いていた。

——あれはくちょう座。あれはとけい座。

いつまでも子どもみたいなことをしている。

自分一人だけが子どものままだ。人は誰も、心のどこかでそう思いながら、大人という曖昧(あいまい)で長い時期を過ごすのかもしれない。

星座を探して目線を変えていたら、その中に、知っている顔があった。

——今日面接をした、水岡(みずおか)さん？

向かいのホーム、列のいちばん前に並ぶ色白でスーツ姿の男性は、今日採用面接をした男性のように見えた。うつむきかげんで、線路に目を落としている。

「まもなく、十四番線に電車がまいります」

男性がいるホームに、電車が来る旨のアナウンスが流れる。

ゴゴゴと遠くから音が響いてくる。視線を横にずらすと、電車がやってきた。

今まさにホームに電車が入ってくる、そのときだった。

男性が一歩前に出た。

青ざめた顔で祈るように両手を組み、肩をすくめ小さくなっている。そして——

勢いよく、線路に向かって飛び降りた。

うわーと、誰かの叫び声がする。だがすぐにガチャンガチャンと、線路が放つ鈍い金属音にかき消えた。

非常停止ベルの音がジリリと鳴る。駅員があわただしく走り回り出した。

「ただ今当駅で、事故が——」

緊張した口調で、電車の運行を止めるアナウンスが流れる。

水岡が面接時にいっていた言葉を思い出した。

——前向きに働きます。

たどたどしくも、一生懸命話していた。

それでは何で、そんなことを——

鉄臭い、生臭いにおいが鼻をくすぐった気がした。

第一章

パートⅠ　星の繋ぎ方

Ⅰ－1

1

その六時間前。

大地は部下の八重樫桜とともに来客用会議室に入り、ガチャリと後ろ手にドアを閉じたところだった。二十人は入る広さの会議室に、一人ぽつんと男性が座っている。

テーブルについていた男性――本日の面接者である水岡純――が、緊張した様子で立ち上がり頭を下げる。真面目でおとなしそうな印象だ。

株式会社アディショナルは主に飲料や冷凍食品を扱う、中堅どころの規模の会社である。

大地は人事部で、主に中途採用業務を担当している。

隣にいる八重樫は入社二年目で、大地の下で人事の仕事を見て回っていた。

「それでは水岡さん、お願いします。アディショナルの人事部人事課長を務めている、目黒大地と申します」

「同じく人事部の、八重樫桜と申します」

頭を下げられた水岡は、恭しくお辞儀をした。年齢は三十二歳だそうだ。

「水岡純です。よろしくお願いします」

互いに挨拶(あいさつ)をし、面接が始まった。

採用活動は会社にとって重要なミッションの一つである。

大地は加点方式で採用の可否を決定する。面接は大体そういうものだが、極端にそのスタンスで臨む方が大地には合っていた。単純な話、長所を見つけようと臨む方が、気分が乗って面接にいいリズムが生まれるのだ。

水岡は緊張もあるのかやや元気が足りないが、経歴をわかりやすく話し始めた。別業界での経験も、アディショナルにいい風をもたらせそうに感じた。

面接をしてみたら、冷やかしとしか思えないほどやる気がない応募者もいる。その点も問題はなさそうだった。

ただ大地が引っかかったのは、「自身の強みは何ですか」という質問に対し「粘(ねば)り強(づよ)いところです」、「これまでのキャリアで印象に残った成功体験は何ですか」という質問には「売り上げ記録を更新したところです」と、回答がやや薄いところだった。もう一言、というところで話が途切れてしまう。会話のキャッチボールが物足りなく感じる。

もう一つ質問をしてみた。

「弊社に対してどんな印象をお持ちですか?」

水岡は「はい」と小さくうなずき、答え始めた。

「おいしさと安全性を兼ね備えた商品を次々に発売されているので、消費者を飽きさせない会社だと思います。テレビでCMをよく見るので、親しみやすいイメージもあります」

「ありがとうございます」と答えると、手元のメモに小さく円を書いた。丸ではなく、プラスマイナスゼロの○だった。減点にはならないが加点にもならない。多くの応募者の回答と似ていて、水岡ならではの返答がなかった。やはりここでも、物足りなさを感じてしまった。

三十分ほどの面接が終わり、水岡をエレベーターまで見送った。

「ぜひこの会社で働きたく考えております。よろしくお願いいたします！」

エレベーターに乗り、左右からドアが閉まる間、水岡は頭を下げ続けていた。

「どうだった、今日の水岡さんは」

面接後、隣のデスクの八重樫に訊いてみた。まだ同席経験が浅い八重樫には、毎回面接の後に、率直な感想を話してもらうようにしている。

「そうですね……」と、八重樫は長い黒髪を耳にかけると、椅子を転がして履歴書に手を伸ばした。届かなかったので、大地が手にとって渡す。

「ありがとうございます」と履歴書を手に、八重樫は考え込み始めた。まだ顔立ちは幼いが、毎日一生懸命、仕事に取り組んでいる。

「真面目な人柄で緊張されていたので、緊張が解けた状態での話も伺ってみたいです。もう一度お会いしてみてもいいのでは。ちなみにこの方、目黒さんが一度会ってみたいということだったので、書類を通しました」

書類の書き方で損をしている応募者は多い。いちばん多いのは、アピールできるキャリアがあるのに、書き方が淡泊で強みが伝わらないケースなどだ。水岡もそのケースかと思い、大地も書類を通したのだった。

客観的な判断は難しい。結果を出すに当たっては、八重樫と徹底的に話し込んで、いろいろな視点から考慮して最終的に判断を下す。

応募者からしても、職探し中に出会った適当な一社にすぎないかもしれない。だからこそ、慎重になる必要があった。効果的に思いを伝えるテクニックというものはある。だがそれに勝る、愚直で真摯(しんし)な思いもありうるのだ。

水岡を次の面接に通すか。

八重樫との議論がしばらく続いた。議論になる際は、スキル面と人間性の面の双方から考慮し、どうするか結論が分かれることが多い。

不思議なもので、大地と八重樫がどちらの面を重視するかは、面接をした人物によって変わる。面接官との相性といった要素もゼロではないのだろう。

話し合った末に、今回の結論を出した。

「うーん。俺的にはスキル面であと一歩、アピールがほしかったかな。大勢の応募者に埋もれないような強みを見せてほしかったけど、面接からは伝わらなかった。残念だけど、今回はお断りにしよう」

「そうですか……。わかりました」

八重樫は不満げだった。もちろん、応募者によっては立場が逆になることもある。

「八重樫さんは明日お休みだよね。俺がメール送っておくよ」

面接後すぐに結論が出ることも多いのだが、あまり早いと門前払いのような印象となって心証が悪い。選考落ちを知らせるメールは、翌日以降に送ることにしていた。

「はい、お願いします。それにしてもあの方がカバンのチャックに付けていた砂時計のキーホルダー、少し場違いでしたがかわいかったですね」

「そんなの付けていた？」

「見ませんでした？　平たい石に、砂時計があしらわれたものです。面接だからか隠していましたが、カバンを開けて書類をしまうときに見えましたよ」

「キーホルダー、か……」

小さく息を吐(は)いた。面接という短い時間の間に、社会人としてのキャリアや面接用に準備された回答とは無関係の、ちょっとした相手の人間性を垣間見(かいまみ)ることがある。

そういう相手を落とすのは忍びないが、仕方のないことだった。


夕方、メールの返信をしていた大地だったが、「あっ」と声をあげた。

「どうしました？」

ペットボトルの紅茶を飲みながら、八重樫が不思議そうに振り向く。

紅茶はアディショナルの商品『宵待紅茶』だった。最近リニューアルされて、ますます香り高さを楽しめるようになった。清涼感と芳醇(ほうじゅん)な香りで、リフレッシュにぴったりな人気商品である。八重樫はアディショナルの商品が好きで入社しており、商品知識が豊富だ。いずれはそれを生かして、別部署へ異動することもありうるだろう。

大地は頭に手を当てていった。

「今日面接した水岡さんに、間違えてお断りのメールを送ってしまった」

「早く結果を知りたい方もいるでしょうし」と、八重樫のフォローが入る。

「こういうミス、よくないから減らさないとなあ」

大地は気分転換に目薬を注した。

社会では日々、大小さまざまな日常が連なる。

誰もがその中を力強く泳ぎ、だが時には翻弄され、運命を自身で握ろうとしている。

2

星のない空の下。喧騒にまみれたホームで、呆然と立ち尽くしていた。

カバンの取っ手を握った手が、どんどんと汗ばんでくる。カバンには大地がこれまで働いてきた歴史が刻まれている。今までにない感情がそこに染み込んでいく気がした。背中を汗が伝い、口が乾く。

運転再開に時間がかかる旨のアナウンスが流れ、大勢の人がいっせいにホームを後にしている。階段は大混雑だ。

止まった電車の窓ガラス越しに、大混乱している向かいのホームが見えた。

飛び込みの瞬間を見たのか、倒れ込んでしまい介抱されている女性。急ぎの予定でもあったのか、何度も腕時計を目にしてはいらついているサラリーマン。

この数分で、頭に絡みついた思考があった。

――もし今日の面接を通過していたら、あの人は死なずに済んだのだろうか。

もし大地が面接を通していたら。

通しはしなくても、不採用メールを送るのが通常業務通りに明日だったら。

遠くで救急車のサイレンが聞こえてきた。

我に返りきびすを返し、都営新宿線へ向かった。

だが混雑に巻き込まれなかなか進まない。

人混みが億劫になり、タクシーで帰ることにした。しかし乗り場に着くとこちらも混雑している。かえって帰宅に時間がかかる方法を選んでしまったようだ。

今朝、『今日は早く帰る』と流星にラインを送ったが、『了解』とスタンプが返ってくるだけだった。そっけない返事とは裏腹に、大地の知らないキャラクターのアイコンは笑顔を見せていた。

寂しい気分を覚えた分、約束を守って早く帰ろうとしていたのに、結局嘘をつくことになってしまった。

タクシーの大行列に並びながら、自分に言い聞かせる。

――飛び込んだあの人は、今日面接をした相手ではないだろう。

そう思い込むことで自分を安心させた。

だが今度は、人の死を意図的に軽視しようとする罪悪感で胸がつかえた。

やるせない気分でタクシーを待つ間、紗理奈と流星にラインを送った。

「ごめん、事故で電車が動いていない。タクシーで帰る」

既読マークが付いた。返事はない。

少しは家族間コミュニケーションをと、半ば強引に作ったライングループだ。

だが紗理奈とは直接話すし流星は乗り気でないし、無難な家族関係が投稿の少なさで可視化されただけだった。

3

翌朝、朝食に目玉焼きを載せたトーストをかじっていたら、ニュースで昨夜の事故が報じられていた。

「JR山手線新宿駅で人身事故が発生しました。この影響で同線は内回りと外回りの全線で運転を見合わせ――」

結局電車に飛び込んだのは、昨日面接をした男性だったのだろうか。疑問に思うが、このまま知ることはないのだろう。

テーブルの向かいに座る制服姿の流星は、バターを塗ったトーストにかじりついている。中一の流星は育ち盛りで、どんどんと大地の身長に近づいている。

「もうすぐ中間テストか。勉強はやっているのか」

話しかけてみるが、「うん」とうなずくだけだ。何を考えているかわからない。

「昨日は悪かったな」

「大丈夫」

これが流星のいつもの口癖だ。何かとこの一言で、会話を切り上げようとする。

「今度またお祝いしよう」

流星は興味なさそうに、トーストを口に入れたまま「うん」とうなずいた。それから皿に載った目玉焼きにフォークを刺した。流星はトーストに目玉焼きを載せない派だ。

朝食を終えてスーツに着替えた。紗理奈がきちんと手入れをしてクリーニングにも出してくれるから、毎日違ったスーツとなり、爽やかな気分で袖を通すことができる。

今日は流星より先に、大地が家を出ることになりそうだ。

どっちが先かは、大地の仕事や流星の部活の事情次第だが、不思議と二人同時に家を出ることはない。おそらく流星がずらしているのだ。

カバンを持ち、「行ってきます」と、まだテーブルについている流星に声をかけた。

「いってらっしゃい」といってくれるものの、目は合わせてくれなかった。

一人で玄関を出て、ふと振り返った。

三十五年の住宅ローンを組んで買った二階建ての一軒家で、駐車場兼庭には、白いセレナが停まっている。家も車も慎重に検討した分、いい買い物ができたと思っている。

それなのに今朝は、三人で暮らす家がやけにこぢんまりとして見えた。

4

アディショナルは日本橋駅直結のオフィスビル内、十五階から十八階にある。

竣工十年、地上二十五階から東京の街を見下ろせる共用テラス、バリアフリー完備、オフィス用販売コーナーの充実。駅から直結という利便性。

立派なオフィスに毎日足を踏み入れていると、自分まで立派になったと勘違いすることもあれば、そう考える自分が空しくなるときもある。

オフィスに行くには、地下一階の一般客用レストランフロアにあるエスカレーターを上り、さらにオフィスフロア行きのエレベーターに乗る。毎朝エレベーターは大行列だ。

今日もエレベーターの列に並ぶと、目の前には見慣れた白髪頭があった。手にはスマホを持っており、数珠のストラップが付けられている。

「直江さん、おはようございます」

声をかけると直江は振り返り、いつものように柔和な笑みで「おー、おはよう」と大地を見上げた。直江は身長が低いので、いつも大地を見上げる形になる。

直江は大地の所属する人事部の部長を務めている。つまりは大地の直属の上司だ。

白髪頭に黒縁眼鏡が特徴で、いつも飄々としているが、鋭い観察眼を持った人事のスペシャリストだ。年齢は五十代半ばだが、いい意味で好々爺然としている。

直江が思い出したようにいった。

「昨日の新宿の事故大丈夫だった？　ニュースでもやっていたからさ。うちの長男も大学帰りにあおりくらって文句いってたよ」

「自分もくらいました。帰宅に二時間かかりましたよ」

その事故を起こした人物に、心当たりがあることは黙っていた。


午前は、週に一度の人事定例会議があった。

アディショナルの人事部は直江を筆頭に、大地や八重樫も含めて計八人いる。

一般的に人事系の業務担当者は、百人に一人の割合で必要といわれているので、通常よりやや少ないぐらいだろうか。八人が一堂に会して、各担当の業務について報告する。

順に説明をしていき、中途採用担当の大地の番になった。昨日面接をした水岡がお断りとなったため、依然採用活動を進めていくことを報告した。

大地の発表の後、社内人事担当から情報共有があった。

「人事連絡ですが、販売部の桜井さん、来月末で退職です。最終出社は来月中旬頃で、そこから先は有休消化となります。社内に案内を出すまでは内密にお願いします」

桜井という社員は、まだ入社して半年くらいだ。大地が面接をしたので覚えている。まだ若く活気に溢れていて、いい人材が来てくれたと満足していたのだが。

この会社が合わなかったのだろうか。

退職理由が何であれ、採用した側としてはいろいろ考えてしまう。


「よっ、目黒」

下に降りるためエレベーターを待っていたら、突然後ろから肩を叩かれた。

業務が立て込み遅い昼休憩となった。どこかで食べるかコンビニで買おうか、迷っているところだった。

振り返ると、そこにいたのは海江田悟（かいえださとる）だった。

「今から飯？　それなら一緒に食おうぜ」

海江田は白い歯を見せた。さわやかなルックスで、いつも笑顔を絶やさない。

営業部の海江田は、大地と同期入社だ。同期といっても何十人もいるのだが、海江田と大地は入社時研修で同じグループだったため近い仲となった。

各部署への正式配属前の発表では、グループでも個人でも二人ともいい成績を残し、二人で優秀賞を受賞している。

「ほらほら、腹減ったから飯だ飯」

エレベーターが開くと同時に、背中を押された。

二人は日本橋駅近くのお多幸（たこう）へ入った。古くからある有名なおでんやで、ごはんの上におでん出汁（だし）で煮込んだ豆腐を載せたとうめしが絶品だ。夜はもちろん、昼間も近隣に勤めるサラリーマンで大いににぎわう。

今日はすんなり席につけた。とうめし定食をかきこみながら、雑談に興じる。

「どうだ最近、人事課長は」

「いろいろ忙しいよ。数年前よりはだいぶましだけど」

「五年前くらいか。今あの頃みたいな忙しさだったら、体が保（も）たないな」

海江田は宙を向き、目を細めた。

たった五年間でと思うかもしれないが、確かに四十歳と三十五歳では体力に違いがあるような気がする。

　五年前、大地は入社して十年が経ち三十代半ばとなっていた。粘り強く仕事に取り組んできた成果がようやく出始め、それに伴い業務量も格段に増えていた時期だった。毎日朝から晩まで仕事に明け暮れていた記憶しかない。

　同じような状況だったのだろう。さすがの海江田も、当時は常に顔が疲れていた。

「あの頃はもう辞めちまおうとか思っていたけど、そこを乗り越えて今があるわけだ。目黒もだろ？　まあ俺も奇跡的にやっていけてるよ。いや、奇跡っていうと何もかも運任せみたいだから、奇跡をつかんだって言い方にしておこうか」

　海江田は、あははと上を向いて笑った。海江田は若くして、営業部の課長に就いている。いろいろ気苦労も重ねてきているだろう。

「よくいうよ、三十代前半で課長昇進のエリートが」

「それやめろ。泥臭くやってきてるんだ。長い間、仕事しかしてなかったからな」

　海江田は照れ笑いを浮かべた。

「それより海江田、日に焼けた？」

　実はエレベーターホールで会ったときから気になっていた。

「どうだろうな。この間、家族でキャンプに行ったから焼けたかも。秋キャンプも楽しいものだな」

　海江田は三年ほど前に結婚し、まだ幼稚園に行くか行かないかくらいの娘がいる。「大好きなパパ」として慕われているらしい。

浅黒い肌、太い腕、まっすぐな目から、前向きで順調な社会人生活が窺える。まもなく入社二十年を迎え、海江田はさらに上のポジションへ昇進していくだろう。研修で二人で優秀賞を取り、肩を組んで撮った写真が家のどこかにあるはずだ。あれからだいぶ時を経た。

まだ二十代の頃、いつかの飲みの帰りだった。年の近い独身男性社員数名が残ったとき、先輩のおごりでみんなで風俗に行こうとなったことがある。

海江田は「俺はそういうの苦手でさ」とさらっと断り、一人で帰っていった。風俗嬢の奉仕を受けながら、海江田に対して負けた気分になったのを覚えている。

こんなこともあった。

入社してまもない頃、大地と海江田二人だけで居酒屋で飲んだ帰り、目の前で中年の男性が突然倒れてしまった。すると海江田が咄嗟の判断で、心臓マッサージと人工呼吸の応急処置をして、男性は事なきを得たのだ。

「海江田、すごいな」と同期の行動を讃えながら、大地は心のどこかにトゲが刺さったような違和感を覚えていた。それが嫉妬だと気づき、せめてもの抵抗にと、こっそり大地も応急処置を学んだことを海江田は知らない。

女性社員から人気もあり、海江田は常に羨望の的である。

そんな海江田の結婚が少し遅かったのは、選択肢がありすぎたからではないか。多分に嫉妬混じりで、ひそかに大地はそう思っている。

海江田は昔から彼女の存在を話したがらない。一度だけ紹介してもらったことがあるが、その後すぐにその人とは別れたようだった。「ふられたよ」と笑っていたが、本当はどうだったのだろう。

——今の海江田には家族があるからもういいだろ。

両頬を叩いて切り替える。

不躾な想像を巡らすほどには、大地は海江田にコンプレックスがあった。

でもそれが大地を奮い立たせ、課長に上らせてくれたのは間違いない。

海江田に負けたくない。その思いもまた、今の大地を作り上げた理由の一つだった。

「今や俺も、家族を守る立場だからな」

海江田はもう一度歯を見せて笑った。

それをいっておかしくないのが、そしてそれを実行しているのが傍目にもわかるのが、海江田のすごいところだった。

5

それから二、三日経った日の夕方。

今日は残業しなくてすみそうだった。

一面ガラス張りの窓の外に目をやった。黒い空にいくつものオフィスビルが屹立している。

秋に入り、日が沈むのが早くなってきた。すでに外は暗い。

大地の席は、窓に寄って設置されている。星が好きな大地のために少しでも外が見えるように、という直江の計らいだった。もっともこんな東京のど真ん中では星は見えない。

だが代わりに、風景に点在する光が大地を楽しませる。

――今日はほうおう座だ。別の窓明かりを使えば、はと座も作れるな。

隣のビルの窓明かり、遠くのビルの窓明かり、視線を下ろしたところにある、ビル屋上で赤く光る航空障害灯。それらを結びつけて、星座を形作る。

大地は視界に入る点を結んで、星座を作るくせがある。駅のホームや、車を運転しているときの信号待ちの風景、どこでもできる。オフィスで人が座っている席を結んでまで作ることがあり、ここまで来るともはや条件反射である。多くの星座を知る大地だからできる芸当だ。

もちろん多少強引に作るときはある。

だがあまり知られていないが、そもそも星座線の引き方は統一されていない。本によって違う紹介のされ方をしている場合もある。決まっているのは領域だけで、結び方は決まっていないのだ。

これ幸いと、今日も大地は線を引く。ぎこちなく引かれた線でも、星座を形作れば不思議と輝き愛着がわく。

ただ本当なら、思い切り上を向いて星空を見たいところだ。見下ろすのは風情がない。神様でもあるまいし、星は見上げるに限る。

退勤し、エレベーターを降りてエスカレーターに足を踏み入れたときだった。

今から帰ると家族にラインを送るため、スマホを取り出す。

スリープを解除するまでの一瞬だった。何も映っていない画面は、鏡のように自分の顔を映し出す。その大地の顔の横に——。

知らない中年女性の顔があった。

はっと振り返る。粟立(あわだ)つような恐怖がすぐに追いかけてきた。

すぐ後ろに、五十代くらいの女性がいた。ぱさぱさの長い髪を後ろで結び、白いシャツに山吹色のカーディガンを羽織(はお)っている。小さなトートバッグを腕にかけて、両手で大事そうに赤い携帯電話を持っていた。折りたたみ式のガラケーだ。

「な、何ですか」

恐怖で声がうわずった。しかし女性は無表情で、冷静に返事をする。

「アディショナルの目黒さんですね」

状況がわからず、言葉が出ない。そのままエスカレーターを降りた。

「少し時間をください。少しでいいのです」

下に降りると、女性は懇願(こんがん)するように声を張り上げた。

サラリーマンに頭を下げる女性という光景は好奇心を誘うだろう。周囲を通る人が、不思議そうに視線を向ける。

何者だろうか。人目に付きすぎないよう、レストラン街の奥へ女性を誘導した。

周囲に人がいなくなり、あたりの喧騒が少し収まった。並んだ店舗が途切れ、近くには従業員出入り口しかない。

「私に何の用ですか？」

「すいません。息子が最後に会ったのが目黒さん、あなたなのです。そのときの息子の様子を教えてほしいのです。息子は水岡純といいます。私は母親の水岡つづみです」

名前を聞いた瞬間、カバンを落としそうになった。考えたくない方向に連想が働いた。

水岡純。この間、採用面接で落とした名前だ。そしてそれらしき人物を大地は新宿駅で目撃した。さらに『最後に会った』というつづみの言葉——。

悪い連想の答えを、つづみが告げた。

「純はこの間、新宿駅で電車に飛び込んで自殺しました。遺品のノートに、アディショナル目黒さん十三時と書いてありました。それからは誰かと約束した様子もなく、おそらく目黒さんが最後なのです。息子——純のことは覚えていますか？」

邪険に扱っていい相手ではない。

言葉を選びつつ、大地は応じることにした。

「はい、覚えています。採用面接に来ていただきました」

本腰を入れて話を聞くためか、つづみはバッグに携帯電話をしまった。

「面接のときの純はどうでしたか？」

「特におかしなところはなかったです。それよりどうして私の顔がわかったのですか？」

「インターネットで調べたら出てきました」

アディショナルと目黒で検索すれば、どこかのサイトの求人広告と、大地の顔が結果に挙がってくるだろう。

「目黒さん。純の次の面接はいつだったのですか？」

メールは見ていないのだろう、面接に落ちたことは知らないようだ。

よりによって、母親に直に伝えなくてはいけないのか。

その場しのぎの優しさで、嘘を伝えることはできない。大地は意を決して答えた。

「その……。息子さんは弊社の求める人材とはマッチせず、今回は不採用と――」

「……えっ？」と、つづみは口をぽかんと開けてうつむいた。

信じられないといった表情だ。強く握った手が震えている。そのまま「どうして……」とつぶやきながら、視線を下ろし続けている。手だけではなく体も震え出した。

「どうして落としたの？　それなら……」

突然つづみは目を大きく開き、大地の両腕をガシッとつかみ、大声をあげた。

「純が死んだのはあんたのせいってことじゃない！　あんたが純に意地悪をしたから！　純は死んでしまった！　私はもう純に会えなくなってしまった！」

体を揺さぶられる。答えのない問いを向けられ目眩がする。

「待ってください！」と、大地は必死で抵抗した。

突然発生した諍いに、周囲がざわつき始める。通りかかる人がこちらを見ている。

騒ぎを聞きつけ、「どうしました」と、ビルの警備員が駆けつけてきた。

「純を返して……私の下に返して！」

警備員が伸ばした手を振り払い、つづみは叫び続ける。警備員が冷静に「警察来てもらいますか？」と大地に尋ねる。

ぴたりとつづみの動きが止まった。

警察という言葉に我に返ったのか、つづみは大地の腕から手を離す。

そして警備員に向かって、泣きながら頭を下げた。

「もう大丈夫です。うるさくして申し訳ございません」

手の甲で涙を拭きながら「純……」とつぶやき、つづみはどこかへ歩いていった。

警備員にお礼をいうと、大地も早足でその場を去った。

――信じられない出来事が起こった。

つづみがこれきり来ないことを祈った。その思いに利己的な残酷さが潜んでいることを、その瞬間はわからなかった。

お悔やみの言葉も伝えられなかったことに後で気づき、唇を噛んだ。

疲れ果てて帰宅すると、リビングで紗理奈と流星が喧嘩をしていた。

立て続けに騒がしい出来事が起こり、思わず肩を落とした。

「うるせーんだよ」と暴言を吐くと、流星は二階にある自室に向かった。バタンとドアの閉まる音が聞こえる。

「ったく、反抗期なんだから。嫌になるわ」

紗理奈はため息交じりに苦笑した。あまり意に介していないようだ。これぐらいの喧嘩は日常茶飯事なのだろうか。

寝室にあるクローゼットにスーツを掛けて、部屋着のジャージに着替える。

寝室の壁には、流星が小学一年生のときに書いた作文が額縁に入れて飾ってある。『お父さんのしごと』という題である。流星が一生懸命書いてくれた。


お父さんのしごとは、たべものやのみものを作っています。

それをスーパーやコンビニにはこんでいます。

ぼくの家のごはんでも出ることがあります。

それをたべてぼくがおいしいというと、お父さんはうれしいといいます。

おいしいから毎日ごはんはお父さんの作ったものにしたいです。

でもお母さんはそれはだめといやがります。

ぼくはなんでだかわかりません。


この作文が、これまでどれほど大地に力をもたらしてきただろう。

以前はこの作文をリビングに飾っていた。だが友達にからかわれると流星に嫌がられ、仕方なく寝室に移動させた。本当は飾られたくもないようだ。

あの頃は、「お父さん、これ書いたよ」と、息を弾(はず)ませながら持ってきてくれたのに。

子どもの成長は早い。気づけば流星は、あまり自分のことを話してくれなくなった。

そうなると、学校でうまくやれているかも心配になる。

だがたまに部屋から、友達と楽しそうに電話で話している声が聞こえてくる。紗理奈の話だと、友達が遊びに来ることもあるらしい。

問題ないならそれでいいのだが、こんなものなのだろうか。

昔と違い、子どもの興味がわかりづらい時代になった。

どんな音楽を聴いているか、どんな芸能人が好きか、どんな漫画が好きか。流星の興味は、ことごとくパソコンやスマホの中だ。

——大丈夫だよな、俺たち家族は。

不安になるほど、紗理奈と流星の笑顔が目に浮かぶ。それと同時に、憔悴したつづみの姿も思い出していた。

手洗いとうがいをするために、洗面所に行った。

鏡の横にあるスタンドには、歯ブラシが三本、仲良さそうに並んでいる。

パートⅡ　夢見る頃の憂鬱

Ⅱ－1

1

定時後のオフィスは、いつものように殺伐としていた。

ビルの三階、大声を出せばオフィス中に届く広さに、デスクがひしめき合っている。

オフィスの中心部、取締役の松平のデスクの前で、入社二年目の中堅社員である大宮が緊張気味に直立していた。あごを引いて、松平の話を聞いている。

「何してるんだよ、お前は。何年働いているんだ！」

午後七時。静かなオフィスに怒声が響く。

松平は太い眉を吊り上げ、大きな目をむいていた。小太りで色黒の肌はてかっている。

「メール返信を忘れていた？　忘れる精神がわからない。大宮、お前は手が離せないときに親御さんが倒れたという連絡が入っても、後で連絡するのを忘れるのか？」

「……忘れないです」と、大宮は沈んだ声で答えた。

「そうだろ。返信を忘れたということは、お前は顧客を軽視したんだよ。明日、先方に謝罪に行くぞ。お前は顧客や俺、大勢の人の時間を奪ってるんだよ。それがわからないのか？　返せよ、俺たちの時間を。返してみろ！」

そういって松平は、大宮に手を差し出した。「返せ！」と繰り返す松平に、大宮は「すいません……」と謝り続けている。

「お前のためを思って、お前が成長してほしいから強くいっているんだからな。こんなふうにはっきりいってくれる上司、普通はいないから感謝しろ！」

仁木真一は帰宅するタイミングを失った。いつものことである。

この状況でオフィスを後にできるほど、図々しくはない。

「お前この間の面談で、自分はどうなりたいっていった？　でかい声でいえ！」

松平はバンバンとデスクを叩いた。このデスクを叩くのが松平のくせなのだが、そのたびにオフィス全体が縮こまった雰囲気になる。

大宮は両手を背に回すと、「自分は成長したいです！」と声を張り上げた。

「そうだろ。もう一度その言葉を胸に刻め」

松平が手を払うと、大宮はワイシャツの袖で涙を拭きながら席に戻った。

「いい大人がめそめそしやがって。書類提出は今日中だからな」

松平が席から声を投げた。太く大きい声で、座ったままどこにでも声をかける。

大宮の口がクッと歪む。だが腹をくくったように、まっすぐパソコンの画面を見始めた。

この会社でいう今日中とは、明日の始業時までである。おそらく大宮は、会社に泊まることになる。

オフィスの隅には急病人用のベッドが置いてあるが、夜通し働く従業員の仮眠用となっている。この会社では、入社二年で中堅扱いである。それほど退職者が多い。

「お疲れさまでした」

松平の説教が終わり、このタイミングだと席を立った。

株式会社中本(なかもと)ファクトリー。

企業向けオフィス用品管理、人事、廃棄物処理と、総務・庶務全般の手配やコンサルを行う、創業十年の若い会社である。オフィスビルは都営浅草線(あさくさせん)の宝町(たからちょう)駅の近くにあり、東京駅にも歩いていける距離だ。社員数は五十人弱と少ない。

真一はここで派遣社員として働いて一年になる。その間に社員は半分入れ替わった。月に二人のペースで退職している計算になる。

ベンチャー企業にありがちな曖昧な分担で、全メンバー業務は多岐に亘(わた)っており、毎日疲弊しきっている。真一も通常の派遣社員よりは業務量が多い。定時は十八時だが、一時間前後の残業は珍しくない。

会社としての業績は年々上がっている。次々と業務が拡大していく様に楽しさを感じるときもある。だが楽しむ余裕があるのは、自分が派遣社員だからだろう。

翌日の午後。オフィスを使い、正社員だけが参加する会議があった。

正社員だけに知らされる情報もあるため、派遣社員やアルバイトは会議室に移って業務をする。六人用のテーブルが所狭しと置かれている、小さな部屋だ。

真一と同じ派遣社員の女性、相田(あいだ)に話しかけられた。今日は部屋に、真一と相田しかいない。

「仁木さん、今やってる会議、どういう話をしてるか知ってる？　辞めた岡部さんがいってたけど、少しでも仕事以外のことを重視すると怒鳴られるらしいよ。家族を大事にしたいっていったら、延々説教だってさ」

「家族を大事にするって、当たり前では……」

「じゃないのよ、ここは。仁木さんもくれぐれも気を付けてね。こんなあぶない宗教みたいな会社。つらい経験で人は成長するって、社員をいじめまくっているんだから。ブラック企業って知ってる？」

「……何ですか、それ？」

「わざと従業員の在職期間を短くさせて、人件費を抑える企業よ。ある程度結果を出したら精神的に追い詰め退職させる。その社員が獲得した顧客やノウハウは引き継がせて、次に入る社員は試用期間という名目で薄給で働かせる。その社員が結果を出したらまた……という具合でね。それで細谷さんがすごいこといい出したんだけど――」

　細谷は真一が働く部署のリーダーに当たる。

「たくさん人が辞めていくけど、辞めていない自分はその人たちより強いことになる。だから自信になるってさ」

　大量の離職者も意に介さない――というよりは、前向きに解釈しているらしい。

　細谷はあまり感情を出さず冷静だが、人当たりはやわらかく丁寧な人なので、悪い印象はない。だがその細谷でさえ、そんなことをいうのだ。

派遣社員でよかった。真一は時にそう思う。

2

その日は定時で帰ることができた。

帰りの電車、乗客が思い思いの時間を過ごしている。

日比谷線から常磐線に乗り換え、運良く座ることができた真一は、バッグからペンとメモ帳を取り出した。

バッグの中に入っている二冊の文庫本――光瀬龍の『百億の昼と千億の夜』と、萩尾望都による同作品の漫画版――の表紙が目に入った。小さく息を呑んだ。

ふと顔を上げると、向かいの席の男性が小説を読んでいる。知っている小説家の新刊だった。ガタンガタンと電車の音に紛れて、小さくため息がこぼれる。

カチンとボールペンをノックし、両隣に邪魔にならないように肩をすくめた。

家の最寄りである柏駅に着くまで、ほんの二十分間。

わずかな時間ではあるが、無駄にはできない。メモ帳に集中した。

柏駅東口に降り、自転車で商店街を走り抜けていく。

真一の住む部屋は、商店街の途中を曲がった先にある、家賃七万円の狭いマンションの二階だ。

この街に住んで二年が経つ。道が舗装されたり新しい店ができたり、変わりゆく商店街の光に気付くとき、同時に真一自身は、何も変わっていないことを思い知る。

振り払うようにスピードを上げた。街の光が尾を引いて、次々と真一の視界から消えていった。

家に着き一人で夕食を済ませた後、リビングの隅にあるデスクに座り、ノートパソコンのキーボードを叩き続ける。

気が付けば午後九時だ。インターホンの音で我に返った。ドアを開けると、「ただいま」という明るい声とともに、知佳（ちか）が入ってきた。ショート丈（たけ）のブラウスに、長い髪をお団子にまとめ、手にはイトーヨーカドーのビニール袋を持っている。

同学年の知佳とは、同棲（どうせい）して二年になる。

知佳は正社員として働いている。当然、派遣社員の真一より給料は高い。

申し訳なさはある。

知佳の父親は大手銀行の支店長を務めており、暮らし向きのいい家庭の一人娘として育ったことを付き合いだしてから知った。小さなマンションで派遣社員の恋人と暮らすことを、知佳の両親はあまりよく思っていないようだ。

知佳の夕飯と合わせて、真一も一休みすることにした。

冷蔵庫に行き、缶を二本手に取った。知佳は最近流行の缶チューハイがお気に入りだが、真一はずっと変わらずビール派である。

「おつかれさま」と乾杯をして、テレビに目をやった。タレントとしても活躍する小説家が出ていた。書店に行けばいつも著作が積まれている売れっ子作家だ。身振り手振りでインタビューに答えている。

「自分が面白いと思うものを愚直に表現し続ける。それが人の心を動かす唯一の手段です。たいしたことはしていません。気持ちさえあれば誰でもできます」

「つまらないね」と、知佳がチャンネルを替えた。それから思い出したようにいった。

「そういえばさ、社内のプロジェクトに入れてもらっちゃった。アイデア文具を募るコンペを開催して、最優秀賞は実際に商品化するんだって。ウェブサイトも作って、一般の人の意見ももらうんだよ。楽しみ」

　そういってにこやかに笑う。知佳は大手文具メーカーで働いている。就活は大成功で、希望していた会社で働いているため、毎日が充実しているらしい。

「仲良い先輩が立ち上げメンバーにいて、私のこと推薦してくれたみたいなの。ちゃんと貢献できるか心配だけど、がんばりたいな」

「よかったじゃん。大丈夫だよ、知佳なら」

「ありがとう。がんばろうね、お互いにさ」

　知佳はガッツポーズをしてみせた。

「……うん、がんばろう」と一瞬反応が遅くなったが、真一も強くうなずいた。

3

宝町駅の階段を上がり地上に出ると、そこは高層ビルが並ぶオフィス街だ。

味の素本社や住友製薬の東京支社など、覆いかぶさってくるようなビル群を見上げると、いつでも圧倒される。ついつい手をかざして見上げてしまう。

真一は大学卒業後大手企業に就職し、新宿方面の高層ビルに勤めていた。だが退職して派遣社員となった。

会社の規模がすべてではないが、手放したものは大きかったのではないか。そう思わないといったら嘘になる。

今日は天気のいい日で、秋だというのに少し暑いくらいだ。ビルに反射する眩い太陽光に、真一の身はかき消されてしまいそうになる。

中本ファクトリーの始業は九時だが、真一は八時半には出勤している。だが出社すると、正社員は全員すでに出勤してあくせくと働いている。本来は九時だが、会社の発展のために八時出社というルールに決めたらしい。

「おはようございます」

席に着くと、隣の席の松尾が、「おはよう」と口をもごもごさせていた。片手にコッペパンを持っている。朝からゆっくり食事をする時間もないのだ。

ラグビー選手のような体型の松尾は、いつも顔がテカテカしており、一時間に一回の頻度で顔拭きシートを使い、顔をゴシゴシと拭く。

口いっぱいにほおばったパンをお茶で流し込みながら、松尾は真一にいった。

「いつも思うんだけどさ、仁木さんって何でそんな大きなバッグ使ってるの?」

確かに真一が使っているリュックタイプのバッグは、通勤用にしては大きい。

「いや、前使っていたのをそのまま……」

「ふーん、それ使えば一泊二日の出張ぐらい楽勝だね。お願いしようかな」

松尾は明るく冗談をいった。実際は派遣社員が出張に行くことはない。


真一の所属は、営業部の中にあるコールセンターだった。

受電して取引先オフィスや店舗からの依頼を受けるのが主業務だが、他のメンバーの仕事を手伝うことも多い。

派遣社員は契約書に業務内容が記載されており、その業務の範囲内で作業する。だが真一の雇用契約書には『営業に関わる業務』と大ざっぱにしか書かれていなかった。

細谷が几帳面にファイルをまとめている。いつも眼鏡の奥の表情を変えずに、真面目に仕事に取り組んでいる。

挨拶をすると、「おはよう」と、細谷も優しく微笑んだ。

今日の業務は、契約書の整備とデータ化だった。そのため自席とオフィス隅のキャビネットを何往復もしている。目的の顧客ファイルを探し、不備の確認と入力を進めていく。

キャビネット近くは業務部の島だった。業務部はベンダー側との交渉を主に行う。

先ほどから真一は、内心いら立っていた。

業務部マネージャーの原田が、部署メンバーの長谷川に説教をしているからだった。

「何回間違えれば気が済むの？　頭が悪いんだから、人より注意しながら仕事しろよ」

原田は三十代後半だそうだが、骨張った腕に顔も皺だらけで、五十歳くらいに見える。ちくちくと執拗に説教をするので、横で聞いているだけで気が滅入る。

一方、うつむいて叱責を受ける長谷川は、小柄で目が大きく、幼い顔立ちである。

年齢は真一と同じくらいだろうか、聞くところによると入社して五年で、この会社ではだいぶ古株のようだ。いつも腰が低くぺこぺこしており、人のよさそうな人物だった。

原田が不満げに訊いた。

「この間お願いしていたプレゼン資料の叩きもまだだって？　お前さ、それでお金もらって恥ずかしくないの？　給料泥棒だよ」

「はい、すいません……」

頭に手を当てうなだれてる長谷川だったが、ワイシャツの胸ポケットからメモ帳を取り出し、何かを書き始めた。

「何を書いてるんだよ」

「プレゼン資料のことを忘れないようにと……」

「今から書いてどうするんだ。メモする暇があったら資料作れよ」

そういって原田は、長谷川に軽蔑の眼差しを向けた。

滅入った気分で自身の業務を続ける真一だったが、キャビネットの中に、一つだけ薄いバインダーがあった。表には何も書いていない。

不思議に思って開いてみると、それは契約書ではなく、写真が入ったアルバムだった。オフイスを撮った写真、会社のロゴの写真。この会社の歴史が収まっている。さらにページをめくると飲み会の写真があった。みな楽しそうにこっちを向いている。松平や原田など知っている顔もあるが、大半は知らない顔だ。退職した面々だろう。長谷川の姿もあった。今より若々しい表情で、カメラに笑顔を向けている。

ここの職場には、長谷川を馬鹿にするような雰囲気がある。

——どうしてこんな会社に、いつまでも固執しているのだろう。

真一は不思議だった。

突然「あっ」と、長谷川が声をあげる。オフィス中の視線を集める。

「あ、いや、大丈夫です。すいません、自分で拾います」

胸ポケットから定期入れが落ち、それを拾おうとした原田を制しただけのようだ。すぐにしゃがみ、定期入れを拾うと胸ポケットに入れ直した。

原田の説教が終わると、長谷川は大きく頭を下げて席に戻っていった。

こっそり長谷川の方を向くと、デスクの上に写真立てが置いてあった。女性と小さな男の子が写っている。長谷川の妻子だろう。

男の子は両手で絵を持ち、誇らしげにこちらに向けていた。絵はコミカルなタッチだが、長谷川も含めた家族三人だとすぐわかった。特徴を捉えていてものすごく上手だ。

通りかかった大宮が、写真立てに目を向けた。

「おっ、これご家族ですか。お子さんかわいいなあ」

長谷川は落ち込んでいたようだったが、「いやあ……」と、照れくさそうにうなずいた。

「長谷川さんのこと、メモ魔だなあとは思っていたけど、絵を描くのも上手なんですね」

「メモをしないと落ち着かないんです」

ついさっき、原田がメモを取る長谷川を馬鹿にしたことを、大宮は知らないようだ。

「本当にすごいなあ」とほめる大宮に、長谷川は照れ笑いを浮かべた。

自分の作品をほめられるのは、得がたい喜びだろう。

何度も嚙みしめたくなるような幸福感は、人よりわかっているつもりだった。

笑顔の三人を見たら、誰もが口元をほころばせるような、いい写真だった。

4

その日、真一は昼食を買いに、道路を挟んで向かいにあるコンビニへ行った。

近所のオフィスに勤める人たちで大賑(おおにぎ)わいの中、唐揚げ弁当を手にしてレジに並ぶ。するとすぐ目の前に、見覚えのある背中があった。長谷川だった。

一瞬躊躇(ためら)ったが、「お疲れさまです」と声をかけた。

「あっ、仁木さん。どうもお疲れさまです」

振り向いた長谷川は柔和な笑みを浮かべた。真一と同じく弁当を一つ持っている。

先に長谷川が会計をした。「こんにちは。お願いしまーす」と店員に挨拶をすると、店員もうれしそうに笑顔で返す。顔なじみで仲が良いようだ。

長谷川はＳｕｉｃａで支払いをし、弁当が温め終わるのを待った。その間に真一が会計をする番になった——のだが。

小銭を出そうとした拍子。

うっかり財布を落としてしまった。

ジャランという音が響き渡り、小銭とカード類がばらける。

いっせいに買い物客の注目を集めてしまった。

恥ずかしい思いをしながら、あわてて拾い集める。

「大丈夫ですか」

長谷川もしゃがみ込み、拾うのを手伝ってくれたのだが——。

その長谷川の手が止まる。

財布の中に入っていた名刺が、床に落ちていた。

——『小説家　林十夢』。

ポップなイラストで木が二本、大きくプリントされている。少しでも印象に残るよう、ペンネームの『林』と掛けたイラストを付けた……と説明するのも空しい。

長谷川はそれを拾うとじっと見つめ、それから真一の顔を見た。そして目をぱちぱちさせていたが、「やっぱり……」とつぶやくと、ぐいと両眉を上げて、こらえきれないように真一に呼びかけた。

「やっぱりそうだ！　仁木さんって、林十夢先生ですよね？」

唖然としたまま、「はい……」と答えていた。

三年前、真一はミステリ小説家『林十夢』としてデビューした。

製本されたデビュー作を見たとき、夢が叶ったのだと涙がこぼれた。

だが奇跡はすぐに終わった。笑えない売れ行きだと聞かされたとき、自分が奇跡を体験していたことを知った。

何とか挽回したくて担当編集者に原稿を送り続けているが、一向に案は通らない。派遣社員として働いているのも、執筆時間を確保するためだ。

自分だけの話ならまだしも、収入面の不安から、知佳との結婚にも踏み切れずにいる。

夢を見た後で、こんな憂鬱が待っているなんて思いもよらなかった。

だが夢見る頃の憂鬱に打ちひしがれながら、諦めるという選択肢はなかった。


会計を終えて、二人で会社に戻った。長谷川は終始明るい表情だった。

「見たこともない大がかりなトリックですごく印象に残っているんです、『動物館の殺人』。雑誌でインタビューありましたよね。それを読んだので、顔を覚えていたのです」

「顔出ししたのは、あのときだけですよ。すごいですね」

うれしい反面、苦々しさも覚える。結果として一度だけになったのだ。

「それで二作目は出さないんですか？　ずっと待ってます」

それをいわれると、言葉に詰まる。

新作が出ないと執筆していないと思われがちだが、そうではない。

チャレンジしているが、結果に結びつかないだけだ。ボツを繰り返し、自分の頭から出たアイデアや言葉なんて意味はないのだなと、何度も考えている。折れそうになるのをぐっとこらえて、無理に前を見てもがいている。

「二作目は機会があったら……といったところです。あの長谷川さん、自分は小説書いていること知られたくなくて。このことは黙っていてもらえますか?」

新作はまったく出ない。無駄なあがきをしていると思われそうで、知られたくなかった。くだらないプライドだった。

「わかりました! 秘密にしておきますよ。そうですよね、みんなからサインとか求められても困りますもんね」

長谷川は人さし指を唇に当てた。

そういうことではないのだが、広められなければそれでよかった。

オフィスに戻る前に、二人ともビル一階にある自販機に立ち寄った。

自販機は警備員室横の、狭い通路の奥にある。脇には傘立てや三角コーンなど備品が無造作に置いてある。壁を虫が這っていたり、あまり快適な場所ではない。

ただ飲料はビル内オフィスの従業員用に特別価格となっており、ペットボトルの飲み物を二十円から五十円で買える。だからコンビニでは、弁当しか買わない。

「これ、不評だけど絶対おいしいのにな。これ飲んでると、松平さんとか原田さんにからかわれるんですよ。薄すぎて水と変わらないって」

長谷川は口元をほころばせて、お茶を買っていた。知らないメーカーの緑茶だった。

真一はうなずきながら、内心では首をかしげていた。

いつも松平と原田に罵声を浴びせられている長谷川が、二人との会話をおかしそうに振り返るのが意外だったのだ。

5

夕方に事件は起こった。

「おい、夕方までに送るデータあるだろ。まだ終わらないのか」

十六時頃、松平がぶつくさいいながら、長谷川のデスクまでやってきた。そしてデスクの上にある写真立てに目を向けると、動きを止めた。

「長谷川、これは何だ——」

松平は写真立てを乱暴に手に取った。長谷川は照れ笑いしたような表情で、

「あ、うちの妻と——」

「そういうこと聞いてるんじゃねえんだよ！」

耳が痛くなるほどの怒声がオフィスに響く。長谷川の顔から一瞬で表情が消えた。おびえたように、ビクッと肩をすくめる。

松平は写真立てを、ガンガンとデスクに叩きつけ始めた。パリッと音がして、写真立てのガラスにひびが入る。

「お前は遊びに来てるのか。仕事に関係ないものを堂々と広げるな！」

長谷川は顔を青くして、あわてて写真立てをかばんにしまった。

「何で飾った？」

「わ、私は……。昇進を目指して、よりいっそうがんばっていこうと――」

「ふざけんなよ！」

松平は長谷川の胸ぐらをつかんだ。長谷川が肩をすくめる。

「家族のためにってことか？　甘ったれんなよ！　お前は誰のためにここにいるんだ。会社のため、お客様のためだろうが。お前は音楽を聴きながら仕事をするのか？　テレビを見ながら仕事をするのか？　家族のこと考えながら仕事するのは、それと一緒だぞ。それで集中できるわけないだろ。二度とそんなもの出すな！」

もの凄い剣幕だった。全員見て見ぬふりをしている。

「すいませんでした――」

「お前、この間の面談で昇進したいといったな。こんなことじゃ無理だな」

手を離された長谷川の目は、涙で潤んでいた。しゅんとした表情で椅子に座った。


真一は何だかすっきりしない気分でオフィスを出た。

帰り際、一階エントランスで、自販機から戻ってきた長谷川とすれ違った。

「あ、仁木さん。お疲れさまでした」と、柔らかい笑みを向けてくる。

「長谷川さん、さっき……大丈夫でしたか」

「いやいや、いつものことですから。あの人なりの部下への向き合い方なんですよ。あれで優しいところあるんです。心配してくれてありがとうございます。でもこの会社でよかったと思うこともあるんですすよ、たとえば林十夢先生に会えたり」

長谷川は冗談めいた笑顔を見せた。どうしてこんなに明るく振る舞えるのだろう。

「また話聞かせてください。それじゃあまだ仕事残ってるので……お疲れさまです」

長谷川は階段を上っていった。

階段の折り返しで見えなくなるまで、真一に明るい笑みを向けていた。


帰りの電車の中、メモ帳を広げたものの集中できない。

長谷川に激昂(げきこう)する松平を思い出すからだった。

松平は、顧客を第一に考えろ、そのために成長しろといっている。そのこと自体は、間違っているとは思わない。しかしそれは、家族を思うことと二律背反なのだろうか。

真一には、長谷川がなぜこの会社に固執するのかがわからない。

だが他人からしたら理解不能なことに固執しているという意味では、自分も同じだ。

近くの席で、小汚い服装をした酔っ払いが、缶ビールを開けて飲み始めた。

さらにバッグから何かを取り出し読み始めた。どこかの宗教の機関誌のようだ。『神は手をさしのべる。乗り切れない試練はない』と表紙に書かれている。

ビールをちびちびやりながら、真剣に機関誌を読み込んでいた。

素早くそれから目をそらすと、小説のアイデアをメモに叩きつける。

思い付いたアイデアや言葉は、書き留めておかないとすぐに忘れる。だから控えておくのだが、凡庸なひらめきだから忘れてしまうだけなのでは、と思ったりもする。

今日書き連ねたアイデアは、どれもこれもしっくり来なかった。

ただしっくり来たところで……と考えかけたのを、必死で呑み込んだ。

6

真一と知佳が暮らす部屋の居間は異様に狭い。

執筆用デスクの周囲を、ついたてを使って区切っているからだった。

ついたてもデスクも、集中できるように知佳が用意してくれたものだ。

まずデスクライトのスイッチを入れた。知佳と同棲する前から使っていたもので、たまに光がちらつく。もう寿命なのかもしれない。

次にデスクの上にあるノートパソコンを起動した。電車内でまとめたアイデアを、文章に落とし込む。

『あ』と入れて変換してみたら、候補に『朝比奈アイ』と出てきた。一瞬体に力が入り、ドッと気怠くなった。

『動物館の殺人』の続編の登場人物である。執筆中に何度も出てくる名前のため、ユーザー辞書に登録した。だが原稿は日の目を見ず――。

いったいこの世には、どれほどの罪作りな『もしかしたら』が溢れているのだろう。それに振り回され続ける人生の惨さはいかほどか。

弱々しく光るデスクライトに羽虫がぶつかり、ひらひらと落ちた。

やるせない気分になり、デスクの引き出しを開ける。そこにはデビュー時にもらった受賞記念の、手のひらサイズの小さなホームズ像があった。すっかり色はくすんで、光を失っている。手でこすってみても色が落ちるはずはなく、指に鉄臭いにおいが付いただけだった。余計にむなしい気分になった。

大きくため息をついて、無理やり画面に集中した。

それでも自分を信じて、一心不乱に原稿に没頭する。

――『わたしは相手がなに者であろうと戦ってやる　この　わたしの住む世界を滅ぼそうとする者があるのなら　それが神であろうと戦ってやる！』

『百億の昼と千億の夜』に登場する阿修羅王が、漫画版で放つセリフである。思い出し、そして小さくつぶやいた。

『寄せてはかえし　寄せてはかえし』と印象的なリフレインで始まる、超越者への対峙というテーマで繰り広げられるこの壮大なスケールのＳＦは、真一にとって特別な作品である。小説版、漫画版ともに何度も読み返している。

時には思考コントロールを疑い自身の意思すら信じられず、時には無力感に涙を流し、時には克服しがたい恐怖に苦しみながら、超越者『シ』に立ち向かい、還ることのできない道を進んでいく。

そんな阿修羅王は、真一にとって気持ちを奮い立たせてくれる存在だった。だからいつもバッグには、小説版と漫画版、二冊の文庫本が入っている。ぬいぐるみを抱える子どものようなものだ。

——もうだめだろうか。

何度もそう思っては、阿修羅王の悲壮な決意や力強い言葉で気持ちを立て直してきた。歯を食いしばって、キーボードに手を置いた。

最近エンターキーの利きが悪い。キー表面の文字も薄れてきた。それほど長い間打ち込んできたのだ。積み重ねた時間だけが事実だった。今のこの様が、せめて真実ではなければいいのにと、ひとりごちた。

パートⅢ　背中合わせの隣人たち

Ⅲ－1

1

渋谷の道玄坂を上がり少し道をそれると、急に喧騒が鳴りを潜め、変わった外観の建物が並ぶ。ラブホテル街の路上に、梢はいた。

このあたりはライブハウスも多い。梢も好きなロックバンド、『トゥルーシズ』のライブを見終えたところだった。時刻は十六時。周囲には同じライブを見ていた、出待ちのファンがいる。

手持ち無沙汰に、スマホを手に取った。

お昼頃に投稿された、バンドメンバーのツイートを見る。「今日も熱いステージ届けます！」というメッセージとともに、加工だらけの自撮り写真が載っていた。トゥルーシズだけに、真実はいくつもあるということか。まだまだ知名度は低く、フォロワー数は二百人にも満たない有り様だ。

ツイートではそういいながら、今日のライブもやる気がなかった。

お決まりの文句で客席を沸かせ、そして演奏そっちのけで、梢以外の観客に視線を送ることに集中していた。

ライブハウス入り口で、「きゃー」と声が上がり、まばらに立っていたファンたちがいっせいに集まりだした。地下から階段を上がって、メンバーが外に出てきたのだ。

それを出待ちのファンが、左右に行儀よく列を作って出迎える。

その真ん中を、左右をなめ回すように見ながら、バンドメンバーが通る。

Tシャツにスカート姿のファンが、一人のメンバーに肩を叩かれた。そのファンは表情を明るくさせ、メンバーの腕に抱きつく。二人はホテル街へ消えていった。他のバンドメンバーも同じように、ファンを連れて消えていく。

選ばれたファンの後ろ姿を、選ばれなかったファンはうらやましそうに眺める。

ホテルは近くにいくらでもある。

ライブ後、メンバーはその日の気分に合ったファンを選び、ホテルに連れ込む。

梢はいつも、その様を遠くで眺めている。

スマホの画面に目をやっているが、意識はずっと彼らに向いている。

以前、列に加わらない梢に、バンドメンバーのひとりが声をかけてきた。

「ライブ見ててくれたよな？　よかったらこの後どう？」

梢の長い髪をなでて、さわやかな表情で露骨に誘ってきた。だが梢は首を横に振った。

「え？　そういうつもりでここにいるんじゃないの？」

目を丸くするメンバーに告げた。

「――曲が好きなんです」

本心だった。初めて梢がバンドのライブに足を運んだのは、純粋に曲が気に入ったからだ。

だが曲の良し悪しは、ファンはおろか、メンバーにとってもどうでもいいらしい。

言葉が少ない梢に、「そっか。じゃあまた来てな」と首の後ろをかき、メンバーは戻っていった。明らかに不満げだった。それから声をかけられることはなくなり、ライブ中に視線を向けられることもなくなった。

いつの間にか、路上には梢しかいない。

ヘッドフォンを耳につけて、今のバンドの曲を流す。

目を閉じて聴覚に集中した。自然に気分が上がっていく。

来た道を戻り、道玄坂へ向かおうとしたときだった。

中年カップルが歩いているのを見かけた。こんな時間からお盛んなことだ――。

そのカップルを見て、思わず物陰に身を隠した。

それは父親だった。

けばけばしいメイクの女に腕を組まれ、相好を崩していた。家では寡黙な父の、初めて見る顔だった。

父との仲は良くない。それでも――。

クラクラして倒れそうになった。

太陽に照りつけられ、暑くて暑くて、どうでもよくなってきた。

この子どもにして、あの親あり、か。

駆け足でホテル街を抜け、駅に向かった。

息を切らしながら、逃げるように必死で走った。

2

三日後、梢は張り詰めた表情でコンビニのレジに立っていた。

パリッとしたユニホームの固さが、緊張とわずかな期待をもたらす。いつもしている腕時計が、今日は少し重く感じる。店内放送はまるで頭に入ってこない。

自動ドアが開き、サラリーマンが入ってきた。

「いらっしゃいませ」と元気に挨拶する店長の後で、梢はぼそぼそと言葉を発している。同じく「いらっしゃいませ」と繰り返したつもりだった。

店長が苦笑した。坊主頭で非常にやせ形なので、まるで修行僧のようだ。

「もうちょっと愛想よくしよう。接客業初めてなら、慣れるまで大変だけど」

「すいません……」

「うん、僕と話すときも、目線をあげた方がいいな。接客態度とか人当たりの良さなんてさ、恥ずかしさを取っ払えるかどうか、ただそれだけだから」

あわてて梢は目を上げた。

店長とその横にいる高校生のバイトが、優しそうな目を向けている。

池袋から急行で四十分ほど、東武東上線の川越市駅前にあるコンビニエンスストアで、梢はバイトを始めた。近くに高校が三校あるのと、西武新宿線本川越駅との乗り換えに使われることもあって、客数は多い店舗だそうだ。

二十四歳にして初めてのバイト、しかもその初日だった。

駅前にはもう一つ、別のチェーンのコンビニがある。緊張を取るため、そっちのコンビニに立ち寄り、呼吸を整えてからここに来たのは店長には内緒である。

コンビニなら機械的に業務をこなすだけだと思ったが、そう簡単ではないようだ。

一人では働けない。多くのメンバーが協力し合うことで成立する。

それは理解しているのに、それに引っかかる。

一人では何もできないのに、協力を得ることにおびえている。

協力してもらった結果、それでもだめだと判断されるのが怖いのだ。

客が入ってきたので、力を入れて「いらっしゃいませ」と声に出してみた。

自分では大きく出せたつもりだが、店長は「まだまだかな」と苦笑した。

「今の三倍はほしいな。最初はみんなそうなんだよ。自分では大きく声を出したつもりでも、意外と出ていないんだ」

最初はみんなそう。つまり普通は改善できる。自分は——できるのか？

「元気よくね。まあシフト週三なら……。二週間ぐらいでできるようになるよ」

思い切り目が泳いでしまった。

元気なんてたぶん、普通に生きていれば誰もが持てるものなのだ。普通に——。

大学を二年で中退し数年経った。

内気な性格が災い(わざわ)して大学の雰囲気になじめず辞めてしまった。災い——この性格は災難なのだと、自分にいい聞かせている。

そして引きこもりを始め、あっという間に三年が経ち、だからバイトを始めた。

何かを変えたかった。だがそれは、大きすぎるマイナスをゼロに近づける行為に等しい。しかも梢は、図々しくもそれをむなしく感じている。

チラッとレジに表示された時刻に目をやった。まだ一時間しか経っていない。

あくせくと働いた一時間、自分には九百円の価値しかないらしい。価値しか、と捉える傲慢さ。そして三年はあっという間だったのに、この時間の進む遅さは何だろう。一日は長いのに一年は短い。

ぎこちない動作でレジを打った。

「——五十円のお返しです」

「新人さん。がんばってね」と、常連客なのか、銀髪がきれいな中年の女性が笑顔で声をかけてきた。梢が胸に付けた、研修中と書かれたバッジに目を向けている。

「は、はい」と、あたふたお辞儀をするだけ。壊滅的にアドリブが利かない。

「そんなに硬くならなくていいのに。また来るね」

女性はにっこりと笑って手を振った。また来るという言葉がプレッシャーだった。

——もし二週間後、何も変わっていなかったらどうしよう。

あの店員は愛想が悪いと嫌われてしまうかもしれない。善意を蔑ろにしていると思われてしまうかもと考えると、焦りが募る。

レジを打ちながら、梢は頭の片隅で思っていた。

――やっぱりだめかも。早く逃げ場所へ行きたい。私を受け入れてくれる場所へ。

3

「お帰り。アマゾンから荷物届いているわよ」

家に着くと、キッチンから母親の声がした。この間買った化粧品が届いたか。リビングにあった段ボール箱を持って部屋に入った。

風呂(ふろ)に入りパジャマに着替えて、梢は自室のベッドに寝転ぶ。

そして買ったばかりのスマホでツイッターを開き、思うがままにつぶやいた。もはや日課である。

『疲れた。死にたい』

『矛盾してるけど死にたい気持ちを振り切ったときに本当に死ねるのかな』

下書きに入っていたツイートも投げた。バイトが終わり店を出た瞬間、衝動的に湧き上がってきた言葉だった。

『私が一人寂しく死にたいと呟(つぶや)く間、世界で多くの人が幸せを感じているのだろう』

ずっと死にたいと思っている。本気かどうかは、自分でもわからない。

劣等感の塊(かたまり)だった大学生活から逃げたら一時的にでも楽になるかと思った。だが実際は、余計に苦しくなった。

暗い性格、就職のこと、長すぎるモラトリアム。何を考えても、もうだめだという結論に達する。

梢はツイートする際に、『死にたい』というフレーズを必ず入れる。『死んでしまいたい』『死ぬ』『死のう』ではだめだった。

次に梢は、ツイッターアナリティクスを開いた。ツイッターの分析ツールである。いいねやリツイート数はもちろん、インプレッションといって、ツイートの閲覧数もわかる。

さっき投げたツイートにインプレッションが付いている。

これは見知らぬ誰かの息吹だ。梢は安らぐ。

誰かが見ているのだ。世界の片隅でつぶやかれた梢の叫びを。

点けっぱなしのテレビでは、ニュース番組をやっていた。

新卒一年目の奮闘という特集だった。スーツに身を包んだ初々しい表情の新入社員たちが、仕事に取り組む様を放送している。上司から厳しい言葉を投げられて、新入社員は頭を抱えていた。

――私には行けなかった世界。

振り切るように、スマホに目を戻す。

またインプレッションが増えた。今この瞬間も、梢の言葉を誰かが感じている。

毎日多くの人が、『死にたい』という言葉を検索している。

その証拠に、ツイートに『死にたい』と入れるか入れないかで、インプレッション数には大きく差が出る。

同じ思いの仲間を探しているのだろう。かつての梢もそうだった。

『死にたい』というフレーズを入れてつぶやくことで、梢のツイートが検索結果に挙がる。そして誰かがこのアカウントをのぞくのだ。

しかし、それ以上のことはない。

背中合わせの隣人たち。互いを意識はしても、目を合わせることはない。無論、思いを共有することもない。そんな淡い交流にも感じる、心の温かさ。

ニュース番組中の新入社員特集は、試行錯誤の結果、上司にほめられて終わっていた。

「まだまだ、これからですから」

白い歯を見せる新入社員を見たくなくて、テレビを消した。

インプレッションは三十分後には増えなくなった。

寂しいものだが、死にたいツイートの賞味期限など一瞬である。

寝転がって動き回り、乱れたパジャマを直す。部屋を暗くして布団を被(かぶ)った。

スマホをさわり続ける。画面から放たれる頼りなげな光は、狭い布団の中だけを照らす。狭いからよいのだ。居心地よい刹那(せつな)の出会いは、簡単に嘘もつけるし、余計なものまで見なくて済む。

そのとき、ダイレクトメッセージが来た。

梢にはたった一人だけ、胸の内を明かして交流する相手がいた。クズ野郎だった。

乱暴で汚いアカウント名である。だがアカウント主は繊細な人物のようだった。

『アサカさん、大丈夫ですか』

アサカというのは梢のツイッターアカウント名だ。以前はアルカロイドという名前だったが、途中でこの名前に変えた。

『クズ野郎さん、これからやっていけるのか心配です』

抽象的な報告しかしない。クズ野郎には自分はＯＬだと嘘をついている。傷をさらし合うだけの関係なので、プロフィールが正しいかどうかは、問題ではない。

クズ野郎とは、アカウントを作成してすぐ、まだアルカロイドだった頃に出会った。

『私はあなたのツイートが好きです。アルカロイドさんの言葉は、漠然と死にたい気持ちに輪郭を与えてくれます。すごく楽になります』

そうダイレクトメッセージをくれた。自分を受け入れてもらえて、いい心持ちだった。

当時、クズ野郎のアカウントはできたばかりだった。一番最初のツイートはたった一言、『あ』のみ。テスト的につぶやいたようだ。ＳＮＳなんてなじみのない人間が、言葉を吐き出す場所を、言葉を得られる場所を求めたのだろう。

おそらくクズ野郎も『死にたい』と検索していたのだ。あの頃はインプレッションの数を集めるとか打算も働かせず、ただ純粋に『死にたい』とつぶやいていた。

クズ野郎はいつもこうツイートする。

『人が当たり前にできることが、私にはできない』

『誰にも私の苦しみをわかってもらえない』

何かを抱えているようだった。だが互いに詳しい事情をいわないし、訊かない。

そんな相手だからこそ、心の奥底を告げられる。

関係の変化に臆病さを抱いたまま語らえるのが、二人には気楽でよかった。

こんなツイートをしていると、変な連中からメッセージが来るのは日常茶飯事だ。罵詈雑言や男性器の写真はもちろん、オナニーをしている動画も送られてくる。殺害予告をもらったのも一度や二度ではない。

今はすっかり慣れた。屹立した男性器や射精時のだらしない喘ぎ声も、初めは吐き気を催したが、今は機械的にアカウントをブロックして終わりである。

『嫌になったら逃げましょう』

クズ野郎からメッセージが送られてきた。いつも梢に寄り添った言葉をくれる。考えようによっては自殺を勧められている。でもその選択肢があることに安心する。

クズ野郎がいなかったら、梢はとっくにこの世にいないかもしれない。

だが生きていることが正解だという確信はない。

4

その日は夕方からバイトのため、梢は昼過ぎから準備をしていた。

リビングにバッグを置いて準備をしていると、家事が一段落した母親がやってきた。

「さっき金下くんのお母さんと会ったよ。金下くん、就職決まったんだって。今度新聞の就活生特集に出るんだって。インタビュー受けたらしいよ」

母親は誰もが知っている大手商社の名前を挙げた。

金下とは、近所に住む梢の同級生である。都内で一人暮らしをしているため、もうずいぶんと顔を合わせていない。

「そうなんだ」とぽつりと答えた梢だったが、すぐに「へー、金下くんすごいね」と、母親に微笑みかけた。

母親は一瞬言葉を止めた後、

「そのバッグ、いつ買ったの？　最近よく使っているわね」

と、焦ったように無理やり話を切り替えた。指でこめかみをかいている。

母親は以前は硬筆の先生をしていた。古風なところがあり物静かで真面目で礼儀正しい、梢にとってお手本のような人物である。

今の梢を見て、母親はどんな気持ちだろうか。

おそらく心配させているので、それが気がかりだった。

引きこもって道徳性のない自分を棚に上げて、父親の不倫には腹を立てているのも、母への裏切りがあるからだった。


バイトを始めて、一週間が経った。

梢は午後五時からの夕勤に入ることが多い。

「おはようございます」とレジに入っていった。勤務開始時は朝でなくてもこう挨拶をすることを知らず、数日は「こんにちは」といってきょとんとされていた。

前の時間帯のパートさんが笑顔であいさつを返してくれる。

それだけでうれしくなる。あいさつは大事だと聞いてはいたが、この年になってようやくそれを実感した。

前の時間帯からの引き継ぎ事項を受けて、レジに立った。

夕日がガラス張りの外壁から店内に射し込んでくる。日が当たってレジの液晶が見えなくなるから、ブラインドを下ろした。

次々とお客さんが訪れて、レジで会計をしては去っていく。

多くの人の日常の一ページを切り取って見ていると、時間から取り残された自分のことを忘れる。過ぎていく時間の中では誰でも平等なのだと。

「いい感じ。慣れてきたね」

隣でレジをしている畑山に声をかけられた。今、十七時のシフトは畑山と一緒で、この後十八時からもう一人増える。

畑山は梢より年上だろう、三十前くらいだろうか。黒髪の短髪で、涼しげな目元が爽やかな男性だ。この店でいちばん多くのシフトに入っている。

以前に畑山と同じシフトに入っていた女子大生がいきなり辞めてしまったらしく、そのタイミングで梢はバイトを始めた。そのため空いたシフトを埋める形で、畑山と一緒のシフトになる機会が多い。

突然辞めたら迷惑をかけてしまう。今はそう思うが、いつか梢もこの店からいきなり消えることを考えるのかもしれない。

「先週に比べたら、だいぶ声出てるよ」

「ありがとうございます。まだ難しくて……」

畑山は「いやいや、まだ入って一週間だからこれからでしょ」と、手を横に振った。

こうしてちょっと話す間にも、客が入ってきたら畑山は「いらっしゃいませ」と顔を向けてあいさつをする。一方梢は、その切り替えがうまくいかない。

レジ番をしていると、親子連れがやってきた。

園服を着た女の子がかかとを上げ、カウンターをひょいとのぞき込むようにドーナツを置く。

「ください！　これ好きなのー」

女の子が梢に話しかけてくる。かわいくて思わず微笑がこぼれた。

「ほら、お姉さんレジやってくれてるから」

母親が困ったようにいう。

会計を終えて、ドーナツを女の子に渡した。お母さんが女の子にいった。

「ほら、お姉さんに『ありがとう』って」

「お姉さん、ありがとうございました！」

「あ、ありがとうございます」

上手な返し方がわからず、ぺこぺこと頭を下げるだけになってしまった。梢がそれ以上何もいわないので、親子も拍子抜けしたらしい。何だかぎこちない空気になった。

「またねー」と、女の子が手を振り、お母さんも頭を下げた。

梢も「ありがとうございました」と、大きく頭を下げた。

言葉をかすかに震わせながら、惜しむように二人を見送った。

5

勤務を開始して一時間が過ぎ、学生客が増えてきた頃だった。

「はー、だりい。おはようございます」

と、億劫そうな表情で、金髪に近い茶髪の若い女性が店に入ってきた。

「梢ちゃん、初めましてー。利根川(とねがわ)っていいます」

いきなりのちゃん付けに面食らう。

梢に両手を振りながら、女性は歩みを止めず裏の事務所に入っていった。本日の勤務のもう一人のメンバーの利根川だった。いわゆるギャルと呼ばれる人種だ。

利根川とは今日初めて一緒にシフトに入る。夕方の時間帯は十六時から十八時までが二人態勢で、十八時からは客数が増えるため三人態勢だった。

ユニホームに着替えて、利根川がレジに入ってきた。あごを引いて身構えてしまう。だが利根川ははち切れそうな笑顔で、梢に話しかける。

「新しい人入ったっていうから、話してみたかったよ。よろしくー。その腕時計、かわいいねー」

生粋の陽キャといった雰囲気で、梢が関わったことのないタイプだ。今日は疲れそうだと思った。

実際、緊張して気疲れはしたのだが——それ以上に梢は、利根川に圧倒されていた。

利根川はいい意味で印象が違った。

「おじさん、仕事お疲れ」

「これ新商品だから、食べてみてよ。感想聞かせて。おいしかったら私も買うから」

「荷物重すぎじゃない？　破れたらまずいから、ビニールもう一枚持っていきな」

利根川はとにかく客と仲が良かったし、気が利いて優しかった。

あらゆる客から慕われている。第一印象で利根川を警戒した自分を恥じた。


梢と畑山でレジ打ちをして、利根川がフライドチキンなど揚げ物類を追加で揚げていた。学校終わりの高校生が次々と買っていくので、ひっきりなしに揚げないと間に合わない。

梢はレジで、髭をはやしニット帽をかぶった男性に声をかけられた。

「あれ、梢じゃん。俺のこと覚えてる？」

首をかしげると、「ひでーな。中学で一緒だった木村だよ」と男性は笑った。

目の前の相手と、記憶の相手が重なっていく。

「あっ、木村くん」

「ひさしぶりじゃん。ここでバイトしてるんだ」と、木村は顔をくしゃりとさせた。

梢も笑みで返した。だが内心では、妙な焦りがあった。

再会はうれしいのだが、社会から脱落したという意識でうまく話せない。

段々と表情が、会話がぎこちなくなる。ユニホームの袖を知らず知らずいじっていた。

「仕事の邪魔しちゃ悪いな。またな。がんばれよ」

木村は手を上げて帰っていった。せっかくの再会なのにそっけないと思われたのでは、と考えて苦い思いがこみあげてきた。

「友達?」と、畑山に声をかけられた。

「はい。中学が一緒で」

「レジやってて知り合いが来るとテンションあがるよね。接客バイトあるあるだな」

フライヤーからポテトが入ったバケットを重そうに引き上げながら、利根川も「それぞれー」と振り向いた。油を吸ったポテトは意外に重いのだ。

「梢ちゃん、やったね。がんばっている姿見せられて」

利根川の言葉に、梢はそういう考え方もあるのかと思った。

——本当なら就職している年齢なんです、私は。

いいかけて呑み込んだ。屈託のない表情の二人を見ていたらいえなかった。でも心に生じた卑屈さは嘘ではない。


勤務が終わり、三人で裏の事務所に戻った。

ユニホームを脱いだ利根川が、気持ちよさそうに手を上に伸ばす。

「ふー、今日も働いた。楽しかったなー」

そういって利根川は、バッグから白くて細長いものを取り出すと、「さっ、業後の一服と」と、口にくわえた。燃えた木のようなにおいがあたりに漂う。

おどろきのあまり、声も出さずに見つめてしまった。

梢の表情に気付いた利根川は、「あっ、これ？　いいでしょ、IQOS買っちゃった」と、一度口から離すとうれしそうにそれを振った。

返事に困る梢に、「そうじゃなくて、高校生が業後の一服ってどういうことだよって意味だよ」と、畑山が苦笑気味にフォローする。

「そういうこと？　ごめん私二十歳前だけど、これだけはどうしても必要なの」

それから三人でしばらく談笑した。

そして利根川は「よし」とIQOSをケースに入れると、勢いよく立ち上がった。

「じゃあキャバ行ってきます」

……キャバクラ？

疑問が顔に出たのか、利根川は「ちがうちがう」と、笑いながら手を横に振った。

「客じゃなくてバイトだよ。梢ちゃん、また一緒にシフト入ろうね。お疲れさまでした」

この後また働くのか。しかもキャバクラという、梢には未知の領域だ。

「ばいばーい」と、利根川は事務所を出ていった。

「遊ぶ金がほしいらしいけど、かけもちすごいよな。じゃあ俺もお疲れです」

畑山も帰っていった。

三人で話せて、この職場に少しは受け入れてもらえた感じがした。それと同時に――。

ふらふら覚束ない運転で自転車を漕ぐ。ライトがメトロノームのように左右に揺れている。

ペダルがやけに重い。

陰気で偏屈で、自分にはいいところなんか一つもない。

親切にしてくれる畑山と利根川のおかげで、体は温（ぬく）もりに包まれていた。

だが梢は、二人の鷹揚（おうよう）さに嫉妬を覚えてもいた。

外の世界に触れることは、こういう劣等感を抱き続けることになるのか。

特に利根川は若いし、かわいいし、社交的だしお客さんにも好かれていて、自分にないものを全部持っている。

――その点、私は誰にも必要とされていない。

いつも買い物はアマゾンばかりだ。

新しく買ったワンピースをクローゼットにしまうと、ベッドに突っ伏してつぶやいた。

『死にたいって考えることもない普通の生活を過ごす人との接し方がわからない』

こうしてまたツイッターに逃げる。

梢のツイートを見たのか、ダイレクトメッセージが来ていた。

『一人でも多くの人を救いたい。人の気持ちを感じ取る能力には自信があります。悩まず私に相談してみませんか』

テンプレめいた文章にため息がこぼれる。手当たり次第に送っているのだろう。

梢は梢で、自分がわがままだとわかっている。

手を差し伸べられたいかまってちゃんのくせに、こういう押し付けがましい働きかけには辟（へき）

易する。梢のような承認欲求に苦しむ死にたがりは、格好の的なのだ。

そのアカウントは、企業プレゼントを得るためのリツイートばかりしていた。誰がこんなアカウントを信じるだろうか。

だが時に思う。

このアカウントの主も、梢のように何かを抱えてもがいているのだろうか。それなら互いに心を開いたら、違う未来があるのかもしれない。

でもそれをいったらきりがない。

梢を馬鹿にしている人もいる。インプレッションの中には、梢を馬鹿にして溜飲を下げたくて、アカウントを訪れる人もいるだろう。

どこかにいる敵に対して、梢はつぶやいた。

『死にたいけど死ねないから苦しいんだ。死にたくない人がうらやましい』

圧倒的な劣等感をツイートに溶かした。

満たされない気持ちは、ツイートを重ねてはぐらかす。本当に欲しいものが何なのかはわからないけど、本当に欲しいものなんて一生手に入らないだろうなと思っている。

SNS上の出会いをきっかけとした殺人事件。そんなニュースが定期的に流れる。

誰もがトラブルに巻き込まれうるとはいうけれど、自分は大丈夫だろう——とさえ思うことがない。日常に思いを馳せる感性も余裕もないのだ。

感情の海は広くて深くて、溺れていてもわからない。

パートⅣ　プレゼント・フォー・ユー

Ⅳ－1

1

時刻は深夜午前二時だった。

「ママどうしたの、そんな顔して」

トシエは酔っており、少しろれつが回っていない。

カウンター奥にずらっと並んだボトルを眺めていたトシエだったが、横にいるスナック『アオバ』のママが、一瞬不安げに口を結んだのに気づいた。トシエはママの友達である。

すでにアオバは閉店し、表のドアにはクローズドの札がかけられている。オープン時には店の前に出している立て看板も、店内に片付けている。だが常連客だけが、そこから先の時間を楽しみにできる。今日はママとトシエの二人でカウンターに座り、ビールで喉(のど)を潤(うるお)しながら思い思いの話をしていた。

午前零時以降に酒類を提供する飲食店は、風営法により深夜酒類提供飲食店営業の届け出を出す必要がある。この届け出をすると接待行為が禁止となり、客と一緒の席に座ってお酒を飲むことができなくなる。だから店は閉め、トシエは常連客から友達となる。

開店中はワンピースの上にカーディガンを羽織っていたママも、今はカーディガンを脱いでいた。

「最近、利益がいまいちなの。食材の値上げや酒税法変更の噂もあるし、大家も家賃上げようとしてくるしさ。うちはお客さんの入りに波があるから、予測も立てにくいのよ」

ママは店内を見渡した。インテリアとしてあちこちに楽器がある。壁にはギターがかかり、店の隅には小さなピアノもある。三線や尺八など、和楽器まであるから節操がない。

「えー、このお店なくなったら、私の人生の楽しみが減っちゃうよ」

「なくしてたまるか！　っていってやりたいけどね」

「ママの料理おいしいから、もっと打ち出してみれば？　名物の焼きうどんとかさ」

なぜスナックで出される料理の定番は焼きうどんなのだろう。ご多分に洩れず、アオバのママの得意料理もそれだった。

「うーん、でもそれで、あまりお客さん来ちゃっても困るしね」

「わがままだな。そして自信家だな」

顔をしかめたママの額を、トシエがぺしゃりと叩く。仲良しだからできる芸当だ。

「でもいいなー。ママと結婚したら、毎日あの料理が食べられるんだよね」

「毎日あの料理を食べていた男に逃げられてるのよ、私は。あの頃よりだいぶ上達していると思うけど。焼きうどんもそうだけど、料理を教えてくれる先生がいたからね。まっ、冷凍食品をアレンジしたのもあるけどね。アディショナルって会社わかる？　あそこの冷凍食品、そのままチンしてもおいしいけど、アレンジなら誰にも負けないわ」

「へー。それよりさ、今のママの料理、食べさせたい？　その逃げた男に」

「まさか。乱暴だしだらしないし浮気はするしで苦労したんだから。あんなやくざもの、二度と会いたくないわ。ま、あの頃は私も喧嘩っぱやいところあったけどね」

ママは苦笑しながら、グラスを口に運んだ。

「とかいって、まだ未練残っていたりして。もしかして店名のアオバって、元旦那さんの名前？　若々しくいたいからこの店名に決めたって、ぎこちない説明してたけど」

キャハハと笑うトシエに「しつこいわよ」と、今度はママがトシエの額を叩いた。

笑い合う二人だったが、ママの横顔にふと影がよぎったのを、酒が入ったトシエは気づかなかった。

「それならさ、よく来てるダンディーなサラリーマンの人は？　いつもいちばん奥のカウンターに座る人。何だっけ、名前」

二人は奥のカウンターに目を向けた。

「伊地知さんのこと？」

「あー、そうだ。伊地知さんだ。あの人はどうかな、ママとお似合いだよ」

「伊地知さんはちゃんとした会社員なんだから。こんなおばさん興味ないよ」

「うーん」と目をとろんとさせて、トシエはママを見つめる。

「なーんかママ、幸せになることを拒否している気がするんだよね。いいじゃん、子どももいないんだし。あとは思い切ってリニューアルしてみるとか？　ほら、椅子の上の座布団もしなしなでボロボロだし」

カウンター席に並んだ椅子には、どれも花模様の円座が敷いてある。

ママは立ち上がると、自分が座っている椅子の円座を撫（な）でた。

「確かに何年も使ってきたからね。でも思い入れがあるから、取り替えたくないのよ」

「よし、ママのこれからを祝して、私がお酒を入れてあげるよ」

席を立ったトシエは、千鳥足で勝手にカウンターに入っていった。

「あっ、何してるのよ」

ママも追いかけるが、トシエはアルコール仕込みの行動力で冷蔵庫を開けるわ、カクテルを作り出そうとするわでやりたい放題だ。そして棚にある引き出しを開けようとしたところで、

「こら、いいかげんにしなさい」

と、ついにぴしゃりとママが声を上げた。

「ちょっと、そんなに怒ることないじゃない」

口をとがらせたトシエは、引き出しを開けることなく手を離した。

「ほら、ろれつもおかしくなってきてるし、そろそろ店じまいするよ」

「ちぇっ。スナックアオバ、本日も閉店か」と、トシエはふてくされた。

2

倉科青葉（くらしなあおば）とその舎弟の大犬（おおいぬ）は、薄汚いアパートの一室の前にいた。

百九十センチ近い大男で、坊主頭に髭面で上下ジャージ姿の青葉と、名字の割には小柄でね

ずみたいにちょろちょろ動く、スカジャンを着た大犬。わかりやすく柄の悪い二人だ。

遥(はる)か遠く、昭和の時代に建てられたかのようなボロボロのアパートだった。

通路沿いの窓の鉄柵は錆(さ)びつき、木のドアは、その気になれば簡単に蹴破(けやぶ)られそうである。

「いっちょやりますか」と大犬はにやつくと、ドンドン、とドアを力強く叩いた。チャイムを押すより、こうした方が脅すことができる。さらにあたりに響き渡るような大声で、ドアの向こうに呼びかけた。

「朝倉(あさくら)さん、いますかー！　集金に来ましたー。いますよねー」

そのとき、隣の部屋のドアが開いた。骨張った老齢の男性が、気怠そうに顔をのぞかせる。

「おい、寝てるんだから静かにしてくれよ」

大犬は「すいませーん」と、拝むように手を合わせた。

「こちらの方が出てこなくてですね。もう少し我慢してください――」

そして大犬は、再びドアを叩き始めた。

「早く出ないと近所迷惑になりますよ。出てきてくださーい。朝倉さーん」

老人は「早く済ませてな」と興味なさそうに言い残し、ドアを閉じた。

やがてガチャリと鍵(かぎ)の開く音がして、そっとドアが開いた。

「遅くなりました」

ドアの隙間(すきま)から、朝倉ゆかりがおびえた顔を出した。チェーンはかけたままだ。長い髪が顔を隠している。

「やっぱいるじゃないですか。今月も集金のお伺いです」

にやにやしながら大犬は、ドアに足をかけた。閉じられないようにするためだ。

「あの、今日はこれしかなくて……」

一万円札が三枚、その手に握られている。

大犬がふんだくると、「本当にこれだけですか?」と、ドアの隙間に顔を押し付ける。

「生活費だけはどうしても……。少しずつ返すので、待っていてください」

この家には、毎月二十五日に集金に来ている。朝倉の給料日が二十五日のためだ。ちなみに二十五日が土・日・祝日の場合は、直前の平日に前倒しになる。決められた日に取り立てることで、真綿で首を絞められるような圧迫感を与えられる。債務者が二十五日までのカウントダウンを始めるようになればこっちのものだ。

「それ、何回目ですか? いいかげんにしてほしいですね――」

「本当にすいません」と、何度も朝倉は頭を下げていた。

大犬はドアを手の平でバンバン叩きながら、周囲に聞こえるようにわざと大声で叫んだ。頭より先に体が動くタイプですぐに手を出し、弱い相手にはとことん強く出るのが大犬だ。

「そりゃあさ、金借りて消えたあんたの元旦那が悪いのはわかるけど、こっちも回収しなきゃいけなくてさー。残り五十万円、何とかしてくださいよー」

五十万円はゆかりの借りた金ではない。口約束の適当な金利を信じた、愚かな元夫の置き土産だった。

怒鳴り続ける大犬は、だんだん気分がよくなってきたのか、さらに声を大きくした。

「返さないなら、こっちもそれなりの方法取るぞ! 絶対踏み倒しさせねーからな! そうだ、この三万の消費税分も払えよ。切りよく四万円でどうだ？　よし、万札あと一枚出せ」

まったく無茶をいう。

半ば呆れ気味に、青葉は「おい、そのへんにしておけよ」と、大犬の肩を叩いた。

すると大犬は不満げに、「しっかりいってやらないと。おい聞いているのかよ！」と、またドアの隙間に顔を押し付けた。

「返さないと、てめーどうなるかわかってるん――」

青葉は片手で大犬の頭部をつかんで、引きずり出した。「いてて」と、大犬が犬みたいにわめく。

人一倍握力が強い青葉は、そのまま大犬の顔を寄せると、静かにいった。

「ずいぶん偉くなったもんだな。俺のいうことが聞けないのかよ」

大犬は唇を震わせ、「へへ……冗談ですよ、すみません」とへらへらし始めた。突き出た前歯がやたらに目立つ。

手を離すと、大犬は「すんませんでした」とぺこぺこ頭を下げた。

返事をせず、ゆかりに顔を向けた。

「また来月。引き続き頼みますよ」と、無表情で告げた。ゆかりは大きく頭を下げた。

「お前のせいで怒られちまったよ！」と、捨て台詞（ぜりふ）を残す大犬を連れて車へ戻ろうとすると、アパート前の道路に手を繋いだ二人の子どもがいた。

五歳くらいのおかっぱ頭の姉と、三歳くらいの坊主頭の弟。ゆかりの子どもたちだった。

二人はおびえた様子で寄り添い合い、じっと青葉を見つめていた。

青葉はそれを一瞥（いちべつ）すると、そのまま歩き出した。

「馬鹿。脅しすぎだ、この納豆野郎」

運転席の大犬の頭を引っぱたいた。「いてー」と大犬が頭を押さえる。

「痛いですって。それにそのあだ名やめてくださいよ。ねちねち人をいたぶるのがねばねばした納豆みたいだって、こじつけが過ぎますから。だって倉科さんが、大声出して脅せっていったんじゃないですか」

「それは最初だけだ。いいか、こっちは金を貸しているという大義名分があるんだ。それを帳消しにするような派手な暴（あば）れ方はやめろ。最悪一家心中なんてされたら、金は返ってこないし後味悪いぞ」

「知らないっすよ。誰が死のうが」

スイッチを押して出発すると、大犬は吐き捨てるようにいった。

こういう大口を叩くやつは、いざとなるとおびえて何もできない反面、そこを越えてしまうと手がつけられない暴れ者になる。経験からわかっていた。

ということで大犬は、適度に暴れさせるくらいがちょうどいい。

「お前は、もっと反抗的な債務者の相手が向いているな。朝倉ゆかりは返済が滞ったことはないし、このまま様子見だな。お前はほら、先週に取り立てに行ったあのヤク漬けのおっさんでも担当してろ」

「俺はびびっている債務者を、ボコボコに責めるのが好きなんですけどねー。何か倉科さん、朝倉ゆかりに甘くないですか？　惚(ほ)れてるとかですか？」

片手でたらたらとハンドルを動かしながら、大犬は笑った。

「そんなんじゃねーよ」と、もう一度大犬の頭を叩く。

「違うんですか？　そういや倉科さん、女の話聞かないですもんね。忘れられない相手とかいるんですか？」

「しつけーよ、馬鹿」

青葉の苛立(いらだ)ちを感じ取ったのか、数秒の沈黙の後、大犬は話を変えた。

「まっ、母親一人で子ども二人養うだけでも大変ですよ。その点は少し朝倉ゆかりに同情しますけどね。俺も父親しかいなかったので。親父(おやじ)は新宿駅西口の近くで飲み屋やってたんです。飲食店やってたら、ほとんど家にいませんからね。まあ小さい店だったこともあって、再開発のあおりで閉店しましたけど」

――新宿駅。その場所に印象的な記憶がある。わずかに目を細めたのだが、大犬は気づいていないようだった。

「倉科さんはどうだったんですか？」

こういうことをさらっと訊けるのは、馬鹿なのか社交的なのか。

だが青葉は、「親は二人いたよ。まあいろいろあったが」と、自然に答えていた。

「そうなんですね。いろいろといいますと……内縁とかですか？」

その質問には答えず黙っていた。答えるのが面倒なだけだが、大犬は機嫌を損(そこ)ねたと考えたようだ。急に車内は静かになった。しばらく夜の街を走っていた。

だが沈黙が苦手なのか、再び大犬は話し始めた。

「そういえば倉科さん、聞きました？　えーと、埼玉の何て場所だったかな……川越？　でしたっけ？　そっちの方を牛耳っていた組の幹部連が根こそぎ捕まって、うちらが代わりに入ることになったって。とりあえず飲食店に片っ端からご挨拶ですかね」

大犬は聞いた話をメモしていたらしい。

スマホを手に取ると、「これか？　あっこれ……違った」と画面をスクロールし、メモを読み始めた。こういうところはまめな男である。青葉は機械音痴で、スマホの種類もアプリの使い方もわからないため、よく大犬に教えてもらっている。

メモの内容を聞き終えると、青葉は大犬に告げた。

「くれぐれも脅すなよ。びびらせたら警察が来て全部パーぐらいに考えておけ。俺たちはあくまでもパートナーだぞ。高額ふっかけるのは、世間知らずの個人経営の店とかにしておけ。それにしてもそうか、あっちの方か……」

「土地勘あるんですか？」

「まあ、ちょっとな。昔の話だ」

「ふーん、そうなんですね」と、大犬は気にしてないようだった。

3

一週間後、青葉は一人でカローラを走らせていた。胸に懐かしさが去来している。

思いがけず、昔暮らしていた街と関わりを持つことになった。

友達とよく行った駄菓子屋も、畑の中にぽつんと立った火の見櫓もそのままだ。

反面、広々とした田んぼだったところに大型スーパーができていたり、本屋があった場所が駐車場になっていたり、変化した場所もある。

記憶と違う光景を見るのが心地よく、運転中にあちこちよそ見をしてしまう。

危うく通行人を轢いてしまいそうになった。通行人は悪くないのだが、クラクションを何度も鳴らし、「あぶねーだろ」と怒鳴りつけたら、勝手に謝り出した。

おびえる通行人に舌打ちしてまた走り出したが、この街にそんな素行は似つかわしくないように感じた。

そのときだった。急ブレーキで車を停めた。

以前住んでいたアパートの近所、住宅街の交差点の一角に、昔はなかった一軒のスナックができていた。長屋風に三軒並んだいちばん左だが、残りの二軒には『テナント募集中』の貼り紙がある。

こぢんまりとした店の名前は、『アオバ』だった。

青葉と名前が一緒である。それぐらいでは、特に気に留めなかっただろう。

だが店先の看板の上には――。

その日の夜、青葉は大犬と会う約束をキャンセルしていた。

昼間と同じく、スナックアオバ近くの路上に車を停めて、じっと店を見張っている。

閑静な住宅街である。あたりは暗く、店に明かりも点いていない。

どんどん灰皿にタバコが増えていく。やがて溢れたので、窓を開けて中身を外に捨てた。通りかかった人が見ていたが、青葉が睨むと見て見ぬふりをした。

そのとき、視界に動きがあり、青葉は身体を店の方に向けた。

暗かったが、そして数年ぶりだが、その横顔ですぐにわかった。

その人物は鍵を使いドアを開けた。建て付けが悪いのか、キーキーと音がうるさい。バタンと、闇夜にドアの閉じる音が響く。

青葉はその様を、じっと見つめていた。

――変わってないな。

タバコに火を点けた。長い待ち時間、これが最後の一服だった。

やがて窓には、明かりが点いた。

周囲にぼんやりとした陰影を形作る、幻のように柔らかい明かりだった。

それは青葉が人生のほんの一時点だけ触れ、そして消したはずの、刹那の光だった。

4

柄にもなく感傷的になった青葉は、らしくない自分に苛立っていた。たわいないチンピラの日常に、意識的に戻ろうとした。

スナックアオバからの帰り道、少し遠回りすれば朝倉ゆかりのアパートの前を通れる。今日は二十五日ではない。軽く顔出しするだけのつもりだった。抜き打ち検査みたいなもので、こういうまめな活動は、実はすんなりとした取り立てに繋がる。真っ当に生きていけずやくざになったのに、結局やっていることは変わらない。

アパート前で一時停車した。時刻は夜九時半になっていた。

しかしゆかりの部屋の窓に、電気は点いていなかった。残念ながら不在のようだ。

そのまま帰ろうとしたが、よく見ると視界に小さな人影が二つ並んでいた。部屋の前で、二人の子どもが寄り添うようにしてしゃがみ込んでいる。ゆかりの子どもたちだった。

こんな暗いのに、まだ外で遊んでいるのか。

一瞬躊躇ったが、車を降りて近寄っていった。

自分たちに近づいてくる巨大な人影に気づくと、二人はぽかんと視線を上げた。

「おい、何してんだよ」と声をかけた。

突然声をかけられて弟はおびえたのか、姉の腕をぐっとつかんだ。

姉の方はまっすぐに青葉を見上げ、「絵本読んであげてる」と答えた。

だが二人とも手ぶらである。

「絵本？　どこにもねえだろ」

「どんな話か覚えているから、太一にお話ししてあげてるの」

「それなら家に入ってやればいいだろ。まだ母ちゃん、帰ってこないのかよ」

「うん」と、姉はうなずく。

「鍵はないのか？」

「今日はお母さんすぐ帰ってくるからって、鍵くれなかった。だから入れない」

借金返済のためにがんばっているわけだ。

「それならしょうがない。母ちゃんによろしくな。また来る」

そういって帰ろうとしたときだった。太一と呼ばれていた弟のお腹がぐーと鳴った。弟はうつむき、恥ずかしそうに腹に手を当てる。

「腹減ってるのかよ」

ついつい青葉は笑ってしまった。

「すぐお母さん帰ってくるもん」と、姉もむきになって言い返すのだが――。

その姉のお腹もぐーと鳴った。姉は口をへの字にして、じっと青葉を見上げる。

「お前ら何だよ。きょうだい仲良く、ずいぶんなおねだりだな――ちょっと待ってな」

青葉はカローラに戻った。助手席にあるコンビニ袋の中には、ジャムパンがあった。それを手に取ると、二人の下へ戻る。

「ほら、少ないけどこれやるよ」

パンを投げると、姉はそれを上手にキャッチした。太一はそれを、横から物欲しそうに見ているが、姉の方は困った様子で青葉を見上げた。

「お金、払えるかわからないよ」

母親が借金に追われていることを理解しているのだろう。

「いらねーよ。ったく、母ちゃんのそんなところは見なくていいんだよ」

「ありがとう……。太一、これ食べていいよ」

姉は太一にパンを丸々一つ渡そうとした。

「そうしたら姉貴は食べられないだろ。半分こすればいいじゃねーか」

「アネキ？　私の名前はひよりだよ」

姉貴という言葉を知らないようだ。少し口をとがらせて訂正する。生意気だが、太一からしたら頼れる姉なのだろう。

「ひよりか。間違えたよ、悪かった。まあジャムパンは好きなように分けて食べろよ。それ、うまいぞ。じゃあまたな」

きびすを返した。「あ、ありがとう」と後ろからひよりの声がしたので、手を上げて応じた。

車を始動しながらアパートを振り返ると、太一が一人でパンにかじりついていた。その横でひよりが、大事そうに太一を見守っている。ひよりは自分一人だけ、お腹をすかせてゆかりの帰りを待つことに決めたようだ。

フロントガラスに映る自分の顔がやけに優しげで、思わず目をそらした。

第二章

I－2

1

翌日の朝、昨日つづみが来たことを直江に報告するか、大地は迷っていた。

だが自席に着くと、余計に迷いは大きくなった。

直江は真剣に資料を読みこんでいた。

いつも出社すると熱々のお茶を淹れる直江だったが、湯飲みからはまったく湯気が出ていない。出社して時間が経っているのだ。

直江は昇進試験が近かった。

人事部長の直江が昇進すると統括部長という役職になり、人事にとどまらず総務や経理、ITなどを統括する立場となる。昇進試験は筆記と面接があり、直江はこれまでに二回落ちていた。試験を受ける機会は年に一回だから、落ちたらまた来年を待つことになる。

「三人も子どもいてお金かかるからさ、昇進してまかなうよ。うちは妻の両親も一緒に暮らしていて無言のプレッシャーもあるからさ、まいっちゃうんだよね」

そういって目尻に皺を寄せた、直江の顔が脳裏に浮かんだ。

その直江に、余計な世話をかけたくなかった。

「おはようございます。昇進試験の勉強ですか」

挨拶をすると、「おはよう。うん、朝活ってやつだね」と、直江は親指を上げてウインクした。これは直江がよく見せるジェスチャーだ。年に似合わずお茶目なところがある。

「どうですか、手応(てごた)えは」

「微妙かな」と、直江は背伸びをして笑った。

「気弱なことといわずに、がんばってくださいよ」

「まあがんばるけどさ。しかし今は便利だね。電子書籍で簡単に参考書籍を持ち運べる」

直江はスマホをかざした。ストラップの数珠がジャランと鳴った。

「その数珠の御利益(ごりやく)も、後押ししてくれますよ」

「どうかな。僕は占いとか信じないし、信心だなんて大層なものも持っていないからなあ。今から神頼みするのも調子よすぎるかも」

「じゃあ何でそれ、付けてるんですか」

苦笑しながら尋ねる大地に、直江は照れくさそうに「まあ、何となくだよ」といった。

どう見ても、何となくの理由ではなさそうだ。だが教えてはもらえなかった。

「何となく昇進目指し始めたけど、やっぱり大変だね。生活に張りがほしいとか、手持ち無沙汰はボケに繋がりそうとか、不純な動機で目指したのがだめだったかな」

「それは不純ではないです」

「まあ、目指すものがある生活もおすすめだよ。入社早々優秀賞の目黒くんには釈迦(しゃか)に説法だけど」

直江は目尻に皺を寄せた。

やはり邪魔できない。直江につづみのことは伝えられなかった。


大地が人事を務めていられるのは、直江の存在も大きい。

もう二十年近く前、この会社の採用面接のとき、面接官は直江だった。

こっちの気をほぐすためか、直江は雑談を交えながら面接を進めた。天体観測や星のことに詳しいことを告げると、なぜか大地が天体クイズを出す流れになった。

咄嗟に質問を作った。

「恒星、つまり自ら光を放つ星についての問題です。いちばん明るい光を放つ星はシリウスです。これは有名ですが、二番目は何でしょうか?」

「わかる。カノープスですよね」

すぐに答える直江に、大地は目を丸くした。

「正解です！　よくご存じですね。星、好きなのですか?」

カノープスはりゅうこつ座を構成する星の一つで、全天で二番目に明るい恒星である。日本では東北地方南部より南でしか見ることができない。ただし地平線近くの低空にしか現れないうえに、地平線付近は大気により減光されるため輝きも少ない。そのため観測が難しい天体だ。東京で観測するには、場所やタイミングをうまく測る必要がある。

興奮する大地とは裏腹に、直江はなぜか照れくさそうだった。

「いや、カノープスしか知らない――何かの本で読んだんだっけな。あまり覚えていないってことは、たいした本じゃなかったのだろうけど」

喜ぶ大地を見て、浅い知識しかないことを申し訳なく感じたのかもしれない。

そのときのことがあったからかどうか、大地は今こうしてアディショナルで働いているうえに、そのときの面接官である直江が直属の上司となっている。

些細なことで近づきうるから、人と人の結びつきには大きな可能性があるのだろう。些細なことで離れてしまう可能性を同時にはらむとしても。


その日は残業だった。会議が長引き、その後に取りかかるはずだった資料作成を始めるのが遅かったのだ。

——ふたご座か。

オフィスにあるコーヒーメーカーでコーヒーを淹れると、表面にできた気泡でも星座を作ってしまう。

目をしょぼしょぼさせながら、窓の外に目を向けた。

灯った窓が少ない。それでドッと疲れを覚えるのだから自業自得だ。

空を横切る飛行機の、赤い衝突防止灯が目に入った。ずっと目で追った。

気分転換になるなら、星座でもただの灯りでも何でもいいのか、と苦笑する。

その後、無事に業務を終え、大地は疲れた表情でエスカレーターに乗っていた。

そして何とはなしに下に目をやって——全身の力が抜けた。

降りる先につづみが立っているのだ。誰かと電話をしているのか、前も持っていた赤い携帯電話を耳に当てている。それから寂しそうに画面を眺めると、電話をしまった。

後戻りをするわけにもいかず、エスカレーターに流され下に降りた。

つづみは大地に気づくと、ゆっくりと近づいてきた。

この間よりやつれたように見える。今日は髪の毛を結んでおらず、長い前髪の向こうから、放心したような目がこちらをのぞいていた。

動揺する大地に気付くと、つづみは「待ってください。この間は取り乱してしまいました。申し訳ございませんでした」と、何度も頭を下げてくる。

同情と困惑が、小さな吐息となってこぼれてしまった。

するとつづみはそれに引っかかったのか、

「私、そんなに迷惑ですか。引き止めて申し訳ないとは思っています。でも息子が死んでいるのです。話を聞かせてもらえないでしょうか」

やや怒気のこもった表情を見せた。目をむいて大地を見上げる。

「……迷惑だなんて思っていないです」

「それじゃあ教えてください。純は……」と、再びつづみの視線は弱々しくなった。

とはいえ、本当に答えられることはなかった。たかが数十分話しただけだ。

「ですが、私の知っていることは限られており――」

わからないことだらけだった。だからありのままを伝えると、どうしてもそっけない返事になってしまう。そしてつづみも、大地の返答に納得していないのがわかる。

「少し前ですが、純は転職活動がうまくいっていないと連絡をくれました。でもがんばって採用してくれる会社を探すといっていました。それがなぜ――」

「息子さんが電車に飛び込んだ理由は、面接とは別にあるのかもしれません」

おかしなタイミングで言葉が止まった。しまった、と思う。焦りのあまり、不確かなことをいってしまった。

つづみがそれを理解してくれるわけがない。

「それは、純が死んだのは、目黒さんには関係ないということでしょうか……」

「そういうわけでは……」と、口調が弱々しくなる。

ひと思いに、嘘でも伝えてしまおうか。

だがつづみが満足する嘘があるとは思えない。

結局、つづみが納得するような話はできなかった。

「ありがとうございました。また何かありましたら」

つづみは深く頭を下げた。大地も同じくらい、深々とお辞儀をした。

2

翌日、人事部の部屋はあわただしかった。

この間、入社半年で退職した桜井という社員のことだった。

ちょうど直江が会議で席を外しているとき、販売部マネージャーの原がやってきた。強引で荒々しい性格のため、好き嫌いが分かれるタイプである。

「あのさ、この間退職した桜井さん。せっかく育てたのにまたですよ。これで三人目です。採用時に根性あるやつかどうか、もうちょっと確認できませんか」

太って丸々とした原は、口をとがらせながらしゃべる。

それほど立て続けなら、部署内にも理由がありそうだが、原はそこには言及しない。

採用活動には正解がない。

最適な人員かと思いきや業務にマッチしなかったり、採用時に見抜けなかったスキルを発揮して出世したパターンもある。だから原のように、いくらでもけちは付けられる。

「あまり担当がころころ替わったら、クライアントの印象も悪いでしょう？　販売部は人事と違って、直に会社の売り上げに貢献しているわけですから」

原は不満げにいった。要は人事を下に見ているわけだ。

そこに部屋の出入り口から声がした。

「原さん。どうしました？　人事活動に関する責任者は私です。ご意見は私にどうぞ」

直江が戻ってきたのだ。

原は苦虫をかみつぶしたような顔をしながら、「何だよ、中途入社でいいとこどりしたやつが」と、みっともない八つ当たりをして部屋から出ていった。

以前、誰かから聞いたことがある。直江は別業種からの中途入社で、同年代の社員と比べたら社歴は浅いが、早く出世して同年代を追い抜いていったらしい。

「まったく、いつも一言多い人だな」

呆れたように、直江はいった。

「だけど販売部の退職者の多さは困りものだね。原さんの性格も影響してそうだけど」

「そうですね」と大地はうなずいた。

「結果は出していますし今の社の販売ルートの多くも、原さんが開拓したものです。ただ下に対する目配りを蔑ろにしがちですね」

　腹立たしい存在だが、人事部としては長所を把握していなければならない。

「さすが、ちゃんと把握してるね」

　感心する直江に対し、「よく冷静に評価できますね。あんな嫌なやつのこと」と、八重樫は腹を立てていた。アームレストに肘（ひじ）をかけて、口をとがらせている。

　直江は、あははと笑い声をあげた。

「そんなものだよ、意地悪な人なんてどこにでもいる。ましてや人事は憎まれ役の側面もあるしね。でもそれを意識しすぎて、嫌いじゃない人への対応が疎（おろそ）かにならないように」

「はーい」と、八重樫は不満げな返事だったが、すぐににやにやした表情へと変わった。

「それより直江さんって、中途入社でいいとこどりしたんですか？」

　若かりし頃の直江が気になるようだ。

　直江はいやいやと、手を振りながらいった。

「まあ、確かにやりたい仕事できてるし、いいとこは取らせてもらったかもしれないけど、ちゃんと努力もしたってば。ちんたら生きてきたのを、心を入れ替えてさ」

「すごい！　ドラマみたいな大躍進だったんですね」

「まあまあ、事実は小説よりも、全然奇なりっていうしさ」

直江はよくこの言葉を使う。普段は部下に発破をかける意味で使っているのだが、今日は焦っていたのか、少し違う意味になっている。

八重樫はそれを見逃さなかった。

「ということは、大躍進したことはお認めになるんですね！」

すると直江は、ぎくりとした表情を見せた。

「いや、別にそういうことでは……。と、とにかくだ。だから失敗しても負けるな。やり直すのはいつだって遅くない。僕は君たちに、これを伝えたいわけだよ」

「どうして急にそれっぽい名言で締めたんですか」

八重樫からのさらなる鋭い指摘に、「勘弁してよ」と嘆く直江。

「ま、まあ君たちのおかげもあって楽しく仕事させてもらっているよ。好きって気持ち一つあれば、案外、いや絶対うまくいくものさ」

直江自身は気付いていないが、また名言めいたことをいっている。

知らず知らずのうちに、大地も笑みをこぼしていた。


人当たりがよい直江には、いろいろな話が舞い込んでくる。人事業務以外のプロジェクトに参加していたり、その人柄で自然と外部業者との窓口になっていることも多い。

「はい。またよろしくですー」

直江が取引先との通話を切り、スマホをデスクに置いた瞬間だった。

いつもの数珠ストラップが音を立てると同時に、「直江さん、今大丈夫ですか」と、総務部の社員が部屋に入ってきた。

「ん？　どうしたの？」

「来期計画や納品プラン検討で、中本ファクトリーの長谷川さんがご来社だったのですが、直江さんにもご挨拶したいと——」

「いつもお世話になっております！」

社員が言い終わらないうちに、後ろから小柄で目の大きな男性が笑顔をのぞかせた。スーツの胸ポケットからメモ帳が飛び出ている。

「おー！　長谷川さん来てたんだ」

直江の表情がパッと明るくなった。雀躍(じゃくやく)とした表情で席を立つと、長谷川に近づく。

「こちらこそお世話になってます。相変わらずがんばってるなあ」

直江にぽんぽんと肩を叩かれると、長谷川は「いやー」と、照れたように頭をかいていた。

3

帰宅してテレビを見ていたら、芸能人の昔の映像を紹介する番組をやっていた。

大地よりやや年上の歌手が、よくテレビ出演をしていた頃のＶＴＲが流れた。若々しい映像とともに、『当時二十一歳』とテロップで案内が出る。

当たり前のことなのだが、あの頃よく見ていた芸能人が、今の自分より遥かに年下ということに、不思議な感覚を抱く。

年を重ねるごとに一年は短くなるとはいうけど、ここまでだとは思わなかった。

そのとき、スマホが鳴った。画面を見ると、珍しい人物からの電話だった。

「大ちゃん、ひさしぶり」

そう呼ばれるのもひさしぶりだ。

「どうしたんだよ、勝治」

勝治は高校時代の同級生である。

当時大地の家族は、父親の仕事の都合で長野県北東部の飯山市に住んでいた。

大地は大学進学とともに東京で一人暮らしを始めたが、勝治は高校卒業後も地元に残り、そのままそこで働いている。

「ひさしぶりだなあ」と簡単な近況報告をした後、大地は訊いた。

「で、今日はどうしたんだよ」

「いや、いいニュースじゃないんだけど——祐介いるじゃん。あいつ亡くなったんだよ」

「えっ」と、無意識にソファから立ち上がる。そこから言葉が続かない。

祐介も勝治と同じく高校の同級生である。

「去年、胃癌が見つかって闘病中だったんだけど、容体が急変してさ。仕事忙しいだろうけど、葬式だけでも来られるか？　あそこの家は親父さんも早くに亡くなっていて、おばさんも憔悴しちゃってさ。俺がいろいろ手伝ってるんだ——」

勝治に教えられた日程をメモし、電話を切った。すぐに人事部共通で使っているメールアドレスに、休暇の連絡を入れた。

倒れ込むようにソファにもたれて、天井を眺める。

四十歳か。本当に何もかもがあっという間に過ぎ去って——。

葬儀の日程をスマホに入力した。

事務的に予定を調整する自分を、やけに薄情に感じた。

4

上野駅から新幹線はくたかに乗り、高校時代を過ごした飯山に戻った。

冬はスキー客も多いせいか、駅は数年前に大きくリニューアルされ近代的なデザインとなっていた。構内もさまざまな店が並ぶ複合施設となっている。

あまり懐かしさに浸れず、千曲川口広場からバスに乗り斎場に向かった。

建物前で降りると、喪服を着た人が大勢いる。大地のような久しぶりの邂逅もあるのだろう。各々が穏やかに会話を交わしていた。

「大ちゃん」と、勝治が手をあげていた。高校時代は細かった勝治も、すっかり中年太りした。何年かおきに会っていなかったら気づかないだろう。

「ありがとうな、忙しいところ」

「気にすんなよ。祐介にお別れしたかったし」

「今日はけっこう集まってくれてるよ。ちょっとした同窓会だな。どうせならもっと明るい話題で集まれたらいいけど、年取ったらこんなものかもな」

周りを見回しながら、勝治は寂しげな笑みを浮かべた。

斎場に入り、祭壇前の席に座る。

祭壇に飾られた祐介の写真は髪の毛が薄くなり、目尻の皺も増えていた。だが笑うと目が細くなるその表情は昔のままで、一気に感情が高校生の頃に戻った。

ただこの写真も、だいぶ前のものらしい。

「これ、亡くなる少し前に病室で撮ったんだ――」

勝治はスマホを大地に向けた。それを見た大地は、思わず絶句した。

逝去前の祐介は、やせ細って別人だった。いわれないと誰だかわからない。軽く微笑んではいるが、今にも消え入りそうな表情だ。その横でにこにこしている勝治との対比が、もの悲しさを誘う。

「祐介、たぶんわかっていたんだろうな」

勝治はスマホの画面を自身に向けると、寂しそうにいった。

「自分には時間がないことも、俺がそれを悟っていることも。この写真を撮るとき、俺、今のうちに思い出を残そうと思ったんだ。祐介もそれをわかって、こうして笑ってくれたんだよ。この頃には祐介、ほとんど意識がなくて、呼びかけてもあまり反応がなかったのにさ」

勝治は大きく一呼吸した。

大地はもう一度、祭壇の写真に目を向けた。その向こうに、ともに毎日を過ごした頃の祐介の顔を見ていた。

――そういえば、あれはいつだっただろうか。

ふと、学生時代のある日を思い出した。

休み時間に、いつものようにみんなでだべっていて、こんな話をした記憶がある。

「この中で誰がいちばん先に死ぬかな？　どんな死に方だろう」

「癌になりたくねー」と誰かがおちゃらけた様子でお祈りをし、

「働き過ぎて過労死とか、絶対に嫌だね」

「通り魔に刺されて終わりとか」

若いなりの無邪気さ、そして無神経さで、げらげら笑いながら話した。

みんなで挙げた死因のいくつかは、いつの間にか身近な現実に変わった。

ひょうきんものでみんなを笑わせるのが得意だった祐介は、たしかこういった。

「いちばん先に死んだやつに、全員香典十万円出そう。長いあの世をエンジョイする資金さ」

「そうしよう」と笑い合ったのは、やはり遠い昔のこと。

目を開けば、四十歳の自分がいた。みんな分別のついた大人になっている。

香典は十万円も包まなかった。

あれは若気の至り、ただの冗談だったから。


帰りの電車は窓際の席だった。窓の外を見やるのだが、暗くて風景がよく見えない。

耳にイヤホンをつけ、勝治や祐介と過ごした学生時代にヒットしていた曲を流す。

音楽的無気力、という言葉があるらしい。

三十歳前後になると、新しい曲を追うことをやめて、昔の曲ばかり聴くようになることだそうだ。思い返してみれば、大地も例外ではない。

結局のところ、過去は優しい。

昔の曲を聴くことで想起する、変わりようがない過去。常に不確かな未来に向かうのが人生である以上、そこには必ず不安も伴う。時に過去に安らぎを求めたくて、昔の曲に思いを馳せてしまうのかもしれない。

そして大地は、未来のことを考えた。

――自分は両親と、あと何回会えるのだろう。

たとえば盆と正月、年に二回とする。細かい話はなしにすると、今両親は七十歳だから、仮に百歳まで長生きしてもあと六十回。実際はもっと少ないだろう。

四十歳ともなれば、いろいろな別れを経ている。何度も酒を酌み交わした友人、協力し合い会社のために尽力した同僚、親しくなった取引先の社員。

思い返せば、あのとき会ってそれきりだ。そんなことは山ほどある。

元同僚が亡くなったのを、だいぶ後になって知ったことがあった。

きっとどこかで元気にしているだろう。そんな当てが外れることもあるのだ。

長旅を終え、駅から家まで歩く間、実家に電話をしてみた。

「あれ、大地？　どうしたんだ？」

父親が出た。

「風邪とか流行(はや)ってるからさ。親父とおふくろ元気かと思って」

「珍しいな。元気だよ。仕事がんばってるか。お母さんにも代わるよ」

次に母親が出た。

「大地、元気？　昨日山でミカンを取ったから送るね。流星ちゃんもミカン好きだしね」

流星がミカンを好んで食べていたのは、幼稚園の頃だ。

いろいろ難しい年頃で、紗理奈がいうには友達の前で「流星」と下の名前で呼ばれるのも嫌がるらしい。「流星ちゃん」なんてもっと嫌がるだろう。

大地の母親の中では、その頃から時間が止まっているのだ。だが同居している大地でさえ、流星に対する感覚は幼い頃から変わらずにいる。結局親からしたら、子どもはいつまでも子どもなのだろう。

電話を切った後、闇夜にポッリとスマホの画面が光る。

通話履歴に『実家』という表示が残った。

何だかそっけない気がして、登録を両親の名前に変更した。


「あれ、どうしたの久しぶりに」と、紗理奈が不思議そうに訊いてきた。

「高校時代の仲間たちに会ったら思い出してね」

懐かしく感じた大地は、家に着くとリビングで天体望遠鏡を組み立てていた。ビクセンの反射式天体望遠鏡で、二百倍を超える高倍率で星を見ることができる。学生の頃には高くて手が出せなかった、性能のいいものを買った。だがせわしない毎日で使う機会がなく、ただの置物となってしまっている。

近くにある本棚には、大地が中学生のときに買った星座図鑑があった。いくつもの天体観測のお供をしてくれた相棒だ。

大地にとって星空は、いつでも見守ってくれている存在というよりは、こちらから進んで思いを巡らせることができる対象である。

数光年以上の距離を越え、地球に届く光。その力強さが胸を打つ。

だがそれ以上に、暗くて見えなくても無数の星がそこにあること。それが大地の心を弾ませる。見えなくても確かに光はある。

夜空をキャンバスに、見えない星まで辿(たど)って星座を描くと、星空との絆(きずな)を感じられるのだ。

望遠鏡をなでながら、紗理奈がいった。

「今度流星を誘って、どこかに星を見に行ってみれば？　私も行きたいな」

「来ないだろう、あいつは」

「だめよ、そういう決めつけは。だめだったらそのときに諦めればいいでしょ」

それはそうだが、流星が嫌がらないだろうか。息子に尻込みする自分が情けない。

「お父さんなんだから、お父さんのままでいればいいじゃない」

「そうだな……」と、首をかしげる大地に、紗理奈は「もう」と不満げだった。

つづみのことが頭をよぎった。

目の前に家族がいるしあわせを、自分は忘れていないだろうか。

こんなことをあらためて質問したことはないが、大地は紗理奈に訊いてみた。

「紗理奈から見た俺は、その、お父さんらしくしてるか？」

「してるよ、いつもは。ただそんな質問してくるところは、お父さんらしくないなあ」

紗理奈はおかしそうに微笑んだ。

5

翌日から、また普段通り出社した。

朝一でおみやげを部署に配って回る。飯山市の隣、木島平村(きじまだいらむら)の元祖フキヤの温泉まんじゅうだ。友人がここで働いているため、帰りに立ち寄って顔を出してきた。

休暇を取っている間、幸いなことに突発的なトラブルもなく落ち着いていたようだ。

ただメールはたまっているだろう。今日の午前中はその対応で過ごすつもりだった。

パソコンを立ち上げ、メールを開く。

膨大な受信メールを一件一件見ていき、やがて画面に映ったものに心臓が止まりそうになった。

パソコンの画面から目を離せなかった。

大地のメールボックスには、同じアドレスから何十件とメールが来ていた。

題名は無題。送信元は知らないアドレスだが、ドメインからするとおそらくパソコンから送信されている。

メールボックスをスクロールさせていく。どのメールも内容はほとんど一緒だった。

今大地が見ているメールの本文には、ぽつりと一言、こう書かれていた。

——純のことを教えてください。

つづみの仕業だ。異様な偏執性を覚えるのは、どのメールも純について知りたいという内容は同じなのだが、文面がどれも微妙に違うところだった。

『純はどんな様子でしたか』『純の姿を教えてください』『純の最後を知りたいです』『純に会いたいです』『純のことを聞けるのはあなただけです』。

つまりこのメールは、嫌がらせで大量に送られたものではない。思うがままに送り続け、結果として大量になっているだけなのだ。

隣にいる八重樫が、大地の不穏な様子に気づく。

そして何かをいいたそうに、直江の方へ体を向けた。それに気づいた直江も眉をひそめ、息を呑んでいた。

二人の表情に察するところがあった。

「私が休みの間、何かあったのですか？」

黙っていた直江だが、意を決したように大地の方を向いた。

「後で話をしようと思ったんだが、全部話は聞いたよ。面接をした相手の母親のこと。そういうことは早く報告しようか」

大地は顔をしかめて、「すいません、もう終わったことかと」と説明した。

「例の母親から代表番号に電話があってね。特定の社員のことは教えられないと伝えたんだが、嘘だ、自分にだけ意地悪しているんだろ、目黒さんがいるのはバレバレだと、電話口でもめたらしいんだ。それで代わりに僕が出て、あまりひどいと警察にいいますと伝えた。目黒くんとの話はそのときに聞いたよ」

「……メールアドレスはどこで知ったのでしょう」

「デジタル遺品整理業者に頼めば、パソコンやスマートフォンのパスワードを解除できるから、それかもな。目黒くんは亡くなった方とメールでやり取りしてたんだろ？」

大地はうなずいた。

「警察に相談した方がいいでしょうか」と、八重樫が顔をしかめた。

子どもを失う。それはどれほどつらいことなのだろう。

大地は、つづみの母親としての感情を想像した。

「今は混乱しているだけかもしれません。もう少し待ってみませんか。息子さんを亡くした心中は察してあまりあります。ただの厄介な人扱いはしたくないです」

厄介だと一度でも感じた自分を悔やむ気持ちがあった。

「そうだね。ひとまず様子を見ようか」

直江は噛みしめるように、宙を見上げた。


エレベーターを降りたところで、スマホが鳴った。

相手は海江田だった。プライベートの連絡先を伝えている、数少ない相手である。

電話に出ると、海江田のハキハキと聞きやすい声がした。

「目黒、話聞いたぞ。大変みたいだけど大丈夫か？　思わず電話したよ」

「ありがとうな。気にしなくても大丈夫だ」

「家族イベントも近いだろ？　その準備もあるのに」

もうすぐアディショナル社内で年一のイベントが始まる。社員の家族を呼んで日頃の仕事を見てもらう、学校でいうところの授業参観のようなものだ。

「うちの家族も来るから、絶対会ってくれよ。よく話すんだ、最強の同期がいるってさ」

「最強の同期って、四十男の使う言葉じゃないぞ」

電話の向こうからアハハと笑い声がした。

「確かにな。目黒、本当に元気なんだな？　何かあったら俺にも相談しろよ」

本当に気のいい男だ。元々そうだったが、家族ができてから、以前にも増して気遣いを忘れない男になった。気持ちがすーっと軽くなるのを感じた。

6

そして家族イベント当日になった。

この日はオフィスのあちこちで、小さな子どもの声が聞こえてくる。走り回る兄弟を汗だくで追いかける役職付きの上司がいれば、子どもにべったりされてすっかりお母さんの顔になっている女性社員もいる。

イベントは人事部主導で開催されており、大地も参加者の把握や来てくれた子どもに渡すお土産の準備など、ここ数日忙しくしていた。

八重樫が会社の入り口で受付をしているのだが、お土産が足りなくなりそうとの連絡が入った。そこで大地がお菓子とジュースの詰め合わせを用意し、今から持っていこうとしていたところだった。

営業部の菅野（すがの）がやってきた。菅野は海江田の上司に当たる。

「目黒さん。今、海江田さんのご家族がお見えなんだけど、海江田さんは外出先での会議が長引いていてね。部署メンバーも手が空いてなくて、人事の誰か案内してもらえないか？　海江田さんが戻ってくるまで、三十分くらいかかりそうなんだ」

「それなら、ちょうど今から下に行くので、自分がやりますよ」

台車に段ボール箱を載せ、ありったけのお土産を詰めると、エレベーターで一階へ向かった。

「あっ、目黒さんありがとうございます」

下に降りると、玄関ホールに長机を置いて作られた簡易受付に、八重樫が座っていた。

「営業部の海江田さんのご家族がお見えって聞いたんだけど……」

「あっ、はい。あちらに」と、八重樫は来客用ソファに手を向けた。

そこには眼鏡をかけた髪の短い女性と、小さな女の子が静かに座っていた。

歩み寄っていくと、足音に気づいて二人が振り返る。

「すいません、お待たせいたしました」

女性が立ち上がり丁寧に頭を下げた。それを真似（まね）て、女の子もひょこりと頭を下げた。

「海江田さんのご家族ですよね。人事部の目黒と申します」

「目黒さん、確か主人と同期の……」

「そうです、ずっと仲良くさせてもらっています」

「いつもお世話になっています。妻の瀬那と申します。ほら、来未も挨拶して」

女の子は母親に隠れたまま、「海江田来未です」とつぶらな瞳を大地に向けた。「こんにちは」と大地が返したら、恥ずかしそうに引っ込んだ。

瀬那は目鼻立ちがしっかりした顔付きだが、化粧っ気はなくおとなしそうな人だった。

「ご主人ですが、外出先からの帰社が少し遅れそうなので、代わりに私がご案内します。こちらどうぞ、弊社製品の詰め合わせです——来未ちゃん、ごめんね。お父さんすぐ帰ってくるからね」

袋を渡すと、来未は「ありがとう」と、瀬那の足に半分隠れながらいった。

大地が案内しようとすると、来未が「ママ、おてて汚れた」と瀬那に手を広げた。持っていたチョコが手で溶けてしまったようだ。

瀬那はバッグからウェットティッシュを出すと、来未の手を拭いた。ウェットティッシュは、よくＣＭで見かける美容外科のノベルティのようだった。きれいでいるために細やかな気配りをしているのだろう。海江田とお似合いだと思った。

海江田が戻ってくるまでの間、大地は来客用の会社案内室などを案内した。自社製品や会社の歴史なんかが展示されている。

「会社の最新情報はウェブサイトや各ＳＮＳでも見られますので、ぜひ」

「それではサイトで見てみます——ＳＮＳは主人がやらせたがらないんですよ。そんな時間があったら、俺と来未の相手をしてくれって」

困ったように、瀬那は微笑んだ。

来未が一つの展示商品を見かけると、「わー」と駆け寄った。

「ママ。これ、前にばあばからもらった。またじいじとばあばのお家行きたい。おじいちゃんとおばあちゃんのお家にも行く」

「そうね、また遊んでもらおうね」

瀬那が照れたように説明した。

「私の父母のことはじいじとばあばで、主人側はおじいちゃんとおばあちゃんなんです」

「今度じいじとばあばのお家行くの。ママとばあばが、一緒にご飯作ってくれるの。来未も手伝うの。でもじいじはばあばにいつも怒られているから、じいじが寂しそうだったら来未が遊んであげるのー」

来未が大地を見上げ、一生懸命に説明する。瀬那が恥ずかしそうに微笑んだ。

その『じいじ』はいつも尻に敷かれているのだろうか。自分と似たようなものだと、ついつい大地は笑みを浮かべていた。


二人と話をしていると、「ごめーん」と、息を切らした海江田が入ってきた。

「訪問が長引いた。目黒も悪かったな」

申し訳なさそうに、拝むように手を合わせる。

そこに「パパー」と来未が海江田に走り寄る。海江田はそれを抱き上げる。

「今は暑いって」というものの、きゃっきゃとはしゃぐ娘に、海江田の顔はゆるむ。

来未はうふふと、父親と顔を合わせて笑っていた。

「来未、パパのこと好きー。ママもパパのこと好きっていってたよ。パパはママと来未のこと好きー？」

「ああ。ママのことも来未のこともだーい好きだ」

それを聞いた来未は「やったー」とはしゃぎ出した。瀬那は照れくさそうにしている。家族を支える海江田の頼もしさが目にまぶしい。

話しかけるのが躊躇われるくらい、幸せな一家の様子だ。

うまくタイミングを見計らって、大地は海江田に告げた。

「部署に戻る前に、受付を済ませてな」

「わかった。じゃあさっと受付してくるから、瀬那も来未もちょっと待っててな」

大地と海江田で八重樫の下に向かった。

受付では、ちょうど別の社員の家族も受付中だった。海江田と同じ営業部の野田一家だった。妻と娘を連れている。

野田はぽかんとした表情で、海江田に訊いた。

「あれ、海江田さん、外出から戻ってこられたんですか？」

「急いで戻ってきたよ——こんにちは」

海江田はしゃがみこむと、野田の娘に挨拶した。

「おじさんはお父さんのお友達です。お名前は何ていうのかな？」

「——梢です」

女の子は指をくわえながらいった。

海江田が「へー」と、目を丸くした。

「梢ちゃんっていうんだ！　それは偶然だね。おじさんの――」

「パパー！　早くー」

海江田が何かいいかけたが、それを来未の大きな声が遮った。振り向くと来未がぴょんぴょん飛びはね、瀬那が困ったように笑っている。

「おー、ごめんごめん。すぐ行くよー」

海江田が「まいったな」と照れくさそうに笑いながら、受付ノートに記入をした。

「もーう、今日はかわいい子にたくさん会えてうれしいです！」

気分が高まったのか、八重樫は頬に手を当てて声をあげた。

「声、でかいって」と、大地は苦笑した。

大きな声が出る八重樫は、遠くにいる人を簡単に呼び寄せられる特技を持つ。


受付を終え、一行はエレベーターに乗った。

先に人事部のフロアに着いたので、大地がエレベーターから降りる。

「目黒、ありがとな」と、海江田が手をあげると同時に、瀬那も頭を下げた。だっこされた来未も、「またねー」と小さくてかわいらしい手を振る。

大地も笑顔で三人に手を振り返した。

エレベーターが閉じて、海江田たちは見えなくなった。

まったく絵になる家族だな。

笑顔を解くと同時に、小さくため息が漏れていた。

7

翌日、またつづみからメールが来ていた。今度は一通だけだった。

『目黒さん。メール届いていますか。純のことを聞きたいです。本当にこれで最後にします。今度会えませんか』

「直江さん。また例の……」

すぐに直江を呼ぶ。直江は真面目な表情でメールを確認した。

気の毒に思う反面、延々と繰り返されたら気持ちが保たない。

「一度説明する時間を設けようか。先方が望むなら、こちらから出向くのもありかな。当日は八重樫さんに待機してもらって、ある程度経っても僕らから連絡がなかったら警察に連絡してもらおう。先方が興奮して何をするかわからないからね。しっかり説明するしかないよ」

八重樫は真剣な眼差しでうなずいた。

「まず先方に連絡だね。電話番号はわかる？」

「そういえば知らないですね。メールに返信します」

つづみの家へ伺って話をしたいと返信したところ、待つ間もなく返事はすぐに来た。

『明後日はどうですか。時間はいつでもいいです』

返信の早さに背筋が寒くなる。

つづみは一人、亡き我が子のパソコンの前で座っていたのだろうか。

『承知しました。念のため電話番号を教えてくれませんか』

『電話で話を済ませる気ですか。面と向かって話を聞きたいのです』

そんなつもりはなかったが、気に障（さわ）ってしまったようだ。突然強く拒否された。

だが訪問の約束はすんなり受け入れてもらえた。

その後メールを何往復かして、明後日の昼に伺うことになった。


そして訪問日となった。

いつもカーディガンを羽織っている直江がスーツ姿なのはめずらしい。

直江と大地は武蔵野線（むさしのせん）の南越谷（みなみこしがや）駅に出た。地域行事があるのか、阿波踊（あわおど）りのブロンズ像が設置されている。その先は繁華街となっており、どのビルも看板がいくつも並んでいる。

つづみの住まいは駅から離れており、住宅街にある古びたアパートの二階だった。

インターホンを押すと、ゆっくりとドアが開き、つづみが顔をのぞかせた。

「こんな遠いところまですいません」

つづみはうやうやしく頭を下げた。

二人で頭を下げて菓子折りを渡すと、「どうぞ」と中に通された。

室内は散らかってはいないが、物でごった返していた。壁には天井の高さまでタペストリーやら絵画やらが張ってあり、棚の上にも人形や木彫りのクマなど、民芸品などがたくさん目に入る。カーテンのそばにはブルーベリーの鉢があり、小さな実がなっている。

純との思い出の品もあるのだろうか。薄いカーテンから入る光が弱々しく感じられた。

「どうぞ、お座りください」

つづみに促(うなが)され、リビングのテーブルについた。つづみはキッチンへ入っていった。

卓上の調味料置きに入った塩や醤油(しょうゆ)、ソースなどどれも、スーパーでよく見かけるのとは違う。こだわって選んでいるのだろう。

視線をずらすと、部屋の回り縁に、喪服がかかったハンガーが引っかけられている。

生活を彩る物が溢れるこの部屋で、そこだけが寂しげな空気をまとっていて、胸がえぐられる思いだった。

しばらくするとつづみは、湯飲みにお茶を淹れて持ってきた。

テーブルのすぐ横にある棚に、ドーナツの空き箱が置いてあった。よく見かけるチェーン店のものだ。やや紙が波打っているように見える。大地の視線に気づいたのか、

「そのドーナツ、純が好きだったの。バニラとチョコレート、ストロベリーを買うのが定番だった」

と、つづみは力なく微笑んだ。

そして一瞬沈黙があった。つづみはお茶を一口すると、湯飲みを静かにテーブルに置いた。カタと音が鳴り、つづみは話を切り出した。

「それで今日は、純のことをお話ししてくださるんですね?」

室内に緊張が張り詰める。

口を開けてこちらに向けられる視線は、猜疑心(さいぎしん)と敵意を備えているように思える。

「はい、このたび息子さんのご逝去に際しては、まことにご愁傷様と――」

お悔やみの言葉を述べた後、「今回、息子さんは――」と、直江は話を始めた。

アディショナルに興味を持ち、面接を受けてくれて感謝していること、社内で検討を重ねたが今回は不採用となったことを、直江は丁寧に説明した。

話が途切れたところで、つづみは顔をパッと上げた。

「純は何がだめでしたか」

「どうしても弊社が求めていたスキルと合致しなかったのです」

直江の返答に、つづみは考え込む様子を見せた。

「何が足りていれば、落ちていませんでしたか？」

それを聞いてどうするのか。だが納得いくまで説明するしかない。

「はい。たとえば過去の実績などでこれというアピールがあったら、あるいは……」

「純には何もなかったといいたいのですね」

「そういうわけでは……」

「いっているだろ！」

突然両手でテーブルを叩き、つづみが叫んだ。湯飲みから茶がこぼれる。

「純が悪いっていえばいいものを。あれこれ嘘くさい理屈を並べやがって。純が悪いから落としたっていってみろ」

ものすごい剣幕に内心ひるみながら、黙ってつづみに頭を下げ続ける。

「私の産んだ子が悪いっていえ！」

その後もつづみは何度も「いえ！」と叫び続ける。段々とその目に涙が浮かんできた。強く叩きつけた手は皮膚が破れ、血が出ている。

「……お願いだからいって。あなたたちはあなたたちの立場で誠実に仕事をして、純は能力が足りないと判断された。そうなんでしょ……」

うつむいて黙る二人に、つづみはうなだれながら続けた。

「あなたたちからしたら出来損ないで期待できない純だろうけど、私にとってはいくつになっても大事な息子で、かわいくて……」

つづみは嗚咽をもらして、泣き始めた。

そこに、家のドアが開く音がした。

振り向くと、肩までの茶髪に緩くパーマをかけた女性が立っていた。まだ二十代だろう。横には小さい男の子がいて、女性の手を握っていた。

「おばさん？　どうしたの？」

入ってきた女性は、スーツ姿の男性二人を前につづみが泣いているのを見て、状況がわからず困惑しているようだった。

「お前ら、おばさんに何した」

睨み付ける女性に、つづみが「やめて茜ちゃん。この人たちは悪くないの」と、手を横に振った。

茜と呼ばれた女性はますます困惑する。

男の子が不思議そうに、大人たちの顔を見ていた。

8

「ごめん、状況もわからずに」

帰ろうとした二人の背中に、声が投げられる。

振り返ったらそこにいたのは茜だった。頭を下げられたので、二人も慌てて返す。

三人でアパートの下で話すことになった。

男の子は少し離れたところで、青いキャンディボールを使って遊んでいる。

「何となく話は聞いたよ——純さんのことだよね。私も純さんのことは知っているよ」

茜はそっと目をこすった。

「——つづみさんとは仲良くされているんですね」

直江が尋ねると、茜は「うん」とうなずいた。

「私が仕事で忙しいから、しょっちゅうあの子の面倒を見てくれていて。ご飯も作ってくれるから、ぶっちゃけすごく助かってたりして。仲良くなる前は、何だろこの人って思っていたんだけどね——」

茜はつづみとの出会いを教えてくれた。

「外に出てそわそわしているのを、何度か見たことあったからさ。それであるとき、『何してるんですか』って訊いたら、息子が来るのを待っているっていうの。純さんが来る日、待ち遠しくて何度も外に出ていたってわけ。かわいいでしょ？」

目を細めて笑う茜の顔は、どこか寂しげだった。

「おばさん、純さんのことすごくかわいがっていたよ。私も両親に迷惑かけっぱなしだったけど、親が子を心配する気持ち、子どもが生まれてようやくわかったよ。まあ旦那の方は女作って逃げて、今は一人で育ててるんだけどさ」

茜は「まったく、やんなるよね」と苦笑した。それから優しい笑みを浮かべ、男の子に目をやった。

「いくつになっても子どもは子どもっていうけど、本当なのかな？　私は今あの子のことがかわいくてしょうがない。それがずっと続くなら、しあわせなことだけど」

茜はつづみが、アディショナルに足を運んでいることを知らなかった。

「おばさんのこと、もっと気にして見るようにするよ。もう迷惑かけないようにする。純さんには生きていてほしかったけど――誰が悪いとかいい出したらきりがないよね。悔しいよ。おばさん、あんなに泣きじゃくっていたのに、純さんはそれを知ることがないなんて。どれだけおばさんが純さんのこと大事にしていたか、あらためて教えてやりたいよ」

茜は吐息をついた。そこにボールが転がってきた。男の子が遊んでいたものだ。

大地はそれを取ると、男の子の近くまで行って転がしてあげた。

男の子は両手でボールを取り上げると、「……ありがとう」と小さな声でいった。

「どういたしまして」

大地が微笑むと、男の子は大地の顔をまん丸な目で見上げて、

「……おばちゃん、泣いちゃだめって……ママいってた」と、鈴を鳴らすような、小さくかわ

いい声でいった。耳を傾けていないと聞き逃してしまいそうな、小さな声だった。

子どもながらに、つづみに何かあったことに気づいているようだ。

胸の痛みを感じながら、「そうだね」と、頭を撫でてあげた。


住宅街を歩いて駅まで戻る。物干しにかかった洗濯もの、手入れされた植木、歩道に停められた自転車。各家庭の日常が顔をのぞかせている。

「わかってくれるといいけどな」

帰り道、直江がため息交じりにいった。

「――こたえるね。採用活動をしていれば、もちろん落とすことはある。落ちた後のその人の人生に責任を持つ必要はない。誰もがそんなシビアな選考を潜り抜けて入社するわけだけど」

しばらく黙った後、大地は言葉を吐いた。思いを直江に聞いてほしかった。

「私は人事として、アディショナルにいい出会いを提供してきたつもりです」

「それは間違いないし、それでいいんだよ。でも……」

直江は宙を見上げて、「難しいね」とつぶやいた。

「子どもか……。うちの三人も遊んでばかりで、長男と次男は何をしに大学行っているかわからない。でも自分も教科書そっちのけで好きな本ばかり読んでいたから、同じようなものかな。あっという間だよ、子どもが大きくなるのは。ま、そう思わせてくれてるなら、三人とも親孝行してくれているのかな。将来も好きなことやってほしいしね。僕もえらそうなことといえる生き方してないし」

言葉が続かなかった。

ふとうつむくと、履き古した革靴が目に入った。

丁寧に手入れはしているものの、ところどころにボロが見え始めている。

この靴で、この足で、どんな道を歩いてきたのだろうか。

少なくとも今この瞬間、人生を振り返るのが怖かった。

Ⅱ－2

1

あんなに激しく叱責されたのに、次の日には長谷川はケロッとしていた。社員には強く成長してほしいという松平の願いは、案外叶っているのかもしれない。

そして案の定、林十夢のことを知られて面倒なことになった。

篠原（しのはら）がにやにやしながら席にやってきた。営業部の篠原は、会社一のお調子者だ。ただ松平のいないところでは、という条件がつく。篠原も、目の下のクマが日に日に濃くなっている。

あたりに誰もいないことを確認すると、篠原が耳元でささやき始めた。

「仁木さんってすごいんだね。作家なんだ」

「……何で知ってるんですか？」

「長谷川さんから聞いたよ」

結局こうなるのだと、がくんと肩を落とした。どこでもそうだった。小説家という変わった仕事だからか、口止めしてもいつも知らぬ間に広まっている。

そんな真一がおかしいのか、篠原は「先生、やるね」と肘で小突いてくる。

「やめてください。全然新作出てないです」

「でもすごいよ」

何が『でも』なのだろうか。もう書いてないということは作家業はうまくいかなかったんだね、でも——という意味だろうか。被害妄想が爆発する。

ふと視線を感じる。そちらを向くと、長谷川がこっちを見ていた。

目が合うとガッツポーズをしてくる。

苦笑いで会釈を返した。笑って済ませられる自分の奥に、済ませられない自分もいる。

2

その週、月曜日から社内は大荒れだった。

松平は歯ぎしりをしながら、食い入るようにパソコンの画面を見続けている。右手でボールペンをカチカチと鳴らす音が響く。

その周りをマネージャーやリーダー陣が神妙な面持ちで取り囲む。

「足下見られたな。今週中ってどういうつもりだ！」

松平がデスクに拳（こぶし）を叩きつけた。

顧客の大手不動産会社『舎楽（しゃらく）ホーム』から、値下げ交渉があったのだ。

舎楽ホームは全国に数百の店舗があり、全店舗値下げとなると大幅に中本ファクトリーの収益は下がることになる。減収を食い止めるためにも、物品の発注元や業者に価格交渉を進めていくことになる。マージンの減額も検討しなければいけない。聞こえてくる声を整理すると、三日間で結果を出す必要があるらしい。

「だがやるしかないな。値下げに応じない業者には、解約もほのめかして構わない。とにかく一度話を持ちかけてみてくれ」

それを聞いた業務部マネージャーの原田が、困ったように持ちかける。

「そんな高圧的な態度取ったら、業者との関係性は――」

松平は「わかっている！」と、原田を睨みつけた。

「忘れるな。中本ファクトリーは業者との仲介屋ではなく、あくまでも顧客の総務業務代行だ。顧客が値下げを希望するなら、それが第一だろ」

従業員を使い捨てている会社だ。ここはろくな会社ではない。そして真一は正社員ではないので、強い思い入れがあるわけでもない。

それでも今の危機は、無下にできなかった。


受話器の向こうで「ふざけるなよ」と怒鳴っているのが、真一の席まで聞こえてくる。篠原がうるさそうに受話器を耳から離した。

そして天井を見上げて「きついな」とぼやくと、横の松尾に疲れた目を向けた。

「検討はするといわれたものの、また怒られたよ。きついな……」

「こっちは頑として値下げしないの一点張りです。もう一回後で電話してみるか」

松尾もため息と同時に肩を落とした。相手にとって不利益となることを持ちかける。それを何件も繰り返す。気の乗らない仕事だろう。

真一は値下げ交渉には当たらず、通常の対応業務を行っていた。

篠原が松平の下に走り寄った。

「すいません、松平さん。業者の担当者が怒って上を出せって……」

松平は「わかった。俺が対応するから、お前は他の相手進めておけ」と、大きくため息をついた。一方で原田は、「はい。ご無理は承知で……どうしても顧客からの要請で……はい、申し訳ないです、いつも融通聞いていただきありがたく……」と、ゆっくり地道に交渉を進めていた。

一件一件連絡しては、必死で交渉を持ちかける、各自、泥臭い作業が続いている。

頼みこむ口調。うなだれるようなため息。ガチャンと固定電話の受話器を置く音。せわしなくキーボードを叩く音。興奮気味に立ち上がり携帯電話で架電する音。

真一は、まるで自分だけがサボっているような気分だった。


いつにも増して殺伐としたオフィスは、気が付けば夕方を迎えていた。誰もが気迫と疲れに満ちた表情をしていて、もわっと熱気のように、汗のにおいが部屋に充満している。

ふと横を見ると、細谷の様子がおかしかった。

姿勢が前屈(まえかが)みになっているし、顔も青白い。体調が悪そうだった。いつもの穏やかな細谷とは違う。

篠原がくんくんと鼻をならし、かすかに眉をひそめた。松尾も考え込むようなふりをして、さりげなく鼻を隠す。

二人の様子を不思議がると同時に、真一も気づいた。

周囲に、排泄物の嫌なにおいが漂っていた。

「おい、何だよこのにおいは」

松平が立ち上がり、指で鼻の頭をこする。

それからにおいの元を辿るように、細谷の席へ歩いていった。

「細谷」

呼びかけられた細谷はパソコンから目を離し、「はい」と無表情で松平を見上げた。口を半開きにして、どこかふてぶてしく開き直った表情だ。

「お前、くさいぞ。立ってみろ」

松平の言葉に、しばらく細谷は黙っていたが、

「まだ——やることが多くて。たくさん、やることがあるのです」

と、パソコンを見て顔を歪めた。

「いいから立ってみろ」と、松平はハンカチで鼻で押さえた。

大きく吐息をついて、細谷は立ち上がった。

するとグレーのスーツの臀部が、濡れて黒くなっていた。

「洗ってこい」

細谷は臀部に指を当て、それを鼻に持っていった。そして全身が弛緩したかのように手をだらりと下に垂らすと、

「くさいです……。何で……何で！」

急にデスクにバンッと両手を叩きつけた。いっせいに細谷に注目が集まる。

「何でこんなことになるんですか。二日間寝てなくて、今朝、寝坊して急いでご飯をかき込んだんです。そうしたらずっとお腹が痛くて……。何でこんな忙しい日に限ってお腹を壊したんですか。恥ずかしいです。うわああ」

細谷は倒れ込むようにデスクにもたれて、号泣し始めた。

松平は細谷を見下すように見つめていたが、

「いいから洗ってこい！」

と一喝した。顔を紅潮させながら、細谷はオフィスを出ていった。

松平は不機嫌そうに席に座った。その間誰も、一言も発そうとはしなかった。

しばらくして戻ってきた細谷は、上はワイシャツで、下はトランクス姿だった。

周囲の視線を無視するように席に着くと、

「終わらせなきゃ、終わらせなきゃ……」

と、うつろな目でぶつぶつとつぶやいていた。

激務は人の心を疲弊させ、あちこちで衝突を招く。

「入社したばかりで、そのやる気のなさは何なの？　もっと早く仕事を覚えたいという気はないの？」

原田が部署メンバーの島袋(しまぶくろ)をいびっていた。

島袋は二十代半ばぐらいだろうか。入社して一ヵ月でまだ顔色は明るい。

だがこの顔が、これから次第に曇っていくのだ。激務と精神的重圧でやつれていく顔を何度も見てきた。そのまま会社を去っていく社員も珍しくない。

「今日はどうしても外せない用がありまして。定時であがらせてください」

島袋は何度も頭を下げていた。しかし原田は取り合わない。

「それなら頼んでいた契約書は終わらせていけよ」

「今日中に終わらせられる量ではないです。すいません、今日だけは」

「だめだね。甘ったれた考えではやっていけない」

「どうしてもですか」

「おい、しつけーよ」と、原田が島袋を睨み付ける。

島袋は考え込んだ後、「そうですか、わかりました」と、ふてくされた表情で席に戻っていった。そのとき、チッと舌打ちをした。

原田が「おい、何だその態度は」と島袋を止める。

「俺は上司だよ？　えらそうな態度取るなら、せめて仕事できるようになってからにしろ。仕事はできない、態度は悪いじゃ何もいいところがない。親の教育が悪かったのかな」

顔を紅潮させた島袋は原田を一瞥すると、席に戻った。


そして三日間が過ぎた。

「よし」と、オフィス中に響く声で、松平が声を出した。

誰かと電話をしていて、受話器を置いたところらしい。

そして立ち上がると、「業務中すまない」とオフィスの従業員に向かって話し始めた。

「舎楽ホームの担当者から連絡が来た。みんなのおかげで先方との関係も継続できそうだ。本当に助かった。ありがとう」

どこからか自然と拍手があがる。業者へのアフターフォローという難事が待ち構えているものの、値下げ交渉は無事成功したらしい。ふと見渡せば、従業員の誰もがやりきった表情で充実した笑みを浮かべ、松平の方を見ている。

松平が「おい、細谷」と、細谷に向かって呼びかけた。あわてて細谷は席から立つ。

「お前、関西地方の業者ほとんど対応してたな。今回のＭＶＰは間違いなく細谷だ」

松平は細谷に近づくと、ぽんぽんと肩を叩いた。

細谷は眼鏡をはずし、あごを突き上げるようにして上を向き、「よかった、よかったです」と、松平の言葉に目をこすった。

「本当……何度も怒鳴られてもう無理ではないかと……。無事達成できてよかったです……。つらかったです」

「お前の力だ、細谷。また強くなれたな」

細谷は涙を流しながら、何度も「ありがとうございます」といっていた。

オフィスにしんみりとした空気が流れる。細谷に優しい眼差しを向ける者もいる。

松平は席に戻ると、大きく声を上げた。

「俺たちの努力が勝ったんだ」

弾む口調があちこちで飛び交う。やり遂げた社員の晴れ晴れしい顔付きが並んでいた。ある者は爛々と、ある者はぎらぎらと、強い光を湛えた目を輝かせていた。

真一には確かに、そう見えていた。そして居心地の悪さを感じていた。お互いに称え合う正社員たちを、どう受け止めればいいかわからない。まるで負け惜しみのように、長く苦しい、たった一人の執筆活動のことを考えた。

業務を終えて会社を出れば、もう暗い。

夜の高層ビルは光を地に落とし、街に華やかな明かりを灯す。一日を終えた会社員の解放感を混ぜ込み、光はさらに鮮明になる。

そのおこぼれにあずかれない真一は、バッグを抱えて駅に急ぐ。いや、あずからない選択をしたのは自分だ。

馬鹿げた想像だが、この街が大停電になって一斉に明かりが消えたりしたら。そう思った。自分とは無関係な夜の街なら、初めからなくていいとさえ考えていた。

3

そんな会社の危機を挟みつつ、あいかわらず長谷川は、林十夢に興味津々だった。

「僕は友人たちと読書サークルやってまして。昨日集まったので、『動物館の殺人』の感想を聞いてみましたよ。コアな読書家ばかりですが、たくさんの方がほめていました」

作者本人の前ではみなそういう。実際は罵詈雑言の嵐だったことは調査済みである。それより嫌になるのは、ほめている人はたくさんであって全員ではないと、当然のことに引っかかる、傲慢で偏狭な自分だ。

長谷川は何かと真一に、質問を投げかけてくる。

「作家さんに会ったことあるんですか？」

「印税ってどれぐらい入るんですか？」

「登場人物名って元ネタとかあるんですか？」

何度も応じているうちに、正直だんだんと疎(うと)ましくなってきた。

お昼にコンビニへ向かおうとしたら、後ろから長谷川が追いかけてきた。声をかけるタイミングを窺っていたのだろう。

「先生、また質問したいです——」

「あの、長谷川さん。やめてもらえませんか」

遮るように、声を荒らげてしまった。拳を強く握り、足下を見下ろした。

長谷川はきょとんとしている。

「すいません、今の俺は開店休業状態です。自分のことを知ってくれているのは本当にありがたいことですが、小説家扱いされるのが正直つらいんです」

それは本心だが、別の意味でも苦い思いがあった。

真一はうらやましく感じていた。力を合わせて大きな仕事をやり遂げた、職場の人たちを。

自分だけが何も思い通りにならない気がして、長谷川に八つ当たりをしたのだ。

長谷川はうつむいて頭をかいた。申し訳なさそうにしている。

「そうなんですね。確かに僕も舞い上がっていました。すいませんでした」

落胆する長谷川を見て、申し訳ない気分になった。場を繋ぐように、思いのこもっていない言葉を吐いた。

「二作目が出るようにがんばりますから」

「応援しています。そうですよね。ファンは静かに待つべきですよね。僕は――」

長谷川は言葉をとめて、まっすぐに真一を見つめた。

「僕は仁木さんを尊敬しています。本を出せるなんて、すごいことです。一冊の本を作り上げるなんて、僕にはない素晴らしい個性だと思います」

それを聞いた真一は、何年も考えていることがあったのを思い出した。

個性のない人間などいない。だから個性そのものは大事でも何でもなく、大事なのは個性の形だ。そして真一は、小説として結実させることで、自身の個性がつまらないものだと知ってしまった。

一本の木が、枝を増やし葉を茂らせ、花を咲かせていくのがその人の個性なら、真一の個性は、木が枯れ枝は折れ、樹皮が剝(は)がれてできたものだったのだ。

その様がデビューのとき、たまたまそのときだけ、少し面白く見えたのだろう。みじめすぎて言葉にならない。

長谷川の話は続いた。

「だから諦めないでほしいです。大勢の人がいろいろ諦めて生きているんですから。なりたい自分がいたとしても、そこを目指せるかどうかは別問題ですよね。どうしても勇気がなかったり、情けないけど才能がなかったり。あと諦めたのを環境のせいにするなって揶揄(やゆ)されがちですけど、実際に環境が待ったをかけることもありますよ」

「長谷川さんは何か目指してたんですか?」

やけに熱の入った言い方が気になったので訊いた。長谷川は苦笑しながらいった。

「昔は漫画家を目指していたんです。新人賞に送ったりしていたのですが、箸(はし)にも棒にも引っかからず諦めました」

なるほど、それで絵が上手なのか。

「でも振り返ると不思議ですよ。何であそこまで必死に夢を追いかけられたのか――」

長谷川が宙に目をやった。「本当に不思議で不思議で……」とつぶやく。

「仁木さんはまだ目指せますよね? それならがんばってみてください。思うんですけど、諦めるって本当に簡単なんですよ――」

自身の言葉を嚙みしめるように、長谷川の話は続いた。

「そしてせつないのが、諦めたときはすごくつらいのに、過ぎ去ればそれまでなんです。僕は今も絵を描くことが大好きで、息子に描いてあげたりしてます。でももう漫画家を目指す熱はないです。一度立ち止まるとだめですね。先が見えない状況でもがき続けたり、向こう見ずに延々と突っ走るのも、実は大事なのかもしれません」

何もいえなかった。「書きたい」という欲望を口にしたら嘘っぽくなりそうで、胸の内にしまっておきたかった。

「長話すいません。ご飯買いに行きましょう」

向かいのコンビニを指差す長谷川の横顔を見る。

思いを素直に言葉へと繋げられる長谷川がうらやましかった。

あたりを歩いているすべての人が、自分よりえらく見えた。

4

この日は休日。知佳と池袋にあるサンシャイン水族館に出かけた。

青くたゆたう視界を、気持ちよさそうに動き回るラッコにペンギン、エイ、色とりどりの魚たち。子どもたちのはしゃぎ声があちこちから聞こえてくる。

真一と知佳の二人も、手を繋いで水槽を見て回った。

一通り回った後、屋外テーブルに座り、昼食を取ることにした。

「ホットドッグ買ってくる。真一はここにいて場所取ってて」

売店に向かって歩いていく、知佳の後ろ姿を眺めた。

一人で待つ間、隣のテーブルに座っている、カップルの話し声が聞こえてきた。

「――さん。まだバンドやっているのかな」

「デビュー曲は知ってるけど、二枚目が出たって話を聞かないんだよな。俺、ちょっと前に会ったんだけど、そのときは元気そうだったな」

「どうやって生活してるんだろ。バイト?」

「どうだろうな。それにしても趣味を仕事か。何かさ、かっこいいよな、そういうの」

嘲笑(あざわら)うような口調だった。ちらと見ると、嫌らしく口(くち)の端(は)を上げていた。

カップルの話が聞こえないように、真一はテーブルから立ち上がった。少し離れたところで背筋を伸ばし、気をそらしていた。

「どうしたの、そんな立ち上がって」

手にホットドッグを持って、知佳が戻ってきた。仕方なくまた席に座る。カップルはすでに別の話題で盛り上がっていた。

食後、にぎわう館内に目を向け、知佳は微笑む。

「久々に気分転換できた。最近忙しくて行き詰まってたからさ。いいな、学生さんは土日両方休めるんだもんね」

「そんな忙しいのか？」

確かにここ最近、休日出社する知佳を見送っていた。

「もう、嫌になるくらい。真一の勤務先の人たちほどじゃないけど。真一のところ、倒れたりする人とかいないの？」

「前はいたみたい。あとは突然いなくなったり、大声でわめいてそのまま辞めたり」

「ひどい会社だね。でも辞めればいいって、軽々しくはいえないのかな……。家族や転職活動のことを考えたら、お金の面も考えなくちゃいけないし。まだがんばりたい人もいるだろうし。いざとなったら逃げろとしかいえないよね」

結局そこになる。当事者がその環境に留(とど)まることを選んでいる限り、こちらからいえることは少ないのだ。

「人間的成長を精神的なものに限定してふわっと曖昧にさせて、それの達成を社会人の必須条件みたいに教え込むのは、たち悪すぎるよ。浅はかに夢を見せられても、見せられたこっちが浅はかに染まるとは限らないんだから。真一はそうならないでよね？」

「まさか」

「そう思っている人に限ってはまっちゃうんだから。危ない宗教みたいだよ」

誰かも同じことをいっていた。


「今日はありがとうね」

家に着くと、知佳はぐーっと背伸びをした。

「水族館も楽しかったけど、今度はディズニーシーにも行ってみたいな」

「いいね、俺も行ってみたい」と答えた。笑顔を浮かべていた。だが——

知佳は気づいているだろうか。勘がいい知佳ならわかっているかもしれない。

真一の笑顔には、作り笑いが含まれていた。

心から楽しめていない。何をしてても、恋人が横にいるときでさえも。

小説のことが頭にあるからだった。楽しかった一日の終わり、罪悪感や後ろめたさに襲われる。小説に取り組んでいれば、実を結んだかもしれない。それを考えると、心の底にいつもしこりが残る。

「真一、好きだよ」

知佳が背中に抱きついてきた。悩める真一に気づいているのだろうか。

どう返せばいいかわからなくて、胸に抱き寄せた。

自分がどんな顔をしているか不安で、見られないようにした。

視線の先にテレビがあった。その上には写真立てと、まりもの入ったガラスビンが置いてある。写真は、知佳と二人で北海道旅行に行ったときのものだ。このときはまだ、今みたいにくすぶった人間になるとは思ってもいなかった。

写真の中の自分は、今より楽しそうに見えた。

5

島袋が退職することになり、今日が最終日だった。

入社してたった一ヵ月での退職だが、ここでは珍しいことでもない。

――やはり独身には無理だろうな。

真一はここの新入社員に傾向があることに気づいた。島袋は違ったが、既婚者が多い。理由はわかっていた。家族持ちの方が家庭があるため退職しにくいのだ。従業員の家族を人質に取る採用計画は、それなりにうまくいっている。

島袋はお菓子を配りながら、一人一人の席を回り挨拶をしていく。

そして直属の上司である原田の席にも持っていった。

「原田さん。短い間でしたがお世話になりました」

「お疲れさま」

原田は島袋と目を合わせようとしない。そんな原田に島袋がいった。

「少し前、原田さんが定時で帰らせてくれなかった日、実は父の手術があったんです。無事成功してよかったです。まあ原田さんからしたらどうでもいいことか。原田さん俺の態度に、親の育て方が悪いっていってましたもんね」

原田はなお、島袋を無視し続ける。

「返事してくれませんね。それにしても心配でしたよ、たった一人の父親ですからね。ま、原田さんみたいな、人の苦しみをわからない冷血人間には理解できないか」

島袋が糾弾したその瞬間だった。

原田が勢い良く立ち上がった。椅子が倒れて、がしゃんと音が鳴る。

「うるさいんだよ。早くいなくなれ、負け犬」

静観していた松平だったが、怒気を含んだ困り顔でやってきた。

「おい島袋。辞めるやつはさっさと出ていけ。仕事の邪魔なんだよ」

「はい、出ていきます。お世話になりました――」

島袋はあたりを見回すと、大きな声でいった。

「みなさん、本当に今のままでいいか、よく考えることをおすすめします。元従業員からいつも裁判起こされて、そのたびに敗訴しているような会社、まともなわけないです」

初耳だが、むべなるかなといったところだ。おそらく異常な労働時間の分、残業代を請求されているのだろう。

島袋は出ていった。原田は椅子を戻すと席に座り、またいつものように仏頂面でパソコンに目をやった。

松平は席に戻りながら、不機嫌そうにオフィスの一同に呼びかけた。

「お前ら動揺するなよ。裁判なんてな、金目当ての恩知らずが起こしているだけだ。成長する機会を与えてやったのに恩を仇で返すやつが、まともなわけないだろ」

いつものことながら、気まずい空気が続いた。

6

島袋が退職して数日後。

まもなく夕方六時。今日は定時で帰れそうだった。

キーボードをカタカタと打つ音だけが響き渡る。このまま何事もなく終わってほしい。

松平が突然「おいおい」と声を上げた。

「取引先のキリマンジャロカフェ、店舗増設だってよ。早めに動いておくか。本社大阪だから、他の顧客への挨拶回りも含めて、出張スケジュール考えておかないとな」

「またこの間のホテルにしますか？」

原田がからかうように笑う。松平もいじけたような顔をした。

「勘弁してくれよー。ゴキブリが出て叫んだら、フロントから連絡来たんだぜ。『奇声をあげていらっしゃるようですが』って」

どっと笑い声が上がった。

このように松平を中心として和気藹々としていることがある。松平がいつもあんな調子なので、社員はみな嫌っているかと思っていたのだが、そうでもないらしい。

そのときだった。

談笑が繰り広げられる中、長谷川が松平の方へ歩いていった。緊張気味の表情だ。

「すいません、お話し中。あの松平さん――」

「ん、どうした?」

話の途中だったから、松平は笑顔のままだ。

「あの、紳士服ロジャーさんの全三十店舗、一斉解約希望のメールが――」

途端に、沸き上がっていたオフィスが静まりかえった。

松平の表情が消える。怒鳴り出す一歩手前の表情だ。長谷川が肩をすくめた。

「メール? 見せてみろ」

松平は長谷川の席に行くと、パソコン画面を見つめていた。

やがて目を離すと同時に、長谷川を睨みつける。

「お前、何でこれ、メールのCCに俺や原田が入っていないんだ?」

「……自分だけでいいかと思い外しました」

それを聞いた松平は、大きく一呼吸した。

「普段からいっているだろ。ほんの小さな油断が大損害に繋がりうると。こんな簡単なルール、なぜ守れない。お前は何度いったらわかるんだ!」

怒声が響く。長谷川は何度も頭を下げていた。

「すぐに電話で状況を聞け」

しかし、「はい、あの……」と、長谷川は顔を引きつらせている。松平は「まだ何かあるのか?」と長谷川を睨みつけた。

「今日はこの後別件で電話に出られないと。それと、その……。私は対応に問題があるから、二度と電話してこないでほしいと。それで解約連絡もメールでいただくことに——」

松平は手を震わせながら歯ぎしりした。

「CCに入れていれば、途中で軌道修正できただろ。お前の油断が最悪の結果を招いたんだ。どうすればお前はできるようになる? 解約分の料金、お前が払えるのか!」

松平はうつむく長谷川の腕をガシッとつかみ、「ちょっと来い」と、松平の席まで誘導した。

「手が空いているやつはこっちに来い」

唖然としている一同だったが、「早く来い。そうだ仁木さん、あんたも来てくれ」

突然、名前を呼ばれた。逆らえず松平の席へと向かった。

何をするのかわからないが、定時では帰れないようだ。


長谷川は松平の横でうなだれている。

それを真一含め、十人近くで取り囲む形になった。

長谷川の頭をポンポンと叩きながら、松平がいった。

「長谷川。お前は成長したいという意欲が足りない。それなら人の力を借りるしかない。集まってくれたメンバーに、お前の嫌な部分、だめな部分をいってもらう。それをヒントにして変わる努力をしろ」

長谷川は床に目をやって、目を潤ませていた。顔は青くなり、唇が震えている。

「みんな業務を止めて、お前の成長の機会を作ってくれるんだからな。しっかり頭に入れろよ。それじゃあ原田、直属の上司のお前から」

原田は少し考えた後、見下すようにいった。

「そうですね。長谷川さん、あなたはいつも煮え切らない笑顔でへらへらして、気持ちが緩んでいます。それが今回の失敗にも繋がったのでは」

長谷川は、引きつった笑みを浮かべながら頭をかいた。

「それのことだろ！　聞いているのか」と、途端に松平の怒声が飛ぶ。

それから各自が、長谷川に言葉を投げつけた。

「この間来客に話しかけてましたけど、顔を近づけすぎて、お客様は不快だと思います」

「後から入社した人に先を越されて、悔しいとは思わないのですか？　まったくその素振りが見えないのは、社会人としてどうかと思います」

いわれるたびに長谷川は表情を歪める。視線が落ちると、「相手の目を見ろ！　お前を成長させてくれてるんだぞ！」と、松平が髪の毛をつかんで前を向かせた。

そして——。

「仁木さん。お願いします」

真一の番が来てしまった。

一瞬、長谷川が懇願するような目を向ける。それと同時に睨み付けるような他の面々の視線。同調圧力に押し潰されそうになる。

――長谷川さんのために、か。

そう考えるのが傲慢になりうることも、今は無視するしかなかった。

ふと小説家であることを、長谷川にバラされたことを思い出した。

いわないでほしいと伝えたのに、約束を破ったのだ。あのときの落胆を思い出した。

「私、私は――今回のメールの件もありますが、約束は守った方がいいと思います。誰でも失敗はありますから、せめて約束は守ってほしいな……と」

長谷川と目が合った。潤んだ目で何度もうなずいている。

申し訳なさと、いわれるがままに長谷川を責める自分に、胸が締め付けられた。

思わず目をそらしてしまった。

こうして全員が長谷川を責め立てた後、松平は吐き捨てるようにいった。

「いいかげん成長しろよ、馬鹿が。そうだ、それとだな」

松平は長谷川の席に行くと、長谷川のメモ帳を持ってきた。

「これに業務上の注意なんかをメモしているんだよな」

「そうです」と答える長谷川に、「そうですじゃねえよ」と松平は目を向けた。

「俺がいったことはメモしてなかったのか？　お前はタイピングが遅くて練習が必要だから、メモに書かず直接パソコンに入力しろって。わざわざメモからパソコンに入れ直す二度手間がはぶけるしな」

長谷川は何もいえずにうつむいた。メモを取る方が楽だったのだろう。

「それに――」と、松平はメモ帳をめくった。

「何で関係ないことを描いているんだ？」

　後ろの方のページに、長谷川が描いた絵が並んでいた。漫画のキャラクターや、犬や猫など動物のラフスケッチである。長谷川の妻子が笑っている絵も見えた。

「高校卒業後、お前に職歴がない理由は、漫画家を目指していたからだよな。でも別の道でがんばるというから採用したんだ。何でこんな落書きをしている？」

　黙ったままで答えない長谷川にいら立ったのか、松平は絵が描かれたページを破り取ると、それをさらにビリビリに破った。

「わあ、やめろ、やめてくれ」

　長谷川は泣き叫びながら、松平に向かって手を伸ばす。

「上司に向かって何だよ、そのいい方は」

　松平は向けられた手を避けると、そのまま長谷川の体を床に倒した。

　そして倒れ込む長谷川の頭を手で押さえつけ、耳元で叫んだ。

「こんなくだらない絵を描いている暇、お前にはないんだよ！　誰もが社会人への準備を進める中、お前は自分の好きなことだけやっていたんだ。根性なしが諦めてサラリーマンになったんだから、遅れた分何倍も努力が必要だと伝えたはずだ。どうしてわからない？　こんなもの描いている暇あったら仕事を覚えろよ、動けよ！」

　細かく破かれたメモ紙が、倒れた長谷川の体にはらはらと落ちる。

「今この瞬間に心入れ替えろ。そのゴミ拾って捨てておけよ」

　松平に怒鳴られた長谷川は、うつぶせたまま、「うう、うう」と泣き声を漏らしながら、肩を大きく上下させている。

真一も悔しさで胸が締め付けられていた。

夢見ていた道を諦める悔しさがどれほどのものか、松平はわかっているのだろうか。

自分への不甲斐（ふがい）なさとか、励（はげ）まされても素直に受け止められず感じる胸の痛みとか、夢を追い続けられる他人への醜（みにく）い嫉妬とか、それらすべてを泣いて呑み込む悔しさが。

自然と体が動いていた。

長谷川の横にしゃがみ、破られたメモを大事に拾う。

真一に気づいた長谷川が、はっとした表情で潤んだ目を向ける。

二人でメモの破片を一つ残らず拾った。

すべて拾い終わると、「仁木さん……ありがとう」と長谷川はか細い声でいった。

何と言葉を返していいかわからずに、うなずくことしかできなかった。

7

「長谷川さん」

買い物に行こうとする長谷川を呼びとめた。

「ん？　どうしたんですか仁木さん」と、いつもの愛嬌（あいきょう）のある笑顔を向けてくる。だがその顔は、さすがに元気がない。

「すいません、俺、さっき……」

それ以上、言葉が出なかった。目の奥がつんとして、声が震えてしまいそうだった。

するとと長谷川は「何だ、そんなことですか」と笑い出した。


「こっちこそ嫌な役させちゃって申し訳なかったです。林十夢さんに会えたことがうれしくて、つい篠原さんに教えちゃった僕が悪いですし」

「それはいいんです。俺、松平さんにびびって、長谷川さんに告げることを探したんです。偉そうに、人にとやかくいえる立場じゃないのに」

いやいやと長谷川は手を横に振った。

「本当、気にしないでください。もし僕を気遣ってくれているなら、そうですね——その無駄な時間の分、小説に集中してください」

力なく、でもいたずらっぽく微笑む長谷川に、余計に心配が募る。

「二作目待ってます。僕はへっちゃらなので僕に使う時間はいらないです——これで仁木さんが小説に集中できる時間ができましたよ」

その表情に、真一は大きく深呼吸をしていた。それから吐き出すように告げた。

「長谷川さんは強いですね」

真一の言葉に、「そうですかね」と、長谷川はあごに指を当てて少し考え始めた。それから思い付いたようにいった。

「強い弱いじゃなくて、ただ楽しみなだけですよ。林先生の新作が」

屈託のない表情で、あっさりと告げられた真一は、降参したように苦笑していた。

降参するしかなかった。なぜなら、間違いなく勇気が芽生えている。

長谷川にもらったそれを、ふてぶてしい形で長谷川に返したくなった——そこまでいうならやってやるよ、と。

拳を強く握る。手に汗をかいている。真一は長谷川に伝えていた。

「ありがとうございます。それなら……がんばってみます。ずっと書いてはいるのですが、だめかもなってどこか腐っていたんです。でも絶対に二作目出します」

長谷川の顔が明るくなる。「本当ですか！　やったー」と、子どものように両手を上げる。

頭のどこかに常にあった。己をぶつけて書いた小説は誰の心も動かさず、自分が考えたこと、感動したことなんて、何の意味もないのだと。

だが少なくともここに一人、自分を見てくれている人がいる。

「がんばります。でも、だから長谷川さんもがんばってください……とはならないです。無理しないでください。その……もっと自分らしく生きられる道もあるはずです」

お節介なのはわかっているが、いわずにはいられなかった。しかし長谷川は「どうなんですかね」と、宙を見上げるだけだった。

もし小説を出せたら。今と違う道を切り開けたら。長谷川に伝わるだろうか。

書きたい物語がある。作り上げたい物語がある。それを目指す自分を見てもらいたい。

この気持ちが、明日に繋がる気がした。

担当編集者にメールを送ってみた。

『新作書いているのですが、完成したらまた見てもらうことできますか？』

『もちろんです！　楽しみにしてます』

まだ書き終わってもいないのに連絡したのは初めてだ。

自信の表れではない。今の気持ちから逃げないようにするための保険だった。

実際は何も始まっていないのに、約束を交わせただけで、一歩進んだ気がする。気がするだけで、モチベーションが上がるから不思議なものだ。

今日から毎日、ノートパソコンを持ち歩くことにした。

通勤には大きすぎるバッグは、そのために買ったものだった。

『百億の昼と千億の夜』を両手で持って、祈るように目をつむった。

未来を切り開けるのは自分次第。嫌になるほどそれを知ってきた。

それなのにどうか今度こそと、静かに願っていた。

――『そのまま歩め！』

弥勒（みろく）の居所に続く巨大な扉の前で逡巡（しゅんじゅん）するシッタータに対し、阿修羅王が力強く言い放った言葉である。

踏み出す恐怖はあった。そんな真一の背中を、長谷川と阿修羅王が押してくれていた。

Ⅲ－2

1

バイト先のコンビニに向かう途中、左右を見渡す限り田んぼが広がる田舎道を走る。
その日も梢はバイトに行くため、その田舎道を自転車で走っていた。
きょろきょろとあたりを見回す。周りに人はいない。
梢は大きく息を吸って、「わー」と大声を出した。
肺の中の空気が絞り出され、爽快感を覚える。バイト前の声出し代わりに叫んでいた。
喉が開き、気持ちも切り替わり、梢なりにはきはきとレジ対応できるようになる。
――今より上手に接客できるようになりたい。
というと前向きだが、実際は失敗におびえる臆病さから来る行為だった。
いつかは変わるのだろうか。

週三でレジに立つ梢には、顔見知りとなる客も徐々に増えていった。
不思議なもので、常連客にはそれぞれお気に入りの店員というものがいる。
ぎこちない梢にも、そこが逆に好感を持たれるのか、そんな客がいた。
「こんにちは」と、パーマ頭の中年女性に声をかけられる。

梢も挨拶を返す。週に一、二回来る、この女性もそうだった。いつもにこにこと目を細めている。梢もこの女性には、目を見て挨拶できるようになった。

「お客さんの中にファンを作れたらたいしたものだよ」

店長の言葉に、うつむき頭を下げることしかできない。

店長は「うれしがるのは恥ずかしいことじゃないって」と微笑んだ。

そうかもしれない。でもツイッターの自分を見せたら、あの女性はどう思うだろうか。想像したら寒気がした。


店の裏には大きなプラコンテナがあり、そこにはゴミ袋がたくさん入っている。業者が週に二回早朝にやってきて、コンテナごと取り替えていくのだが、コンテナには南京錠がかかっている。大量の廃棄食品を狙うホームレスがいるからだ。

また店の前にあるゴミ箱には、何冊もの週刊誌が読み捨てられる。それをゴミ箱の中から拾い、路上で通常より安く売り、小銭を稼ぐ強者もいるらしい。

梢は南京錠の鍵を持って、ゴミの入った重いビニール袋を持ち上げる。

廃棄をもったいなく感じたのは最初だけで、いいのか悪いのか、すぐに慣れた。

勤務が終わり、最後の一仕事として店の裏に回った。

そこに、汚れた身なりの男性がいた。白髪交じりの髪も髭もぼうぼうだ。

あえて見ないようにして、コンテナの鍵を開けた。

「なあ。そのゴミの中、食い物あるだろ？　くれないかなあ」

こうなるのではと薄々勘づいてはいたが、やはり声をかけられた。

「すいません、それはできません」

「だめ？　そういわずにくれよー。どうせ捨てるんだろ？」

成功体験でもあるのか、笑みを絶やさずに何度もトライしてくる。

軽く会釈してかわす。さっさと捨てようとしたら、南京錠で手をひっかいてしまった。

そしてそそくさと戻ろうとしたのが、愛想悪く見えたらしい。

突然、男性の顔から表情が消え、急に声を荒らげてきた。

「えらそうにしやがって、たかがバイトが！　たくさんゴミ出して恥ずかしくないのか」

こっちに向かって歩いてくる。あわててその場から逃げた。

顔を青くして店内に戻ってきた梢を見て、レジにいた店長と利根川は目を丸くした。

「店長、裏に変な人が。ゴミをよこせって」

三人で裏に戻ると、男性はすでにいなかった。目的を達成したからだった。

梢は南京錠をかけずに逃げてしまった。男性はすかさず、弁当を盗んでいったのだ。コンテナのいちばん上に積んであるゴミ袋は、口が開いていた。

「まいったな。次来たら、すぐに警察に突き出すか」と、店長は顔をしかめた。

「すいません、私が鍵閉め忘れたせいで――」

突然怖い目にあって、気が動転してしまった。

裏の事務所に戻り、呼吸を整えていたら、利根川が梢の様子に気づいた。

「梢ちゃん、大丈夫？　指、怪我(けが)してない？」

ＩＱＯＳをくわえたまま、利根川が梢の指をさした。見ると、うっすら血がにじんでいる。急いでゴミを捨てようとして、南京錠でひっかいたところだった。

腕時計を外し、事務所にある水道で手を洗った。

バッグからハンカチを手に取ろうとすると、

「絆創膏(ばんそうこう)持ってるからあげるよ。けっこうこの仕事は指を怪我するからね」

と、利根川がタオルと絆創膏を取り出し待っていた。

「貼ってあげるね」

梢の腕を手に取って、タオルで水気を取ると、丁寧に絆創膏を貼り始める。「大丈夫か」と、畑山も心配そうにその様を見ていた。

うつむく利根川の、長いまつげが目立つ。ＩＱＯＳ独特の焦げたようなにおいがした。

――気づいているかな。

気になって仕方ない。腕時計を外した梢の手首には、リストカットの痕(あと)が付いていた。何度切って血を流しても、心にある煩わしい何かは頑固なニキビの芯のように残っている。

「はい、できた」

利根川は何もいわなかった。梢の目をまっすぐに見て微笑んでいる。

「ありがとうございます」

「気にしないで。それより段ボールを開けるときの方が怪我しやすいから気を付けてね」

「あー、たしかにそこが一番の危険ポイントだ」と畑山も、利根川に笑顔で同調した。

利根川は梢のバッグに目を向けた。

「ってか、梢ちゃんのバッグいいなあ。ちょっと前に出たフェンディのバッグだよね」

「あっ、はい。思い切って買ったんです」

何事も覚束ない毎日にどうにも落ち着かず、奮発して買ったものだった。

「いいなー。私が買った体で手に持つから、インスタに載せていい？」

「やめておけよ」と畑山にたしなめられ、利根川も「だよね、さすがに」と笑った。

「インスタの方はオシャレに攻めたいんだけどなあ。梢ちゃんはインスタとかツイッターとかやっていないの？」

利根川に訊かれた梢は、「私はやっていなくて」と首を横に振った。

「そっか。始めたら相互フォローしようねー」

無邪気に微笑む利根川に、胸が痛んだ。毎日のようにツイッターに投稿している。

そして内心では、男性に怒鳴られたことにまだ心臓が縮んでいた。

すぐに傷付く自分が嫌だった。何気ないことにも動揺してしまう。さっきのように気遣う必要のない相手ならまだしも、快く話しかけてくれるお客さんにまでこうなのだ。

ツイッターではもっとひどい悪意を向けられても平気なのに、どうして現実ではいちいち落ち込んでしまうのだろう。


そのような疑問が、梢を身勝手な思考へと導く。

その日の夜、またツイートした。

『もう死にたい。会社で、私以外のメンバーが楽しそうに話していた。私は仕事に集中するふりをして終始うつむいていた。もっと上手に話せるなら、会話に入ってみたい』

『周りの人が私を一瞥する。きっといつも私がいない間、楽しく私の悪口で盛り上がっているのだろう。この人たちに死にたいと告げたら、じゃあ死ねと返されるだけだ』

律儀にOL設定を守りながらも、珍しく具体的に仕事のことをつぶやいた。

事実と違う内容だ。今日はバイト先で、みんなの優しさに触れたではないか。

同情されたくて嘘をつく。周囲がひとでなしばかりだと思わせる。

心のどこかで利根川に思うところがあった。

――タバコを吸っているのにみんなから好かれて仕事もできて、ずるい。私はやってはいけないことはやらず、真面目に生きてきたのに。キャバクラで働けるコミュニケーション能力があって、ずるい。私はただ、人に迷惑をかけないように生きてきただけなのに、その結果つまらない人間になってしまった。

いつも優しくしてくれて、利根川のことが好きなのは確かなのに。

――私はこんな人なんだ。

とことん貶（おとし）めて卑下することで、自分を正当化する。

利根川がほめてくれたバッグが視界に入らないように、ベッドで寝返りを打つ。

それでも足りなくて、また部屋を暗くして布団をかぶった。

スマホの青白い光が、梢の手や腕を照らす。心を見透かすように、産毛や毛穴までくっきり映す。

心まで照らされそれが苦痛になったとしても、他に拠（よ）り所にできる場所などない。

ツイートを見たのか、また知らない誰かからダイレクトメッセージが来た。

『そいつら殺しましょう。私はいつも思うのです。不要な命というのはあるのではないかと。腐った奴らを殺して、なぜ罰せられなければいけないのでしょう』

別にそこまでは思っていない。梢は眉をひそめる。

自分だけの歪な承認欲求を満たしたい。誰もが自分の希死念慮に合致したそれを持つ人物を探している。無謀な願いだろうか。

ツイッターを閉じると、梢はブックマークしているサイトを開いた。

インターネット上にいくつもある、『自殺した芸能人一覧』のページである。

誰がどんな意図で作成したのか。悲しいニュースのたびにページは更新されていく。

なぜ梢はこんなページを眺めるのだろう。誰だって死ぬのだと、安心しているのだ。死を身近に感じているのだ。そこには身勝手で自己中心的な自分しかいない。

淡々とつづられる人生の結末を、今日も眺めた。

これらのページと、アマゾンの『完全自殺マニュアル』のレビュー欄は、梢にとって死を受け入れるための安心材料だ。

ページをスクロールするとき、利根川が貼ってくれた指の絆創膏が目に入った。

胸が痛み、スマホを逆の手に持ち替えた。うまく操作ができなくてもどかしかった。

『珍しいですね。仕事のことをつぶやくとは』

クズ野郎には見透かされていた。

『私もアサカさんと同じく、職場で嫌な思いばかりしています』
『そうですね。ありがとうございます。クズ野郎さんも苦しいのですね』
『はい、そうです』
あまり話してくれない。ふと、文字を打つ手がすべった。
『クズ野郎さんは、どんなつらさを抱えているんですか?』
質問を投げた後で悔やんだ。詳細を訊かないのが、暗に決められたルールのはずだ。
案の定、クズ野郎は返事に窮したらしい。返信は五分後だった。
『自分なんか生まれてこなければよかったです』
一文だけで返してくるのは珍しい。
『ごめんなさい。踏み込みすぎてしまいました』
『大丈夫です、悩まないでください。私のような、犯罪者以下の出来損ないのことで』
――どういう意味だろうか。
ここまで自分を卑下するのには、どういう事情があるのだろう。

2

その日も、梢のことがお気に入りのパーマの女性がやってきた。

いつも通りレジ打ちをしていると、「これ、プレゼント」と、女性はバッグから小さな包みを取り出し、梢に渡した。駅前にある百貨店の包装紙で包まれている。

あっけにとられた。口に手を当てる梢を見て、女性はにこりと目を細めた。

「たいしたものじゃないけど。若い人はどういうの着るかわからないから。嫌だったら捨ててね。あなたがいつもがんばってるから、私も元気もらってるのよ。また来るね」

梢は濡れたような目で、「ありがとうございます」とお辞儀をした。

——自分が誰かに元気を与えている。

そんなふうにいってもらえるなんて、思いもよらなかった。

「梢ちゃん、何にやにやしてるの？」

勤務が終わるまで、利根川に何度もそう指摘された。うれしさから、ずっと顔がほころんでいたらしい。そのたびに顔を引き締めるが、またしばらくしたら表情は緩み始めた。

勤務終了後に事務所に戻ると、「早く開けよう！」と、利根川がいちばん興奮していた。梢は破かないように丁寧に、包装紙を開いていった。

中に入っていたのは——無地の白いTシャツだった。

一瞬、全員でポカンとする。

インナーに着るタイプのシャツで、あまりプレゼントでもらう類いの衣類ではない。

「……いいじゃん！　プレゼントは気持ちが大事！」

なぜか利根川は焦っている。

「あのおばさん、梢ちゃんのことを考えて、これが似合うだろうって選んでくれたんだから。選んでくれた気持ち、その気持ちが大事！」

その通りだった。梢は丁寧にたいせつに、もらったシャツを胸に抱えた。

「うれしいです。本当に心からそう思っています」

こんなふうに感謝してもらえることがある。

梢にとってそれはとても意外なことで、何よりも心地よいことだった。

3

また別の日。今日は畑山も利根川も非番で、店長も不在だった。

古谷（ふるや）というバイトが、「こんちは」と、やる気なさそうにあいさつをしてくる。長髪で顔の半分くらいが隠れている。あまりシフトに入っておらず、今日が初対面だった。

「よろしくお願いします」

梢も丁寧にあいさつをするが、話は続かなかった。

二人で業務をこなしていくが、まだまだ手際が悪いところがある梢が、古谷は気に入らないようだった。

「あのさ、もっと早くレジできないかな。元気なさすぎだし、よくそれで接客できるね」

やけにつらくあたってくる。

「俺休憩に入るから、レジやってて。場数踏んで、もっと慣れた方がいいと思う」

そういって古谷は事務所へ入っていった。

休憩時間は十五分のはずだが、古谷は一時間帰ってこなかった。

戻ってきた古谷は、わざとらしくため息をついた。

「俺、おたくみたいな人苦手なんだよね。暗くてはっきりしない人」

うつむいて、頭を下げるしかなかった。

そうだ、畑山や利根川みたいな人だけではないのだ。自分のような暗いタイプが苦手な人も、世間には大勢いるだろう。

職場の誰からも好かれるなんて、ありえないことだ。当たり前のことに気づかされた。

会話もなく、今日の勤務はいまいち盛り上がらない。

こんなときに限って客足も少ないから、余計に気まずい時間が流れる。

そこに「おっすー」と、客として利根川が入ってきた。

古谷の顔が明るくなる。初めて笑顔を見たかもしれない。

仕事の邪魔にならないよう気遣いながら、二人は喋っている。明るく話す古谷を見ていたら、やはり自分は嫌われているのだなと、気が重くなった。

利根川は悪くないのに、利根川が来て居心地が悪くなった。

揚げたフライドポテトには目分量でシーズニングをかけるのだが、落ち込んだせいか二人が気になったせいか、ついかけすぎてしまった。

きっと自分は、誰かにとって一番の相手になりたいのだ。

エゴイスティックな自分を突きつけられる。何度か一緒にシフトに入っただけの利根川が、自分より古谷を優先しているのがつらい。利根川からしたらいい迷惑だろう。

一人でレジ打ちをしていたら、横から二人の話し声が聞こえてきた。

「俺さ、畑山ってキモいから、一緒のシフト入りたくないんだよな。何かあいつはヤバい雰囲気がある」

梢に親切な畑山の陰口を耳にして、不快感を催した。利根川はあっけらかんとかわしている。自分にもそれができればいいのに。

——二人とも楽しそう。

仕事をしているだけなのに、みじめな気分になった。

だが古谷が客に声をかけられ、利根川から離れたときだった。

利根川がこっそりと、梢に耳打ちしてきた。

「あいつ大丈夫？　いい方にトゲがあるんだよね。畑山嫌いとか、いってくるんじゃねーよ！　畑山に会うとき気まずくなるだろ！　梢ちゃんは大丈夫だった？　いろいろ話聞かされたりしなかった？」

「私は大丈夫です——相手にも、されていないです」

「ま、気にしないことだよ。今日中に古谷、絶対にいうよ。『コンビニだからって甘く考えないように』って。お前がいちばん甘く見てるんだよ！　それじゃまたねー」

利根川はそういって店から出ていった。話ができて、気分は晴れていた。

そこに古谷が戻ってくる。

「あれ、利根川帰ったか？　おたくは働いて一ヵ月ぐらい？　コンビニだからって甘く——」

梢は吹き出しそうになった。

退勤する頃には、早くツイッターにかじりつきたいという感情も消えていた。

いつものように自室のベッドに寝転び、スマホを手にした。

梢は気づき始めていた。ツイッターにつぶやく回数が減ってきている。

『死にたい』

感情抜きにつぶやいた。インプレッションがまた増えて、申し訳なさが募る。

今までは胸の奥に生じては、吐き出す場所を求めてつぶやいていたのに、まるで出欠確認のように事務的、機械的にツイートする日がある。

バイトで人と話すことが増えて、心が解放されているのだ。こんなことがあるのかと、自分でも驚いている。

だが、つぶやかないという選択肢はない。

これまで何度も、誰かのアカウントを見送ってきた。

梢のように苦悩をつぶやきながら、ある日突然アカウントが消えたり、放置されたままのものもある。放置アカウントはたまに見に行くが、変化はなく残念な思いをする。それを何度も続け、やがて見に行かなくなる。

アカウント主はどうしたのだろう。

外の世界に居場所を見つけて、アカウントは不要になったのか。もしくは、どこにも居場所を見つけられず、ついに不本意な人生に見切りを付けて――。

答えは一生わからない。SNS上の出会いなんて一瞬だ。

たぶんわかり合える。だが分かち合おうとはしない。梢と同じ死にたがりたち。

久しぶりに『死にたい』というワードで検索してみた。

生きられない、愛されない、安心できない。さまざまなつらさ、寂しさを吐き出すツイートが結果に表示される。

生きてきた中で一番の宝物として、精神障害者保健福祉手帳を紹介するアカウント。

リストカットで腕に傷が増えていく経過を見せるアカウント。

一週間分の内服薬をきれいに並べて、ピースサインとともに写真を撮ったアカウント。

それぞれが抱えた思いが、それぞれの形で表現される。

——どうか少しでも心を軽くして。ここでは自分を最優先に考えていいはず。

ツイッターという不思議な場所に思いを馳せた後で、静かに願った。

梢はもう、変わってしまったから。

今日も梢に新たなフォロワーができた。ダイレクトメッセージを受信する。

『はじめまして。死にたいものどうし、わかり合えることもあると思います。ツイート見ました。詳しく話を聞かせてください』

そんなかしこまらなくても、楽に話しかけてくれていいのに。

スマホを放り投げて、着替える準備をした。

——私に価値なんてないから、私があやふやな場所がいい。

生きているだけで、自分は正しくないという根拠が増えていく。それに目をつむり、ただ息をしている。

4

その日は明るいうちから、地元で大きな祭りが行われていた。

毎年十月に行われる川越氷川祭——通称川越まつり——だ。人出が多い年だと二日間で百万人近くが訪れる、関東三大祭りの一つである。

駅を出ればすぐに屋台が並んでおり、市街地の方へ進むにつれて活況を帯びていく。

日が沈み暗くなり、ますます街は賑わっていた。

提灯や出店で大小色とりどりの明かりが路上で光る中、背の高い山車が街を練り歩き、お囃子の音とともにひときわ輝きを放っている。大勢の浴衣姿がそれを見上げている。

もちろん駅前のコンビニにとっても商機となる日なので、店頭にテーブルを出し、ビールやフライドチキンを販売する。バイトも総動員だ。

他の屋台から、今川焼きやたこ焼きのいいにおいがしてきて、お腹が減る。

店内レジを担当していた古谷が、法被を着た酔っ払いを抱えて店から出てきた。

「トイレを貸せってうるさくて」

祭りの日は、トイレを貸さないことにしている。店内に大行列ができてしまうからだ。

今日は店内担当が店長、畑山、古谷で、店頭を担当するのは利根川、梢だった。

「フライドチキンにビールいかがですかー！」

利根川が大きな声で、楽しそうに呼びかけを始めた。

負けじと梢も「いかがですかー」と続く。だが誰も振り返らない。

恥ずかしさを追いやって、もう一度声を出す。

「フライドチキンにビールあります！」

利根川は両眉を上げて、梢に微笑んだ。

「梢ちゃん、いい感じじゃん。私もがんばろうっと。そこのおじさん！　買ってってって」

あれこれ言葉を換える利根川に対し、梢は何とかの一つ覚えしかできない。声を大きくするので精一杯だ。

大声を出した瞬間、通りすがった夫婦と目が合った。

「元気いいわねえ。それじゃあ二本ください」

「ありがとうございます！」

思わず顔がほころんだ。会計を終えると、「がんばってね」と声をかけてもらった。『もっと売りたい』という感情が芽生えてくる。

店内では畑山と古谷が連携を取りながら、うまくレジと品出しを回している。単純に来客数も激増しているのだ。

古谷は畑山のことを嫌いといいながら、しっかりコミュニケーションを取っていてすごい——と思って、すぐに考え直した。

当たり前だ。仕事というのは、好き嫌いでパフォーマンスが変わるものではない。

仕事を覚えると視野が広がる。ひらめきの元がそこかしこに現れる。

各視点が連動し、頭の中で大きな絵を描けるからだろうか。

梢は忘れていた。何かを始めること、覚えることは楽しいことなのだ。

職場には、小さな工夫が山ほど溢れている。

常連客の買うタバコはあらかじめ用意しておく。毎月十日と二十五日は、給料日で会計時に一万円札を出されることが多いので、千円札をたくさん入れておく。

実際に働かないとわからない、小さくきらめく工夫たち。

もちろん梢の小さな達成感など知るよしもなく、客は無表情で店を出ていく。

それでもこの胸にある、満ち足りた気分があればそれでよかった。

午後九時を過ぎたあたりで人出も減り、出店は片付けることになった。

「梢ちゃん。今日お互いがんばったよね」

テーブルを折り畳もうとすると、利根川がハイタッチをねだってきた。

照れ気味に手を上げると、そこに利根川がパチンと手を合わせた。

「こらー、やったーって跳び上がるくらいしなよ。それだけのことしたんだからさ」

利根川は少し不満げだったが、それでも白い歯を見せて笑顔だった。

その瞬間、梢はぐっと口を結び、涙をこらえていた。

こういうこと、これまでの人生で何回もあった気がする。

優しくされてから、ようやく自分の間違いに気づく。

こんなに親切で優しい利根川に、梢はいい印象を持たなかったのだ。

何回繰り返すのだろう。でも次こそは。

店内に戻ると、一息ついた古谷と畑山が、「お疲れさまー」と笑顔を見せた。

梢も「お疲れさまでした」と返事をした。いつもより明るい声になっていた。

一週間、何もツイートしないのは、初めてのことだった。

ツイッターを開くのだが、なぜか言葉が出てこない。もどかしく思うと同時に、妙な自信にもなる。逃げ場所を必要としていない感覚になる。

『期待に応(こた)えたい自分と応えられない自分の間で揺れることに、もう耐えられません』

疲れてうとうとしていたら、クズ野郎からダイレクトメッセージが届いた。

明日は朝勤で早い。今日は寝て、明日バイトが終わってから返信することにした。

今まではすぐに返信していたのに、現実の事情で後回しにするのは初めてのことだと、後になって気づいた。

Ⅳ－2

1

　ジュージューと何かを炒める音と、リズミカルに中華鍋とお玉がぶつかる音が気持ちいい。店内にはいいにおいが立ちこめている。

　青葉は地元で人気の町中華で、焼きうどんを食べていた。

「倉科さん。それ好きですね。前も食ってませんでした？」

　大盛りチャーハンをがつがつ食らいながら、大犬が訊く。

「ここの焼きうどん、うまいんだよ」

　まさか家でよく食べていた思い出の味と似ているとは、そして家で食べていたやつの方がこのより絶対おいしかったとは、かっこ悪くていえない。

「ところで倉科さん。今度うちらが入る例のあたりなんですけど。適当に店回って唾付けてきましたよ。みかじめ料はそれなりに見込めそうです」

　青葉の箸が止まった。大犬を睨み付ける。

「どういうことだ？　誰にことわってそんなことしてる？」

「え、聞いてないんですか？」

　大犬はレンゲを口に運びながら、不思議そうにいった。

「玉置（たまき）さんですよ。倉科さんとは話付けてるからって……」

組の若手で頭抜けて結果を出している青葉を、数年先輩の玉置が疎んじているのはひしひしと感じていた。

「お前は騙（だま）されたんだよ。前もいっただろ、あの人には気を付けろって」

「え……。これ、取り分は玉置さんに行っちゃうってことですよね」

「させるかよ。あのハイエナ野郎……」

過失をごまかすように、大犬はスマホを取り出した。

「と、とにかくこのリストに載っている店は何とかなります。チェーン店はちゃんと俺たちみたいな輩対策していていろいろ面倒なので、小さくて個人経営の店を狙いました」

スマホをふんだくると、リストを見ていった。

もしやと思ったが、そこにはスナックアオバの名前もあった。

「ここ、どうだった？」と、スナックアオバを指す。

「あっ、アオバって倉科さんと同じ名前だから気になりますか？」

面白そうにしている大犬を、青葉は睨み付ける。「すいません」と大犬は頭を下げた。

そもそもの話、青葉という名前が好きではなかった。こんな大男には爽やかすぎる。

「まあ、小汚いスナックでしたよ。でもママはけっこう色っぽくて好きですね。ちょっとむちっとしていて、俺は年上ありですから。そのうち抱かせてもらおうかな。あんま繁盛してなさそうだし、酒飲ませて値下げをちらつかせれば――」

にやつく大犬に、無性に腹が立つ。

「おい、下品な話すんなよ」

青葉は自然と、持っていた割り箸を折っていた。

雰囲気が店内に伝わったのか、活気に満ちていた店内がいっせいに静まりかえる。

「……どうしたんですか？　急に」

大犬は唖然としている。

「どうもしねえよ。ただ玉置にそそのかされたお前にいらついただけだ」

「そんな言い方ないじゃないですか。確かに俺も油断してましたけど」

「リストよこせ。俺も取り立てる」

そういって青葉は、大犬の手からスマホをふんだくろうとした。

「どうして倉科さんが。舎弟の俺がやりますよ」

青葉の手を拒(こば)んだ大犬の手からスマホが飛んでいき、床に落ちた。大犬が拾い上げると、画面には無惨にひびが入っていた。

「あっ、何すんだ、てめー」

大犬の口調が変わった。そして「ふざ……けんなよ……なめやがって……」と、うつろな目でぶつくさとつぶやき始めた。

激怒した証拠だった。大犬はこうなると、手が付けられない暴れ者になる。誰に怪我をさせるかわからないので、自制するようにきついいつけてきた。一度渡した拳銃も取り上げた。カッとなって、街中で発砲しないとも限らないからだ。

「まだ……買ったばかりなのに……。俺の大事なもの……ｉＰｈｏｎｅ３……銃まで……全部取り上げやがって……」

よく聞こえないが、恨み節をぶつけられているようだ。

耳をこらしていると、生気を失っていた大犬の目に力が入った。そして青葉を睨みつけて、大犬は叫んだ。

「ふざけんなよ！」

店中に響く大声とともに、テーブルをひっくり返そうとする大犬に対抗して、咄嗟に上からテーブルを押さえる。

「はいはいお兄さんら、邪魔だから出てってくれよ」

カンカンと中華鍋を振る小気味いい音とともに、厨房から店主の声がした。他の客は気配を殺すように、静かに食事をしている。

「相手してやるから、残さず飯を食え。さっさと出るぞ」

冷静な青葉を一瞥すると、大犬は急いでチャーハンをかき込み始めた。


ほんの十分後、助手席では大犬が「うう……」と唸っていた。目に青たんをつくり、割られたあごがひくつき、つばがだらだらと流れている。

「何度やろうが、お前じゃ俺に勝てねえよ。若造が俺に盾突こうなんて、百年早い」

「すんません……すんません……。もう生意気なこといわないです」

大犬は萎れたように、車の揺れに身を任せていた。今はこんなふうに白旗をあげているが、またいきなり怒り出すのだ。

殴りつけて大犬を黙らせたのは、いったいこれで何回目だろう。

不毛な暴力の後は、空しくなる。こんなしらけた思いにうちひしがれているうちに、このクソみたいな人生も一瞬で終わってしまうのか、と思う。

2

また今月も二十五日がやってきた。

チャイムを鳴らすと、今日はすぐにゆかりが顔を出して、丁寧に頭を下げた。

「金、もらいに来たぜ」

「はい、今月は少し多めにして、五万円返します」

ゆかりは手に持って準備していた一万円札を渡した。それを受け取ると、枚数を数えてポケットにしまった。

「ずいぶん羽振りがいいじゃねーか」

「節約したので……」と説明はするものの、ゆかりは何か隠しているようだった。だが貸し手としては借り手の事情はどうでもいい。

ゆかりはさらに、百円玉を二枚出した。

「それと、この間うちの子たちにパンをいただいたようで……その分のお金もお返しします」

「いらねーよ。ガキどもにもそういった」

「でも」と、ゆかりは手を差し出している。

「やくざに借りなんて作ったら、後で何を要求されるかわからないとでも思っているのか？安心しろよ、安物のパン一つくらい借りにもならない。それより危ないだろ、あんな時間に子ども二人だけで」

「あの日は早く帰るつもりだったのですが、いろいろ忙しくて。それで……」

ゆかりは困り顔でうつむいた。

「どうした？」

「実は……勤め先が倒産しまして」

「大変だな。だが返済は待たないぜ。他から借りてでも用意しろ」

返済を拒むにあたって、よくある言い訳の一つだった。

無理をしてでもいつもより多く支払ったのは、要求を呑んでもらうためだろう。そう考えた青葉だったが、状況は違った。

「もちろんです。ちゃんと払います。払うのですが……」

ゆかりは口に手を当てると、涙を流し始めた。

「どうしたんだよ。悪いけど、お涙ちょうだいには慣れているんだ」

「いや、そうではないのです」

「じゃあ何だよ？」

「この機会ですし、お給料のいい勤め先とかないでしょうか。その――風俗とかでも仕方ないかと思っています」

青葉は一瞬黙りこくったが、考えた末にゆかりに伝えた。

「紹介先はある。だがそれは最後の手段にしておけよ。うまくやっていける場合もあれば、だめになる場合も見てきた」

今泣いているようじゃ、後者になる気がした。

どうにも返済が立ち行かない借り手を、風俗に流したことは何度もある。

完全に仕事だと割り切れたり、いい常連客がついて楽しんで働けるならいいのだが、人によってはつらい仕事だし、開き直って扱いづらい債務者になる場合もある。

こっそり本番をさせて小遣いをくすねたことで逮捕された女もいたし、相当嫌だったのか、客をナイフで刺したときの後始末は大変だった。

「前提として、こっちは金さえ返してくれれば手段は問わない。あんたさえいいなら紹介するよ。優良店とまではいかなくても、危険な店ではないことは保証する。俺たちも下手に非合法な経営して営業停止になろうものなら大打撃だしな。ただ夜の仕事になるし、ちゃんと子どものことも考えろよ。今日はガキどもいないのか？」

「二人とも寝ています」

「そうか」と答えながら、がっかりしている自分がいた。

それを表情に出さないようにしながら、「まあよく考えな。すぐ働き口がほしいなら連絡くれ」と言い残し、青葉はアパートを後にした。

結局ゆかりは、工場での働き口を見つけた。早い時間帯の勤務にスライドした形だ。だが青葉の計算外だったことに、工事現場でアルバイトの掛け持ちまで始めていた。

3

翌日、事務所を出た青葉は繁華街を歩いていた。

少し肌寒い季節がやってきた。年の瀬も徐々に近づいてきている。早すぎるクリスマスセールがあちこちの店で始まっていた。

「すいません」と、青葉は突然声をかけられた。

振り向くと老齢の男性が、「孫を捜しています。知りませんか」と書かれたビラを差し出す。

当時女子高校生だった孫が失踪し、十年経過しているらしい。ビラに印刷された写真には、若い女性が写っていた。明るすぎる茶髪に細い眉毛、太すぎるアイライン。はるか昔に流行った派手な化粧だった。

眉を下げ懇願するような男性の顔には、悲しみと苦悩の皺が幾重にも刻み込まれている。

ビラに目を落としていた青葉だったが、「知らねえよ」と受け取りを拒んだ。

男性は「そうですか」と、落胆した様子で青葉に頭を下げた。

ふと気になり、青葉は男性に訊いてみた。

「その孫は、自分から姿を消した可能性はないのか」

「どうですかね。もしかしたらそうかもしれません。私の息子――孫にとっては父親ですが――とはよく喧嘩していましたから」

「だとしたら、どこかで幸せに生きているかもな」

嘲るつもりはなかったが、結果的にそういう言い方になってしまった。

しかし男性は、「それなら構わないです」と静かに微笑んだ。

「もし事情があって会いたくないだけなら、それでいいんです。せめて私どもが元気でやっていることだけでも伝えたいですが」

それを聞いた青葉は、なぜだかやるせない苛立ちを覚えた。

「おい」と、男性を見下ろした。態度が急変した青葉を、「どうしました」と男性は不安げに見上げる。

「取り繕っているんじゃねえよ。元気であればそれでいいとか、そんなわけないだろ。ただの想像で満足できないから、十年も捜しているんだろうが。会いたいっていえよ」

そもそものところ、男性は元気だと伝えたいというが、どう見ても元気ではない。心労が顔に表れすぎている。

ぽかんと口を開けて青葉の話を聞いていた男性だったが、やがて力なく微笑んだ。

「何がおかしいんだよ」

「自分が愚かしいことはわかっています。でもこの子が幸せに過ごしているという想像にすがるしかできないんですよ。いつか会えるまでは」

男性はそういうと、優しげにビラの中の孫に目をやった。

負けた気がして、青葉はそのまま歩き出した。

「呼びとめて申し訳ございませんでした」と、背後から男性の声がした。

再び歩き始めたが、青葉はさっきの男性のことが頭から離れない。

——普通に歩いているだけで人が避けるほど柄の悪い俺に話しかけてくるなんて、よっぽど心配なんだな。

振り向くと男性は、再びぺこぺこしながら、一生懸命通行人に声をかけていた。

だんだん寒くなってきた。店から漏れる光が、周囲を潤し暖めるように光を放っている。青葉はまた、スナックアオバの近くにカローラを停めていた。

ほんの一瞬しかその姿を見られないのだとしても、その一瞬のために何時間も待つことが苦ではなかった。

コツコツ、と窓を叩く音がする。

振り向くと、若い警察官が訝しげに青葉を睨み付けていた。

「何すか」と、青葉は窓を開けた。

「こっちの台詞だ。ここで何をしている?」

「疲れたから休んでいるだけだよ」

「お前、この間もここにいただろ。近所の住民から通報があった」

「この間も疲れてたんだよ。誰にも迷惑かけてないだろ」

「ここは駐車禁止だ。誰かと待ち合わせか?」

薬の取引でも怪しんでいるのだろうか。

「ちげーって。ケツの穴でもどこでも調べてみろよ。潔白だから」

「何でむきになるんだ。逆に怪しいな」

今ここにいることに引け目はない。だから強気に出たら、逆に怪しまれた。探られすぎて、芋づる式に他の悪さがばれるのは避けたかった。ばれたらまずいことはいくらでもある。

頭の後ろに手をやって、大きくため息をついた。

なぜここに車を停めているのか。聞かれても困りはしないが、かっこは悪い。

警官なんかに教えたくはなかった。

「わかったよ、帰ればいいんだろ」

青葉は車のスタートスイッチを押した。

突然の発車に驚く、警官のまぬけな面にむかっ腹が立った。

4

十一月の二十五日、青葉は取り立てのために、ゆかりのアパートへ向かっていた。

少し早い時間、午後七時前にいつもの路上に車を停めたときだった。

突然、コツコツと窓ガラスを叩く音がする。首を伸ばして外を見ると、太一が青葉を見上げていた。

ゆっくりとドアを開けて外に出た。月に一度会うか会わないかだが、この年齢の子の成長は早い。前会ったときより背が伸びたように思える。

「どうしたんだよ」と尋ねると、太一は真剣な表情でいった。

「ここに停めると、お巡りさんに怒られるよ」

「そうなのか」と、あたりを見回した。

太一は路駐取り締まりのことをいっているのだろう。静かな住宅街だ、点数稼ぎの暇な警官がうろうろしていてもおかしくない。

どこもかしこも警官の目が光る。舌打ちしそうになったが、太一の前だからやめておいた。それに、わざわざ忠告しにくる太一に、かわいらしさを覚えたのは確かだった。

「ありがとうな、坊主。いいものやるよ」

青葉は車内に巨体をねじ込むと、助手席にあった飴（あめ）の袋を取った。ストロベリー、オレンジ、サイダー、コーラなど、さまざまな味の飴が入っている。

体を抜くと、そこにはひよりも来ていた。

「何だ姉ちゃんも来ていたのか。弟に助けてもらったよ。だからこれはお礼だ」

飴の袋を受け取った太一は、「ありがとう……」と、青葉に笑みを向けた。

ひよりはまた困っているようだが、太一の手に載った飴が気になっているようだった。

「おじさんは、どれが好き?」

太一は興味深そうに目を輝かせた。

「そうだな、サイダーだな」と青葉がいうと、「じゃあサイダーだけ返す」と袋の中をまさぐり始めた。「待て待て」と慌てて止めた。

「お兄さんは、大人だからいつでも買えるんだよ。うまいから食べてみろって。それと——おじさんじゃなくてお兄さんだからな」

二人はうなずくと、「ママはおうちにいるよ」と青葉を手招きした。よっぽど飴がうれしかったのか、弾むような足どりだった。

「ずいぶん歓迎ムードだな。俺のこと、怖くないのか？」

するとひよりが、笑顔で振り返りながらいった。

「だっておじさん、あの怖い人から守ってくれたから」

どうやら姉弟にとっては大犬は悪で、青葉は悪ではないおじさんのようだ。

しっかり者の姉も、さすがに今は理解が及ばないのだ。

——怖く見えない人こそが本当に怖い。いつかこの姉弟もそれを知るのだろう。やるせなくて胸がつかえた。

青葉はこの二人が気になっていた。それなりの給与が見込める風俗を母親に紹介しなかった手前もあり、子どもの生活に影響が出ていないか心配もある。

暇な警官に備えて車を移動させると、二人に招かれてゆかりの部屋に向かった。ひよりと太一がドアを開けて待っている。

困った様子でゆかりが顔を出した。

「すいません、また子どもたちにお菓子を」

「たまたま車にあっただけだよ。受け取りに来たのは貸している金の分だけだ」

「はい、その分はもちろん……」と、ゆかりは財布から一万円札を出した。

親からしたら子どもには見せたくない姿だろう。子どもの前で泣きながら土下座する親や、昂(たか)ぶった大犬にボコボコに殴られる親など気の毒なケースもあれば、借金のカタに子どもを売り飛ばしたいといい出した、クズみたいな親もいた。

ところがゆかりに関しては、非常に珍しいケースだった。

奥の部屋から、姉弟が上下に並んで顔をのぞかせている。

「おじさん、またお菓子ちょうだい！」と、太一が声を上げる。視線を向けると、キャハハと笑って姉弟は顔を引っ込める。

「すいません」と、ゆかりは顔をひきつらせている。「別にいいよ――」と答えるはずが、思わず吹き出してしまった。

調子が乱れる。変なことになったな、と苦笑した。

今月分の徴収を終えると、青葉はゆかり宅を後にした。

「ばいばーい」と声がしたので振り返ったら、姉弟が大きく手を振っていた。

ポケットに入れた手を抜いて、適当に手を振った。

それなのに姉弟はうれしそうに、ますます笑顔になって、さらに大きく手を振り返すのだった。

部屋の明かりを背に青葉を見送る三人が、まるで小さい頃に見た影絵のように動いていた。

帰りはコンビニに立ち寄った。袋入りの飴を買うためだった。

5

その日は繁盛したものの、多くの客が偶然同じ頃合いで、店を後にしていった。

さっきから何度も「ありがとうございました」と、客を見送っている。

そしてまた、「ごちそうさまです」の声とともに、椅子を引く音がした。

「あっ、目黒くんも毎度。いつも気遣ってくれてありがとう」

「いいえ。アディショナル商品を使ってくれているお得意様だからご贔屓(ひいき)にと、上の者からも口酸っぱくいわれてますから」

そういいながらスーツを羽織る背中は、まだまだ若々しい。

「上の者って、何よその言い方。ちゃんと部長と呼びなさい、部長と」

「ですから、まだ部長にはなっていないんですって。正確には統括部長ですけど」

「いいじゃない、ややこしいから。もうこのお店では部長と目黒くん、この呼び方で決定よ。それにいわれなくても贔屓し続けるわ。アディショナルの冷凍食品を使うと、手抜きできるし評判いいし、いいことばかりなんだから」

「それ、ここでいっちゃっていいんですか?」

ドッと店内を笑い声が包む。こうして店にいるみんなで笑い合える。ママはこんな光景が好きだった。

そこにトシエが、からかうようにいった。

「写真見せてもらったけど、目黒くんの奥さんきれいなのよー。今度連れてきてよ。ついでに絶賛反抗期中の息子さんもさ」

「やめてくださいよ。手がかかって大変なんですから」

もう一度店内に、笑い声がこだました。

「あっという間にいなくなったな」

伊地知は、ついさっきまで賑わっていた店内を見回した。

その後、トシエなど残っていた客も店を後にした。残ったのは伊地知一人だ。

伊地知も常連客の一人である。年齢は五十半ばだそうだ。白髪交じりの頭をきれいになでつけている。ゴルフが趣味だそうで、長身で体格がいいので、年の割には若々しい。

今は独り身で、派手な店で飲むのも飽きて、これぐらいの店でゆっくり飲む方がいいらしい。話し上手だし、現金な話だがお金も落としてくれるので、ママとしてもお気に入りの客の一人である。

ママは伊地知がボトルキープしているウイスキーの山崎を出した。伊地知はオンザロックを好むので、グラスには丸氷が入っている。

「今日もお疲れさま」

「ありがとう。いただきます」

カウンター奥の席が、伊地知の指定席だった。

「私よりずっと年上の山崎だ。こうして口にすると、甘ちゃんな自分を思い知るよ」

喉を湿らせながら、伊地知は微笑んだ。

独り身同士、話は盛り上がる。

だがママは気づいていた。普段から落ち着いて話す伊地知だったが、今日は少し元気がない。何かを躊躇っているようにも思える。

「どうしたの。お疲れ？」

伊地知は小さくうなずくと、ママを見上げた。

「実は年末、アメリカに転勤になるんだ。この歳だからもうこっちには戻ってこられないだろうな。支店長として行くから、それなりの栄転だろうけど」

「へー、よかったじゃない。今日はお祝いね。たまには仕事帰りにお店来てね。飛行機乗ってさ」

冗談をいうが、伊地知は浮かない顔をしている。

疑問に思いながら、ママも自然に流した。

「これどうぞ。今日はおごるわ。お酒も今作るわね」

伊地知も好きな、名物の焼きうどんを出した。

「ありがとう」といいながら、それでも元気がない。

「ママ」とまっすぐに見つめられた。

「ん？」

「一緒にアメリカ行かないか」

突然の告白に、マドラーを回していた手が止まる。

「どうしたの急に」

「ただの告白だよ、ただ人生最後の告白にするつもりだ。急で戸惑うのもわかる。でもママといるときがいちばん落ち着く。本気なんだ。絶対に幸せにする」

「伊地知さん、普段は冗談なんていわないのに。珍しく酔ってるの？　いつもよりお酒強くなんかしてないわ」

「まさか。酔っていたらこんなにたいせつなこと、いわないよ。ママにも失礼だし」

「酔っている人って、みんなそういうのよ」

「仮に酔っていたとしても、酔うと本心が出るっていうだろ」

「でも酔うと勢いに乗って、口から出任せをいうってこともあるわ」

「今日信じてもらえないなら、日をあらためてもう一度告白するよ」

二人は見つめ合った。

「そんなこと、急にいわれても……」

「好きな人がいるのかい」

「いいえ。そういうわけじゃないけど」

「それでは、忘れられない人がいる？」

「……いいえ」

少しだけ遅れた反応に、伊地知は静かに目を伏せた。

「ママの心の中に居続ける人がいるのか。でもその人より幸せにしてみせるよ」

こんなまっすぐに想(おも)いを伝えられたのは久しぶりだった。

どんなに年をとっても、男ってこういうときは、少年のような目になるのだと知った。


店の片付けを終え、ママは一人カウンターに肘を突き、頬に手を当てていた。

グラスのビールがまたなくなっている。瓶(びん)を傾け、とくとくと何杯目かわからないビールを注いだ。

こんな仕事だ、同じようなことをいわれたことは過去にもある。冗談半分だったり、体目当てで口説かれたりすることもあった。

でもここまで心が揺れるのは初めてかもしれない。

それは伊地知という人物の魅力もあるが、店の経営に黄色信号が出ていたり、年齢的なこともあったりと、いろいろあるからだった。

必死で生きてきた。その過程で酸いも甘いも知ってしまった。

誰かから想いを寄せられたときに、純粋な愛情を推し量るのではなく、打算が働くのもやむを得ない。

伊地知にとって人生最後の告白なら、自分にとってもこれが人生最後の一大選択になるだろう。こんなドラマみたいな告白をされること、本当にあるのだなと思った。

選択になるということは、それなりに伊地知への想いはあるということだ。

そして——他の選択肢もあるということになる。

客に配るための名刺を手に取った。『スナックアオバ』の文字を優しくなぞった。

——そういやあの人も乱暴だったけど、たまには優しいところもあったな。

離れて気付くこともある。ありふれたフレーズが急に馬鹿らしく思えた。誰との関係であろうとそうだろう。離れてから気付いても遅い。切なさに打ちひしがれて、そんな自分をかわいがっても空しいだけだ。

ママの目は、静かに潤んでいった。

第三章

I－3

1

あれからつづみは会社に来ていない。

そのことに会社員としての大地は安心する反面、父親としての大地は安心するしないの問題ではないと考える。

突然息子を失ったつづみ。生涯を終えた同年代の祐介。ともに過ごせる時間が数えられるほどになった両親。自然と大地は、自身の家庭について振り返ることが増えていた。

大地は、朝食のときに流星に訊いてみた。

「流星。今度三人でどこか出かけるか」

キッチンの紗理奈が微笑んだのが見えた。息子に声をかけるだけなのに、勇気を出しているのがわかるのだろう。

流星が茶碗(ちゃわん)と箸を持ったまま、驚いたような表情を見せる。そしてわずかに小首をかしげた。それだけだったが、「どうだ、今度の日曜日とかは」と続く大地の言葉には、露骨に渋(しぶ)い顔をした。

「今、期末テストまっただ中だよ」

「あっ、そうなのか」

――しまった。変に気まずくなる。

「じゃあまた今度だな」と伝えるが取り繕えるはずもなく、流星は小さくため息をつくと、部屋に戻っていった。

「テストのこと、この間いったでしょ」

紗理奈が呆れたようにほおを膨らませる。

「そうだったっけな」と、ばつが悪い思いをする。自分のことしか考えていなかった。

流星に申し訳ないし忘れていた自分が情けない。だがそれ以上に、最初に話しかけたときの、首をかしげた流星がショックだった。

家族で出かけようと誘うことが、そんなに驚くようなことなのか。昔はよく出かけていたのに。

――家族か。

窓の外の小さな庭を見る。セレナを買ってからほとんど駐車場としか機能していないが、以前は流星と庭で遊んだものだ。一緒に遊んだあの頃の光景がよみがえる。

同じように庭に目をやる紗理奈がいった。

「流星、新しいグローブが欲しいっていってたわ。たまには買ってあげたら」

「物で釣らないと付き合ってくれないか」と、大地は苦笑する。

「釣るとかいわないの。甘すぎるお父さんはまずいけど、ちょっとぐらい甘いお父さんになるのはいいと思うよ」

紗理奈が大地に向かって微笑む。照れくさくて頭をかいた。

2

人事部室に入ると、すでに直江が出勤していた。渋い顔をして腕を組んでいる。

「目黒くん、用意できたら第二会議室に来てもらえるかな」

そういうと直江は、パソコンを持って先に会議室へ向かった。

表情が強張るのが自分でもわかる。荷物を置いて、すぐに会議室へ向かった。

「どうしました？　またあの人が」と、席に着くなり切り出した。

だが直江は、「わからない」と、首を横に振った。

「インターネットでこんなサイトができていた」

直江がパソコンの画面を大地に向けた。

それを見せられたとき、身の毛がよだつほどの恐怖を覚えた。

いわゆる告発サイトというやつだ。ニュースでは報道されないが、道義的に悪だと思える人物を個人情報お構いなしに紹介し、吊るし上げるためのサイトだ。

その記事の内容が問題だった。

『圧迫面接で応募者を自殺に追い込む、某食品会社の凄惨なやり口』

顔にモザイクがかかっているが、それは明らかに大地だった。

「これ、どういうことですか……」

目眩がしてきた。額に手を当てながら直江に目を向ける。

「わからない。ある社員が教えてくれた」

「誰が作ったんだ……。警察で調べてくれないのですか？」

「訊いてみたのだが、目黒くんの顔や名前は出ていないから、民事不介入の原則で難しいかもしれない。いったもの勝ちってことだ。信じられない話だよ」

我にもなく、両拳を机に叩きつけていた。鈍い音が会議室に響き渡る。

「いったい、私が何をしたと……。しかもこれ、私だってわかるじゃないですか」

サイトには、別サイトの動画が埋め込まれていた。大地が以前に、ウェブ媒体で答えたインタビュー動画である。採用業務について複数の会社の担当にインタビューし、就活生のヒントにしてもらおうという企画だった。

呆然と、そのインタビュー動画が流れるのを聞く。

動画内の大地は笑みを絶やさず、アディショナルのいいところを伝えようとしていた。だが告発サイトに貼られると、変に深読みされてしまい、大地は閲覧者に罵詈雑言の書き込みを浴びていた。

「私自身、会社説明会でここだと感じたのを覚えています」といえば、「もっと情熱があったのに落ちた人がいるのにその気持ちを考えていない」と書かれた。

「懇親会など社内イベントも充実しています」という言葉には、「そう思ってるのは上層部だけ」と決めつけられ、「一緒にがんばりたい。そう思える仲間と出会えるのを楽しみにしています」という最後の言葉には、「落ちた人とは一緒にがんばりたくなかったというわけだな。たとえば自殺した男性とは」と、目を覆(おお)いたくなるような書き込みがされている。

ある書き込みには、画像が添付されていた。

大地の全身に何本ものナイフが刺さっているように加工された、悪趣味な画像だった。背後にはびっしりと『殺』の文字が敷き詰められている。

目を通さずには入られなかったが、見なければよかった。

入念に準備をして、本気でいい人材と巡り会いたいと思い、飾られた言葉ではなく自分の言葉で話したつもりだった。

少し緊張気味に、でも一生懸命に話す画面の中の自分は、まさか後に動画がこんな使われ方をされるとは思っていない。

当時の思いを踏みにじられて、悔しさでいっぱいになった。

人を印象だけで判断するのはよくないが、つづみがサイト記事作成をできるとは思えなかった。そうなると、別の無関係な人間が作成したことになる。それはそれで腹立たしい。吐き気がするような嫌悪感を覚えた。

直江も苦渋の顔付きでいった。

「まずはリンク先の動画を非公開にしてもらおう。それと警察が動いてくれる可能性もゼロではないから、諦めずに相談はしてみよう」

「はい、ありがとうございます」

絞り出すように返事をした。

「ったく、好き勝手に言葉をまき散らして、嫌な世の中だなあ。やたらめったらに発表の場があるのも一長一短だね」

直江は眉をひそめた。

一社員がどんな状況にあっていようとも会社は動くし、周囲が合わせてくれるわけでもない。大地はいつも以上に真剣に業務に取り組み、気を紛らわせていた。

隣の八重樫が、何かいいたそうにしていた。直江と相談し、八重樫には告発サイトの件は伝えていた。

「ん？　どうかした？」

視線に気づき、大地から訊いてみる。すると八重樫はすまなそうにいった。

「あのこれ、経理部から指摘があったんですけど、求人サイトの掲載料稟議(りんぎ)の件、私が提出忘れてまして、締め切りが本日なのですが」

それなりに時間がかかる作業だが、締め切りに遅れるわけにはいかない。

「そうなんだ。それならやっておくよ」

八重樫に差し出された書類を受け取ったつもりだが――。

落としてしまった。ばらばらと紙が散らばる。

「あっ、すいません――」

咄嗟に身を乗り出して拾おうとする八重樫を制して、大地がしゃがみ込む。

「ごめん、こっちこそぼーっとしていた」

自分のせいだとわかっていた。書類を受け取るとき、明らかにいつもより力が強かった。いら立ちが出たのか、まるで奪い取るようになってしまった。

八重樫は肩を縮めている。動揺しているのだ。

そこに直江がやってきて、大地と八重樫の席にそれぞれ缶コーヒーを置いた。アディショナルの商品『マーブルタイム』である。

「はい、八重樫さんの好きなこれをみんなで飲んで、一回リラックスだね。ぴりぴりしてたら、できることもできなくなる」

直江は二人に向かい、親指を上げてウインクをした。

お礼をいって、三人でいっせいにタブを引く。スポンと小気味いい音が鳴る。

コーヒーを一口すすった八重樫は、大地に体を向けた。

「目黒さん。もし私にできることがあったら、何でもいってください。今私がこんなに自然に、みんなと仲良くやっていけているのは、目黒さんのおかげですから。いつも助けてもらってばかりの私がいうことではないのですが――」

言葉を止めて少しうつむいた後、八重樫はまっすぐに大地を見つめ直した。

「みんな支え合って働いています。就活のとき、人生でいちばん落ち込みましたけど、目黒さんがそれを教えてくれたから、今私はやっていけています！」

八重樫の大声は人事部室の外にも漏れたようで、通りかかった社員が不思議そうに部屋に目を向けていた。

照れくさかったが、頼もしかった。

大地は「そんなことないさ」と首を振り、「すまない、ありがとう」と八重樫に頭を下げた。八重樫は何度もうなずいていた。

部下に気を使わせるなんて上司失格だ。コーヒーを一気に飲み干した。いつもより苦く感じた。

3

だがどうやって、気持ちを切り替えればいいのだろう。

これからどうすればいいかわからず、いら立つ一日だった。

退勤後、エスカレーターを降りて、改札をくぐろうと定期券を手にしたときだった。

後ろから、「目黒ー」と大地を呼ぶ声がする。振り返ると、それは海江田だった。

「よかった、間に合った。お前を見かけてな」

息を切らしている。走って追いかけてきたらしい。

「海江田、わざわざ追いかけてきたのか」

「心配になったんだよ。心配なら助ける。当たり前だろ？　それ以外の選択肢なんかないさ。なあ、お前本当に大丈夫なのか？　顔色悪いぞ」

今は一人になりたい。「いろいろあるからな」と、ひとり言のようにつぶやいた。

「ちょっと休んだ方がいい。ゆっくりしたらどうだ」

「今忙しくて、ゆっくりできないんだよ」

「でもそのまま働いたら――」

「じゃあどうしろっていうんだよ」

少し口調が荒くなっていた。海江田が大きく目を見開いた。

周囲を歩く人々が、ちらっと目を向けては過ぎ去っていく。

「わからないよ、海江田には。仕事は順調で、家に帰ればしあわせな家庭があってうらやましいや。こっちは反抗期で大変だよ」

海江田は呆然とした様子だったが、やがて眉にかすかに皺を寄せた。

「目黒。大変なのはわかるがな。一つ取り消せ。お前は家族がいてしあわせじゃないのか？自分で自分のたいせつな家族を侮辱しているぞ。俺は瀬那と来未のことを馬鹿にするやつは許さない。お前にとっての紗理奈さんと流星くんもそうだろ？」

紗理奈と流星の顔が目に浮かぶ。何もいい返せない。手を強く握っていた。

「それに俺だってな、ここまで順風満帆に来たわけじゃない」

海江田は口元を歪めながらいった。

「俺も目黒の苦しみすべてがわかるわけでもない。でも自暴自棄になってどうするんだよ？悲しみしか生まないだろ。助け合えるなら助け合って――」

「助け合えないだろ。俺たちは。部署も違えばキャリアも違う。もう俺に構わないでくれよ。お前の存在がコンプレックスなんだ。順調にキャリアを築くエリートのお前がうらやましくて、見ていたくないんだよ」

長年心にしまっていた思いが、言葉になってしまった。

「――本当に、そう思っているのか」

答えられずに黙ってしまった。自分でも本当かどうかわからない。

海江田は絞り出すようにいった。

「もし俺が気に入らないならそれでも構わない。だが俺にとって同期のお前は大事な存在だ。大変な研修をともに乗り越えたときから、ずっと戦友なんだよ。五年前もいろいろ大変だったけど、その前もあったよな。三十歳になる手前あたりだったたか、事業拡大による大量増員のときも、協力してやり遂げたじゃないか」

アディショナルではかつて、三年計画で事業を大幅に広げたことがあった。採用人数を増やすため大地の負担は大きくなり、海江田は海江田で業務の合間を縫って入社後の研修やＯＪＴに大忙しだったらしい。採用から配属部署への引き渡しで、あの頃は海江田と連絡をとる機会も多かった。

拡大戦略は功を奏し、三年でアディショナルの売り上げは大幅に上がった。タフな時期ではあったが、不思議といい思い出だったりもする。

「うまくいかないときも、あの成功体験があったから負けずにやってこれたんだ。あのときを乗り越えたのは、お前のおかげだけどな――」

ふと息を止めた。海江田と見つめ合う。

大地は大地でこう思っていたのだ。あのときを乗り越えたのは、海江田のおかげだと。

だが今は心が乱れていて、海江田の話を聞くことしかできなかった。

「俺は自分が順調だなんて思ったこと、一度もない」

さらに意外だった。まったく素振りも見せなかった。

「でもお前と過ごした時間があったから、やっていけてる。大変なのはわかるけど冷静になれ。それなりに年くって、人はいつでもやり直しできるなんて、甘ったるい綺麗事かなって思うこともある。でもやり直すんだよ。俺は俺でお前がうらやましかったこと、いくらでもあるぞ。それとエリートと呼ばれるの、俺は嫌いなんだ。気づいていたか？」

海江田はまっすぐに大地の目を見ていた。

「目黒、俺たちはお互いのこと、何もわかっていなかったんだな。でもそれを悔やんでお前と距離を置いて、世の中とか人生とかをわかった気になるのはごめんだぞ。俺たちが仲良くなるのは、まだまだこれからなんだな」

まっすぐな海江田を見ていられなくて、目をつぶってきびすを返した。

大地の背中に、「俺はお前の味方だぞ」と、海江田が言葉を投げかけた。

情けない自分に、目の奥が熱くなった。

海江田に感情をぶつけられて胸が痛むのは、海江田を信頼している自分がいるからだった。

Ⅱ－3

1

今日も大幅な残業だった。

携帯電話を見ると、午後九時を回っている。プロ野球パ・リーグで西武ライオンズ優勝というニュースが、トップ画面を左右に流れていく。

最近、残業が多発している。そろそろ派遣会社に報告した方がいいだろうか。残業をしただけ月給は増えるが、早く帰宅して執筆時間を確保したい。

くたびれた感覚を切り替えて、本日の残作業である、物品手配の依頼書作成に取りかかった。ペーパーレスが謳(うた)われ始めているが、この会社では紙ベースでのやり取りが多い。組織として内部が整わないまま、会社だけが成長しているのだ。ベンチャー企業ではありがちなことだろうが、そこには大勢の人の犠牲があるのだろう。

夜を迎えたオフィスでは、まだ多くの従業員が残業していた。

各自がオフィスを出ては、飲み物や食べ物を持って戻ってくる。ここで夕食を取るのが日常茶飯事なのだ。

細谷のデスクの上には、ペットボトルの水が一本だけあった。

先日腹を下したことがトラウマになったのか、最近は飲食を最低限に抑えて一日を過ごしているようだ。

トイレからオフィスに戻ろうとしたところ、外から帰ってきた長谷川に会った。手にペットボトルを持っている。下の自販機でしか売っていない、長谷川だけがお気に入りの例のお茶だ。

「あれ。仁木さん、まだ帰れないんですか？　無理しないでくださいね」

そういっている長谷川の顔の方がよっぽど疲れている。目の下のクマがひどく、肌も吹き出物だらけだ。人の心配をしている場合ではない。

そこに原田がやってきた。こちらはコンビニ帰りのようで、左手にビニール袋、右手にペットボトルのコーヒーを持っている。二人でだべっていることで長谷川が怒られてしまうと思ったが、原田は「仲いいな」と、力なくに笑うだけだった。

席に戻ると、篠原が長谷川に向かっていった。

「あれ、今日はパン買わなかったんですか。いつもこの時間になると買ってくるのに」

「今日はお腹減っていなくて」と、長谷川は口元をほころばせた。


事件はその後に起こった。引き続き、各自が黙々と作業をしている中だった。

篠原が、「おい！」と外から飛び込んできた。

「松平さんが自販機のところで倒れている。頭から血を流している」

全員、篠原の方を向いた。立ち上がって茫然(ぼうぜん)としている者もいる。

階段を降りて一階へ向かった。後になって思えば全員で行くことはなかったのだが、あわてるがままに体が動いていた。

自販機の前では、松平がうつぶせに倒れていた。

床に血液が付着しているので、篠原には頭から血を流しているように見えたらしい。

だが倒れるときに傘立ての角に手を引っかけて、流れた血のようだった。

原田が松平の巨体を起こしてゆする。松平はゆっくりと目を開き、「ん？　俺は……」と、自身で起き上がった。

「いてて」と後頭部に触れ、痛そうに顔を歪める。

「どうしたんだ、俺は倒れたのか」

「誰かにやられたんですか？」

原田に訊かれたが、松平は何も答えなかった。それから神妙な面持ちであたりをきょろきょろとして、少し沈黙した後――にやりと笑った。

「どうだろうな。まあ、俺は殴られても仕方ないからな。俺のこと嫌いなやつは大勢いるだろ？　お前ら、もういいから仕事に戻れ」

「えっ、救急車呼ばなくていいんですか」

松尾が目を丸くしながらいった。

「たいした怪我ではない。殺されてたら、化けて出たけどな。誰だか知らないが、俺を殴るその度胸だけは認めてやるよ。犯人さんはわかっているよな？」

全員が、お互い気まずそうに目を合わせる。

「誰が犯人だとか、どうでもいい。それより仕事に集中しろ。俺たちは仕事という支柱を前提で集まった仲間だ。優先するのは仕事なんだよ。もし俺が死んでいたら仕事を止めるのか？断言してやるよ、俺も含めて、この中の誰かが突然いなくなっても仕事は回る。代わりなんていくらでもいるんだから、今の自分に役割があることを誇れ」

自分が殴られたことを利用して、社員たちを鼓舞している。

これ以上、松平に逆らう者はいなかった。

戸惑いながら互いに目を合わせる一同だったが、松平が立ち上がり、「ほらほら、戻れ戻れ」と、一人一人の背中を叩いて誘導した。

松平は、誰に殴られたのか。

初めこそ互いに疑心暗鬼になっていたようだが、やがて誰も気にしなくなった。

そして真一はというと、中本ファクトリーからの退職を考え始めていた。

長谷川に、もう一度小説を出すために駆けていく自分を見せたい。そのためには――。

ここは残業が多い。通勤時間も長めだったので、もう少し家から近い職場がいい。

何よりも小説を優先して考えた。

その結果、選んだ道が長谷川から離れることになっても仕方なかった。

2

退職に向けて動き出そうとしていたある日だった。

家に着くと、知佳がこっちを見て「お帰り」と笑みを向ける。その表情がいつもより硬い気がした。だが何もいい出すこともなく、いつものように食卓を挟んだ。

知佳はアルミのコップで麦茶を飲んでいた。今日は缶チューハイではなかった。

気になりながらも、食後に退職について切り出した。

「職場替えようと思うんだ。今の勤め先はやはりおかしいし、残業も多くなってきたしさ。一日に少しずつでも、小説を書く時間を確保したいんだ」

「それがいいよ。一年も働いたから十分でしょ」

「うん」とうなずき、何といえばいいかわからなかった。

知佳との今後より、執筆を優先した判断をしているのに、それを尊重してくれている。真一はそれに甘えている。

「あの真一のファンの人は？」

知佳が思い出したようにいった。長谷川のことは、知佳にも伝えていた。

「長谷川さんのことね。どうなんだろう、迷ってはいるみたいだけど……。心配だよ」

「私、思うんだけど。誰でもそうだけど、自分に確固たるものを見つけられないと、何かに意味を見いだそうとするんだよね。どんなに理不尽な目にあっても、意味を見いだして肯定するの。自己肯定感っていうけど、自己って弱いよね。弱いから肯定が必要なのか」

「長谷川さんも、しんどい日常が当たり前になっていて、それを受け入れているのかも」

「気になるなら、もう一度真一の気持ちを伝えてみれば？　そこからどうするかはその長谷川さん次第だけど」

「そうだよな……」

「そういう優しいところは忘れちゃだめだよ。真一のそういうところを見ていると——いいお父さんになれると思うな」

「お父さん？　何それ？」

突然の話の流れに唖然とする。知佳は少し照れくさそうにお腹をさすった。

「三ヵ月だって。赤ちゃん」

知佳は優しく微笑んだ。真一の目をまっすぐに見ていた。

突然の話の流れに茫然とする。頭が真っ白になっていた。

「どうしようか？」

「どうするって……」

口ごもる真一に、「ずるいな」と知佳は口をとがらせた。

「そうやってこっちにいわせる。子どもができるって簡単なことじゃないよ。私たちまだ、結婚もしてないし、真一は派遣で給料は多くないし、私は休職することになる。でもこれで小説書くのやめろっていうぐらいなら、最初から真一と付き合っていないよ。お金のことは心配しないで」

何といえばいいかわからず、一瞬沈黙が訪れた。知佳は「今、真一が考えていることわかるよ」と微笑んだ。

「私に甘えようとしている自分を責めているでしょ。別にいいじゃん」

身勝手な自分を見透かされていた。

さっき子どもができたと聞かされて、心のずっと奥の方で考えたこと——小説はどうなるだろう。書く時間は確保できるだろうか。責任感のない、最悪な考えだ。

「子どもも小説もどっちも選べばいいよ」

「知佳は仕事どうするんだ？　プロジェクトにも参加したっていってたじゃないか」

知佳は残念そうに眉を下げた。

「もうあれはいいの。外されちゃった。ひどいんだよ、私の後任で入った後輩とプロジェクトの部長が手を組んで歩いているところ見ちゃった。愛人に手柄を立てさせようとして、私が邪魔だったのかもね。こっちは本気だったのに」

知佳は愛しむように、お腹をさすった。

「残酷な想像だけど、もし私が引き続きプロジェクトに参加していて、少しも休みたくない状況だったら、私はこの子のこと、どう思ったのかな？　邪魔に感じたのかな？　でも、もしもの話なんて意味がないから」

そして知佳は「真一」と再びこちらに目を向けた。

「小説もまた出そうね。真一がつらそうなのは気づいていたけど、何もいえなかった。でもまた前を向きなよ。この世の終わりじゃないよ。また新しい時代が来るよ」

知佳は優しい目をしながら、「今さらだけど、この子は二十一世紀生まれになるんだね。完全に私たちとは別世代だね——って、当たり前か」と、自分のお腹をさすった。

「知佳」と思わず駆け寄り、抱きしめた。

涙と鼻水でぐしゃぐしゃでかっこ悪いけど、その顔で知佳を見つめていた。

「私は一人っ子だし、うちのお父さんとお母さんはうるさいからね。ちゃんと説明してよ――パパ」

笑みを浮かべる知佳に、真一は何度もうなずいた。

3

それからまた数日後、長谷川と昼食に出ることになった。

外に出る前、「ちょっと待ってください」と長谷川が自販機に寄り、ジュースを五本買った。

「え、どうしたんですか、その本数……」

「あげる人がいるんです」と、長谷川は得意げに笑った。

それから会社のすぐ近くにある、長谷川の最近のお気に入りだという定食屋に入った。

「おっ、長谷川さんいらっしゃい」

年季の入ったのれんをくぐり、長谷川ががらがらと引き戸を開けると、割烹着(かっぽうぎ)姿のご主人が明るい顔を向ける。常連なのか、長谷川は顔を覚えられているようだ。

そして両手で抱えられたジュースを見ると、申し訳なさそうな顔をした。

「いいのかい。いつも」

「大丈夫ですよ。その代わりアジフライ二枚おまけしてくださいね。今日はこっちの仁木さんにも」

長谷川はここのご主人と親しくなり、安く買えるビルの自販機で飲み物を買って渡しているらしい。その見返りとして、おまけしてもらっているそうだ。「秘密ですよ」と、長谷川は指を唇に当てた。

「長谷川さんと一緒なんて、いいですね。こんな気のいい人いないでしょ」

そういってご主人は、柔和な笑みを浮かべた。

それに対して、えへへと笑顔を返す長谷川に胸が痛んだ。

しばらくして「おまちどおさま」とテーブルに載った定食は、アジフライが四枚載っていた。「いただきます」とアジフライを口にする。サクサクな衣に歯を入れると、脂ののったアジのうま味が味覚を刺激し、格別な幸福感をもたらした。

長谷川も「おいしいですよね」と、真一の反応に喜んでいた。

相変わらず林十夢のことばかり訊いてくる長谷川だが、以前より顔色が悪い。

ただ着実に執筆を進めていることを伝えると、「それは楽しみだなあ」と、ぱっと表情を明るくした。

今日の話はそれだけではない。真一は切り出した。

「あの、長谷川さんは大丈夫なんですか？　こんな忙しくて大変な職場で」

「どうなんですかね。僕、昇進を目指しますって松平さんに宣言したんです。でも――」

長谷川はやるせなさそうに笑った。

「わかっています、松平さんは僕なんかを昇進させる気はないってこと。自分は使えない人間ですから。今までの人生、何をやってもだめでしたから」

「それならなぜ――」

「考えが変わるかもしれませんし。きっと仕事って、我を失いながら何かを信じる一面もありますよ」

真一にとっての小説が、長谷川にとっての中本ファクトリーなのか。だとしたら長谷川を否定することなどできない。

「辞めたら、か。想像つかないです。どうなるかなあ」

「長谷川さんが心配です。もっと自分らしく働ける場所がありますよ」

まるで自分にいい聞かせている。自分を奮い立たせるために長谷川を利用している。

長谷川は苦笑すると、「考えてみます」と、ひょいと手をあげた。

お店も昼時で混んでいる。会話が一段落したところで、出ることになった。

会計の後、ご主人が長谷川にいった。

「飲み物ありがとうね。この間の夜、ほら西武が優勝決めた日、あのときに持ってきてくれたのがなくなったから助かったよ」

松平が自販機前で倒れていた日だ。あの日のことを思い出す。

「また持ってきますね。おまけしてほしいので」

長谷川は目を細めて微笑んだ。

オフィスに戻ると、原田に声をかけられた。珍しいことがあるものだ。

「仁木さん。少しいいかな」

会議室に連れていかれると、そこには松平もいた。

「急に申し訳ないね」

松平は派遣やアルバイトには厳しくない。そういう意味では、松平なりの信念があって社員に厳しく当たっているのだろう。

「早速だけど仁木さん。最近長谷川とよくご飯行っているみたいだけど――」

「はい、そうですが」

長谷川の名前が出て、体がピクッとなった。

「断ってほしい。以前から長谷川にはいっているんだ。誰かとご飯に行くなら、正社員と一緒にしろと。これは仁木さんが悪いのではなくて、うちの考えなんだ。二十四時間仕事を意識することで、中本ファクトリーの一員としての自覚は育つ」

この人たちは何をいっているのだろうか。

「それを何年も続けて、ようやく個々人に合ったパフォーマンスが発揮できるものだ。それを派遣の仁木さんには無理強い(むりじ)させられないから。長谷川には何度もいっているんだが、つい誘ってしまうみたいでね。仁木さんが親しみやすいからだけど」

申し訳程度に持ち上げられて、逆に不愉快になった。

「そういうことでよろしく。悪い、俺は次の会議があるから」

松平が忙しそうに出ていった。

原田と二人になった。二人きりになったのは初めてで、何となく気まずい。

「他には困ってることないですか？」

そう訊いてくる原田の表情に、意表を突かれた。普段は今にも文句をいい出しそうに目をむいている原田が、今は穏やかな顔付きをしている。

「いや、特には……」

「何かあったら、俺でも誰でもいいので相談してもらえれば。今はこの会社も大変な時期だし、俺もまだまだなところが多くて、いろいろ苦労かけているけど――」

「ありがとうございます」と、すごすごと頭を下げた。

原田は腕を組むと、惜しむように首をかしげた。

「この間、島袋が辞めた日も、恥ずかしいところを見せてしまった。成長してほしいと厳しく当たってみるものの、どうもうまくいかなくてね――」

自嘲（じちょう）する目の前の原田は、ねちねちと他人を責めるタイプの人間に見えなかった。意外な一面を見た気がした。

――それぞれの意外な一面、か。

やるせない思いに、真一は息を吞んだ。

4

何もいわずに中本ファクトリーを去ろうか。

だが気になっていることがある。確認したいことや伝えたいこともあった。

「長谷川さん」

宝町駅の改札前で長谷川の姿を見つけると、真一は名前を呼んだ。

退勤後、ずっと駅で待っていた。

「あれ仁木さん？　こんな時間にどうしました？」

午後十時だった。あいかわらず帰りが遅い。肩を落とし疲れ切った表情だ。

「長谷川さんに訊きたいことがありまして」

中本ファクトリーの人には聞かれたくなかった。

不穏な雰囲気を感じ取ったのか、長谷川はきょとんとしたままうなずいた。

二人で改札をくぐり、ホームに出た。くたびれた表情の駅員が、眠そうに目をこすっていた。

人もまばらな、がらんとした静かなホーム。

真一は長谷川に向かっていった。

「間違っていたら指摘してください。ちょっと前のことですが、自販機のところで松平さんを襲ったのは――長谷川さんですか？」

電車が入ってくる。

強い風が吹き、長谷川の前髪をかき上げた。

驚愕（きょうがく）する長谷川の表情が、はっきりと見て取れた。二人は見つめ合っていた。

電車が停まり、プシューと扉が開く。

風がやみ、長谷川の上がった髪がまた下りた。

それと同時に、長谷川は平然とした様子に戻った。

「ま、乗りますか」と、小さくため息をついた長谷川に誘導された。

遅い時間で人もまばらだ。二人は座席に腰掛けた。周囲には誰もいない。

「どうしてそう思ったんですか？」

切り出した長谷川に、真一は答える。

「定食屋のご主人がいってました。西武が優勝した日に、長谷川さんは飲み物を届けたのですね。あの日長谷川さんはコンビニに行ったのに何も買わず、自販機で飲み物だけ買って戻ってきましたよね。もしかしたら長谷川さん、Ｓｕｉｃａがなくて、コンビニで買い物ができなかったのではないでしょうか」

向かいの窓ガラスに二人が映る。そろって前を向いたまま、会話は続く。

「ですが長谷川さんは、定食屋に届ける飲み物は買っていた。ビルの自販機では持っていた定期入れを、コンビニでは持っていなかった。なぜなら自販機の前で落としたからです。ビルからコンビニは、道路を挟んですぐです。どこかで定期入れを落としたなら、拾ってまたコンビニに行けばいいだけです。なぜ長谷川さんは行かなかったのか。行く気になれなかったからです」

窓ガラスに映る長谷川の顔が、強張っていく。

「コンビニで定期入れがないことに気づいた長谷川さんは、最後に定期入れを確認した自販機へ戻ります。そこに定期入れは落ちていたのですが、同時に松平さんもいた。何が長谷川さんを駆り立てたのかわかりませんが――」

長谷川は天井を向き、目をぱちぱちさせた。

「長谷川さんは後ろから松平さんを殴り、定期入れを手に取りました。そこから食事をする気には、とてもなれなかったのです。自販機で飲み物だけ買ってオフィスへ戻ってきた。定期入れのためになぜそこまで……。そして、いくらこの会社でひどい目にあっていても、手を出したら終わりです。あなたは一線を越えてしまった。自首してください」

細谷が失禁しても仕事をやめようとしなかったように、長谷川もおかしくなってしまい、怪我を負わせても何食わぬ顔で働いている。真一はそう考えた。

その前に自分が何かしていれば。後悔が押し寄せる。

「定期入れを見せてください」

真一は長谷川のワイシャツにある胸ポケットへ手を伸ばしていた。

それを払いのけようとした長谷川の上半身がねじれ、定期入れが胸ポケットから落ちた。そして真一の足下で止まった。

それは、何の変哲もない定期入れだった。

真一がしゃがみ込む。

「やめるんだ」と長谷川の声。

まるで真実を知ることが正義であるかのように。

真一は悠然とそれを拾った――。

翌日、真一は会社近くの喫茶店にいた。

派遣会社の担当と、今後についての面談だった。窓際のテーブルに座ると、外の風景がよく見える。お昼時なので、何回も会社員の集団が視界を横切る。

「来月で契約満了だけど更新どうする？　残業多いよね？　改善してもらうよう働きかけようか？　夜九時までとかあるのは異常だよ。自分の時間取れないでしょ？」

そうだ、自分の時間のために、派遣社員という道を選んだのだ。

小説家。幼い頃からの夢だった。

一度手が届いたら夢ではない何かになったが、すぐにそれにも手が届かなくなった。

夢見る頃の憂鬱は消えそうで消えない。どこまでも夢を追いかけることができてしまう。希望を持って何かを追いかけられることは、幸せなのだろうか。

真一は阿修羅王を思い浮かべていた。心の支えとなる作品に出会えたことに感謝する。

何度でも立ち上がる。

それがいいか悪いか、幸せか不幸か。それは後にならないとわからないではないか。

永遠に食い下がる人生になろうとも。後悔と失望に頭を抱えることになっても——。

「そうなんですよね」

小説に専念できると思った。執筆にかかる長い時間を考えると、自分で選んだ道なのに億劫に感じた。それでも覚悟はできていた——。

梵天王（ぼんてんおう）には『宇宙の悪の本質』と称され、初めはシッタータに『阿修羅には喪（うしな）うものがないからなのだろう』と推察された阿修羅王。しかし実際は悪の権化といえる存在ではなく、強大な相手に果敢に立ち向かう孤独な存在だった。

そんな阿修羅王が、自嘲気味にいっていた。

——『人間、孤独であるよりは悪とともにあった方がよいとみえるな』

今、いつもよりもその言葉が、強く胸に響く。大きく息を吸った。

長谷川の顔が浮かんだ。

ごめんなさい、自分は消えます。勝手なやつだと蔑(さげす)んでください。

そして担当者に目を向け、困った表情をしながら伝えた。表情はあえて作った。

「はい。残業が多いので困ります。自分の時間が欲しいので、もうあそこは辞めさせてください。働きかけとかも不要です」

アイスティーをぐいっと飲み干した。氷がカランと鳴った。

5

「原田さんと連絡がつかないです」

不安そうな顔で耳から受話器を離すと、大宮は松平に報告した。

思いがけない出来事が起こったのは、真一が退職する一週間前のことだった。

この日突然、原田は音信不通になった。何度電話をしても出ないらしい。

真一に見せた、いつもと違う表情を思い出す。

悩んでいるようなあの表情から、原田は原田の役職でいろいろ苦労もあったのだろうと思いを巡らせる。しかしその原田に、神経をすり減らされた面々もいるのだ。

「松平さん」と、細谷が神妙な表情で告げる。

「私にメールが来ていました。迷惑をかけて申し訳ない、と。何か事件に巻き込まれたとかではなく、原田さんは自身の意思で――」

松平がデスクをドン、と叩いた。

「ふざけんなよ。ずっと一緒にやってきたじゃないかよ。何でだよ……」

このまま原田が帰ってこなかったら、無断欠勤による懲戒解雇になりうる。その場合、再就職の際に退職事由を訊かれて嘘をついたら虚偽申告となる。また失業保険給付の面でも不利となり、通常の解雇よりデメリットは大きい。

それを背負ってでも、原田はいなくなることを選んだのだ。

松平はデスクに手をつき、顔を紅潮させていた。荒い息を吐く音が聞こえるくらい、オフィスは静まりかえっていた。

東京のオフィス街。ビルの一室。

張り裂けそうな緊張感で成長してきたこの会社に、わずかな亀裂(きれつ)が走ったように思える。

それが気にならなくなった真一は、もはやよそ者だった。


「できた……」

深夜の静かな部屋で、そんなよそ者は一人ぼっちで声を漏らした。知佳はとっくに眠っている。

退職を数日後に控えた真一は、原稿を完成させていた。

すらすらと筆が進み、思った以上に早く書き上げることができた。

真っ当な本格ミステリ作品を書くつもりが、だいぶ毛色の違う話になった。長谷川が読みたいのとは違うかもしれないが、今の真一に書けるのはこれしかなかった。

小説を書いてみて気づいた。

どんなテーマを掲げたくなるのか、どんな物語になるかは実際に書いてみないとわからない。人生にたとえるのが安易に思えるくらい、執筆することは人生と似通っている。

後はタイトルをどうするか——。

大きく息を吐いて、天井を見上げる。

ふと、仰々しく人生について考えている自分に気づく。一人で苦笑した。

6

「そっか。仁木さん辞めちゃうかー」

残念がる篠原と一緒に階段を降りた。

定時で真一は帰宅するところだが、篠原は夕飯を買いに行くところだ。

「篠原さんはまだ続けるんですか？」

「こらこら、その質問、普通だったら失礼にあたるぞ」

からかうような視線を向ける篠原に「あっ、すいません……」と苦笑いで返す。

「まっ、ここは普通じゃないんだけどね。俺も辞めたくなったら辞めるよ。ただそれだけかな。たかが退職に変に理由を付けることもないさ」

それでここまでやってきてるのだから、篠原は見た目以上にタフなのだろう。

そのとき突然、従業員用裏口の方から怒声が聞こえてきた。

「何なんだよ、お前は」

二人で顔を見合わせる。声のした方へ向かうと、声の主は松平だった。「馬鹿が」と、ビルの若い清掃員に怒鳴っている。

「ちょっと、松平さ――」

篠原が手を伸ばそうとして引っ込めた。松平の様子がおかしい。

血走った目、だらんと開けた口、顔を濡らす大量の汗。いつもの松平ではなかった。

何があったのだろう。他人も自分も追い込みすぎて、誰彼構わず高圧的に振る舞うくせがついてしまったのだろうか。

「お前は何様だって訊いているんだ」

ゼーハーと荒い息をしながら、清掃員の胸ぐらをつかもうとしている。

「あなたこそ何ですか。俺、いつも通り掃除していただけですよ」

清掃員はわけがわからないらしい。だが「言い訳はよせ」と、松平は聞く耳を持たない。

「のうのうと生きている暇はないんだよ。成長しないと世の中から取り残されるんだよ。わかるか、お前。ふぬけた面でやっていけるわけないだろう。聞いてるのかよ！」

オフィスで叱責するときのように、大声を張り上げている。静かなビルに、声がこだまする。

清掃員は若い男性で、屈強な体つきだった。松平よりはるかに背が高い。

困惑していた清掃員だが、松平に頭をはたかれて帽子が床に落ちた瞬間、「てめーこそ何なんだよ」と、思わず手が出てしまったようだ。

松平の顔面に拳が入った。

あお向けに倒れた松平は鼻血を流しながら、

「これぐらいで手を止めていられないんだよ……。走っていないとだめなんだよ……」

と、目を大きく開きまっすぐ上を向いていた。

松平が長期休職に入ると発表されたのはその後すぐだった。

実家に帰り、老齢の両親の下で静養するらしい。

松平は妻と二人暮らしだとは聞いたことがあったが、ずいぶん前に妻は浮気相手と一緒に松平の下から去っていたらしい。家族を重視する社員に手厳しいのも、自身の境遇が理由だったのかもしれない。

何度も見かけた、とっくに定時を過ぎた夜遅くの光景を思い出す。

業務の合間にコンビニご飯を食べながら、機嫌よさそうに部下と話していた松平の顔。もしかしたらあの時間だけが、松平の居場所だったのかもしれない。

業務の要(かなめ)である松平。そのすぐ下のポジションだった原田。

二人を失ったあの会社はどうなっていくのだろう。

7

真一の最終出社日。

いつも通りオフィスはあわただしく、ゆっくり挨拶できる状況ではなかった。

せめて長谷川にはちゃんと挨拶を、と思っていた。

だが最後まで長谷川らしい。三日前に原田の後任として、急遽関西への長期出張を命じられ、最終日にオフィスにはいなかった。

残り業務時間十五分となった頃、長谷川からメールが来た。

『林先生！　本当にお世話になりました。林先生の次回作に期待しています！』

ふっと口元がほころぶ。結局最後までこんな調子だ。

でも目の前にいるのが林十夢であると知ったときの、長谷川のうれしそうな笑顔。

自分がそういう対象になるなんて、思ってもみなかった。

長谷川との出会いに、大きな影響を受けたことは間違いない。それもあって今、こうして前向きになれている。

もし本屋に林十夢の新刊が置かれたら、長谷川はどんな顔をするだろう。その姿を見ることはなさそうだが、人のよいあの笑顔を思い出すと、こちらまで微笑ましくなった。

——長谷川さん。あなたのおかげなんです。

心から感謝している。

松尾がこっそり教えてくれたが、今後派遣の利用はやめるらしい。理念を根本から理解させるには、正社員としての採用が不可欠だという企業判断だそうだ。

松平や原田がいなくても、たぶんまた、見知らぬ誰かが犠牲になる。

そして真一にとっては、それはもう他人事(ひとごと)なのだ。

情がないだろうか、冷たいだろうか。でも誰もがそうやって生きている。

そう自分に言い聞かせた。

一年間、通ったビル街。

誰もがそこで起こっている出来事の、ほんの一部しか知らない。

最後にビルを出るとき、自販機に立ち寄って長谷川おすすめのお茶を初めて飲んでみた。

薄くてまずくて、ついつい笑ってしまった。

でも長谷川は、このお茶が大好きなのだ。

8

真一は新しい職場で、新たな生活を始めていた。

中本ファクトリーでのコールセンター経験と大学時代理系学部だったことを買われて、真一は今、システム系のサポートチームで働いている。三十を過ぎて未経験の業種に飛び込むことは勇気がいった。

日々覚えることは多いし、失敗も繰り返している。それでも毎日は充実している。

「ちょっといいですか」と、表情を硬くした上司に声をかけられた。

「この間のPCキッティングですが、一部設定に不備がありました。慣れるまでしばらくは、メンバー同士でダブルチェックしましょう」

二十代の上司は、年上の部下がついて実にやりにくそうだ。

だが威張らずへりくだることなく、自身の役割を果たしてくれる。早く一人前になることが恩返しだ。

生活のための仕事――そんなことを考えていた真一は、自分で視野を狭めていたのだ。興味を持てば、自然と学びたくなる。

時には残業もあるが、電車内の時間や朝を使ったりすれば時間は作れる。

その時間でいろいろできる。たとえば資格を取ったり、たとえば思い切り趣味に没頭したり

――またたとえば、小説を書くことだってできる。

大きくまばたきをして、今目の前にある業務に集中した。

そのとき、部屋に男性社員が入ってきた。

「あの、今から支社と会議があるので、サポートお願いしたいんですけど」

「手が空いている人いますかね――」

チームメンバーに目を向ける上司と目が合った。真一は「自分が行きます」と思い切って立候補してみた。

「ありがとうございます。この間の対応を踏まえればできますよ」

助言を受けて、緊張気味に席を立った。男性社員に会議室まで案内された。

手習いに年齢は関係ない。何歳になろうとチャレンジは不安であり——そして楽しい。三十代半ばの手習いとなった真一は、そう考える。

無事対応を終え戻ってきた真一に、チームメンバーが声をかけた。

「がんばりますね。助かります」

「いいえ、まだまだ覚えることだらけです」

緊張の糸が、充実感とともにほどけた。

照れくさそうに顔の前で手を振る真一の指には、結婚指輪が光っていた。

もうしばらくしたら知佳は育休に入る。真一にも守る家族ができる。

早く会いたい。まだ見ぬ我が子に。

9

そう思っていたのも、新人として毎日悪戦苦闘していたのも、気が付けばずいぶん前のこと。目まぐるしく時は過ぎていった。

時は経ち、真一は夕食後、息子の翔太(しょうた)に絵本を読んであげていた。この間三歳になったばかりだ。

静かに聞き入っていると思ったら、翔太はいつのまにか寝ていた。息を吸っては吐き、小さくて柔らかい体が上下する。

「寝ちゃってる」

知佳が微笑みながら、翔太の丸く赤いほっぺをつんとした。翔太は口をもぐもぐさせて、また安らかな寝息を立てた。夢の中で、おいしいものでも食べているのだろうか。

丸い輪郭と、今は閉じているが大きな目は母親ゆずりだ。

「うん、僕、パパとママのこと大好きなの……」

突然寝言をいい出した。どうやら自分たちが登場しているらしい。

知佳と顔を見合わせて微笑んだ。

どうして子どもってこんなにかわいいのだろう。

起こさないように、何度も髪をそっと撫でた。

細く柔らかい髪が、真一の手のひらをくすぐり、しあわせだった。


毎日どんなに忙しくてもこれだけは欠かせない。

翔太を布団に寝かせた後、デスクに座ってノートパソコンを開いた。パソコンの奥には数冊の専門書、そして『百億の昼と千億の夜』が立っている。

ちなみにデスクライトは、まだしぶとく持ちこたえている。ここまで来たらとことん真一に付き合ってほしい。変わりゆく真一の人生を照らし続けてほしいと思っている。

「あっ。ねえねえ、真一。テレビ見てよ」

突然知佳が声をあげ、テレビを指差した。

そこには中本ファクトリーの社長、中本が映っていた。ビジネス系の話題を中心に紹介するニュース番組中の特集だった。『新進気鋭のベンチャー企業、業界の常識を覆し躍進中』だそうだ。

色黒で短髪、スポーツ選手のような風貌(ふうぼう)の中本は、インタビュアーに対して身振り手振りで、自社のサービスについて説明する。

「優秀な社員を育て、常に周囲を巻き込んで成長するように呼びかけています。やがてそれは顧客や取引先をも巻き込み、ついには社会の成長にも繋がります。ウィンウィンウィン、つまり三方よしの関係ができあがるのです」

画面は社内に移り変わる。一年通った、懐かしいオフィスの風景だ。

デスクに向かい、真剣な表情で仕事に取り組む社員が映っているが、知った顔はほとんど見当たらない。多くの社員が入れ替わったのだ。

――この会社のいいところは?

社員に向かって質問が投げられた。新卒で入社したという、活発な印象の新入社員が答える。

「大きな裁量が与えられ、やりたい仕事ができるところです。成長している自分を実感できます。一年目でプロジェクトを任されています」

別の女性社員も、笑顔ではきはき答えていた。

「お客様から感謝されるところです。昨日も感謝のメールがバイネームで届きました」

さらにまた別の社員へと画面が切り替わったのだが、そこに映ったのは――。

「長谷川さん……」

思わず名前を呼んでいた。

「えっ、真一のファンの人?」と、知佳もテレビに近づいていた。

結局、中本ファクトリーを辞めてから連絡は取っていない。気が付いたら何年も経っていたのが正直なところだ。

長谷川はいつも真一に見せていた屈託のない笑みで、インタビューに答えていた。

あの頃はいつもくたびれていたスーツが、皺一つなくピンとしている。

「仕事は大変ですけど、それがやりがいに繋がっています。今は管理職を目指して毎日がんばっています。まだまだ半人前。いつか一人前になれるよう、毎日が経験ですね——」

目を輝かせながら話している。真一の知っている長谷川ではなかった。顔色が明るいし、話し方も堂々としたものに変わっている。

何よりも真一が目をみはったことに——テロップの肩書がリーダーになっていた。

昇進できたのだ。確かに真一が辞める直前、社内でいろいろと大きな動きがあったが、まさか長谷川が昇進するとは。

そういえば辞める直前、長谷川は思わぬ形で社内の注目を浴びていた。あのときが、今の長谷川に繋がっているのかもしれない。

——長谷川さん。それがあなたの答えなんですね。

いつのまにか真一は、微笑を浮かべていた。

画面には長谷川のデスクが映っている。デスクの上には写真立てが置いてあり、そこでは長谷川の家族が微笑んでいた。

知佳がため息交じりにいった。

「それにしてもさ、私たちはここがどんな会社だか知っているけど、これだけ見たら、魅力ある会社に見えるね。この人もいわされてるのかな？」

それはわからない。ただ長谷川が、今の自分に満足していることを願う。

それにしても、あの地獄のような環境は誰が悪かったのか。突き詰めれば――。

再びインタビューは中本社長へ戻った。

「社員の未来を背負っているので――」

中本社長は美辞麗句を駆使して、未来への展望を語っていた。苦々しい気分になった。


番組が終わった後、ソファに置いたままの翔太の絵本を手に取った。

「そういえばこの絵本、面白いね。続きが気になった」

「今売れているみたいだよ――さすがだね、林先生のお眼鏡にかなうとは」

知佳がからかうように笑った。

「やめろよ」と真一も微笑み返す。

――林先生。

さっき画面の中にいた長谷川は、真一をそう呼ぶ、あの頃の長谷川だっただろうか。

いつも笑顔で、親しみやすい長谷川だっただろうか。

記憶がよみがえる。

あのとき、長谷川の定期入れの中に入っていたもの。

自分の行く先を決定づけた、あの日の真相。

Ⅲ－3

1

土曜日の夕勤は客が少ない。そのため二人態勢で、店長も不在の日が多い。

その日も畑山と二人での勤務だった。畑山がウォークインで飲み物の補充をしている間、梢はレジ周りの仕事をしていた。

レジ内にある電話が鳴った。緊張しないよう深呼吸してから、受話器を取った。

「はい――」

「おい！」

店名を告げるより前に、受話器から男性の怒声が鳴り響く。体がビクンと震えた。

「さっきポテト買ったのに、入ってなかったぞ。レシートもあるから間違いない。余計に金取ってどういうつもりだよ。ふざけんなよ」

心臓が脈打つ。わけもわからないまま謝る。

「今から取りに行くから待ってろ。お前、名前教えろよ」

名前を告げると、何もいわれず電話は切れた。

震える足でウォークインに行く。

畑山はアディショナルという会社から新しく発売された、『宵待紅茶』という商品を陳列していた。新商品は売れ行きが見込めるため、二十四本入りのケースが何箱も納品されている。畑山に今の件を伝えると、「しょうがないよ」と落ち着いた様子で、「こっちが悪いから謝るしかないね。俺もレジにいるよ」と微笑んだ。

しばらくしてやってきたのは、普通の大学生のような出で立ちの男性だった。

先ほど梢がレジをした客だった。ポテトを頼まれたのも覚えている。梢のミスだった。

男性は畑山に向かって、「さっき電話したんだけど」と大声を出す。

「はい、伺っております。お話は事務所で伺います――」

梢をレジに残し、二人は事務所に入っていった。

やがて裏から怒鳴り声がした。店内に「ふざけるなよ」と怒声が響く。

――どうしよう。

レジが上の空になる。自分が失敗したせいで、畑山がひどい目にあっている。

しばらくしたら、事務所から男性と畑山が出てきた。

畑山は――泣いたようで目が濡れていた。疲れ切った顔で、「ポテトをこちらのお客様に」と、梢に頼んだ。

男性にポテトを渡した。怖くて手が震える。男性はひったくるようにそれをつかむと、「二度とするなよ」と捨て台詞を残して出ていった。

店内には、まばらな買い物客と、畑山と梢だけが残った。

「あの……」

声が震えている。畑山に声をかけようとするが、言葉が出てこない。

「いや、気にしないで。こんなこともあるさ。誰だって失敗はあるし」

いわれた途端、涙が溢れてきた。

「本当、大丈夫だってば」と、畑山は困ったように微笑んだ。

涙目で畑山を見上げた。畑山も穏やかな表情で梢を見ている。

この優しさを頼っていいのだろうか。

他人のためにここまでやってくれる人がいるのだろうか。


いつものようにベッドに寝転がった。

都合のいい自分は、都合のいいときにのみ、ツイッターに手を伸ばす。

『死にたいときだけ言葉を重ねる私のような愚か者は死んでしまえばいい』

『もう死にたい。普通の人が生きているだけで私は傷付く。自意識過剰だというのなら、その過剰な自意識を理由に首を吊ってしまいたい』

いいねが来た。初めて見るアカウントだ。

ツイートは梢と同じように、希死念慮をつぶやき続けている。梢と違うのはフォロワーがそれなりにいて、彼らと交流しているところだった。うらやましいような、でも交流が煩わしくなったら面倒そうだなとか、いろいろ思ったりする。

梢の気分を察したのか、クズ野郎から連絡が来た。

『アサカさん、大変そうですね』

『クズ野郎さん、働くことがつらいです。私、本当に人が当たり前にできることができなくて。いちいち動揺してしまいます。落ち着こうと思うほど、焦って失敗します』

『当たり前が叶わないつらさは伝わらないですね。私も一人でむしゃくしゃします』

『穏やかなクズ野郎さんでも、そう思うことがあるんですね』

『穏やかじゃないです。つまらない人間です』

『私はクズ野郎さんとお話しできて楽しいですよ』

自分たちは楽しい、楽しくないの関係ではない。それはクズ野郎もわかっているだろうが、そう伝えた。

『ありがとうございます。でもだめです。会えば会うほど、深い関係になればなるほど、私がつまらない人間だと認めざるを得なくなりますよ』

クズ野郎は頑(かたく)なに主張を続けた。


後日、店長に励まされた。畑山から事情を聞いたようだ。

発注作業をしながら、店長は梢に諭(さと)すようにいった。

「また仕事で恩返しすればいいんじゃないかな。家まで届けなくてすんでよかったじゃん。わざわざ車出して入れ忘れを届けたこと、今まで何度もあったよ」

「そうなんですか?」

「車で往復二時間かけて怒鳴られに行ったこともある。来ただけましさ。ま、ここだけの話
——ポテトぐらいで怒りすぎじゃないか? 失敗を怖(おそ)れすぎないようにね」

そこに店の自動ドアが開き、その畑山が入ってきた。いつもと変わらない表情だ。

反射的に、「畑山さん、この間はすいませんでした」と頭を下げる。

「いやいや、この間も散々謝ってくれたじゃないですか」

畑山は困った表情でいうと、裏の事務所へ入っていった。

勤務中、変に恐縮しきりの梢に、畑山は逆に困っているようだった。それでも謝らずにはいられなかった。

だが店長と畑山に励まされ、梢はもう少しやってみることにした。

「私ももう辞めるって百回ぐらい思ってるけど、結局やってるよ」

利根川もそういって励ましてくれた。

自分のような、中途半端(ちゅうとはんぱ)に汚れた人間にも、ここのスタッフはみなやさしい。

2

ある日のバイト終わりだった。

事務所に戻ると、デスクにつく店長に、「ちょっといいかな」と話しかけられた。腕を組み真剣な面持ちだった。空気が張り詰めている。

「はい、何でしょうか」

「あのいつも来る女の人いるじゃん。パーマかけててさ――」

この間シャツをくれた女性のことだが、どうかしたのだろうか。

「今日何時頃来たか覚えてる?」

「いつもと同じぐらい……十八時少し前でしょうか」

店長はうなずくと、デスク上にあるモニタで防犯カメラの映像を見始めた。

十八時前、レジに立つ自分が映っている。何だかもじもじしていて元気がない。

そこに女性がやってきた。どうしたのだろうか。

店長は慎重にコマ送りする。カメラを切り替えて女性の店内での動きを追っていく。

もしや、という感情が梢に湧き、腕をさわった。

そのとき、「やっぱり」と店長がつぶやいた。

梢も画面を凝視した。手に栄養ドリンクを持っていた女性だが、カメラの死角に入ってまた出たときに——それがなくなっていた。

「万引きだ」

「嘘、どうして……」

「二号店に行ったら、レジにこの紙が貼ってあったんだよ」

一枚の紙を見せられた。店長は近所でもう一店舗コンビニを経営しており、そちらの店舗にあった紙のようだ。梢は思わず口に手を当てた。

——『万引き常習犯です！　この客に注意してください！』

大きく赤い文字で書かれていた。その下の写真には、あの女性が写っている。防犯カメラの写真だろう、梢が知っているにこにこした表情ではなく、警戒するように顔を強張らせている。

「次来たときは注意しよう」

大きく息を吐き、梢はうなずくだけだった。

だが結局、その後女性が来ることはなかった。

別の店舗で捕まったのである。たまたまバッグに入っただけだと、苦し紛れの言い訳を大声で叫んでいたらしい。その姿を想像していたら、悔しくなった。

あの日、梢がもらったシャツは、ちゃんと購入したもののようだった。

捨てる気にはなれず、クローゼットの奥、ナースやメイドのコスプレグッズの奥にしまった。国道十六号沿いにある川越のドン・キホーテで、勢いのままに買ったパーティーグッズである。

ただ、もしこのシャツが万引きしたものだったとしても、梢は捨てなかっただろう。

3

また別の日、夕方四時ぐらいのことだった。外はまだ明るく、学生が来るには早い。

梢はパートの女性とレジに立ちながら、レジ袋の補充や揚げ物を作ったり、この後訪れるラッシュに備えていた。客足が伸びる間際の、少し落ち着いた時間だった。

「ママー」

突然店内に、幼稚園児くらいの男の子が、泣きじゃくって駆け込んできた。

迷子だろうか。顔を赤くして、大声で母親を呼び続けながら走り回っている。

だが店内に母親がいないのがわかったのか、一度も足を止めることなく店を出ていった。

「私、見てきます」

心配で我を忘れて店を出たのと、車のクラクションが鳴り響いたのが同時だった。

店の前の歩道で、男の子が後ろに手をついて尻餅をついていた。車道で停まった車を向いている。

柄の悪そうなドライバーが窓からタバコを持った腕を出し、男の子に怒鳴っていた。

「危ねえだろクソガキがー」

怖くてパニックになったのか、男の子は両手で耳を塞いで「いやーいやー」と泣き叫んでいる。

思わず駆け寄っていた。

「すいません」とドライバーに謝ると、男の子を抱き寄せる。幸い怪我はないようだ。だが小さな体は、乱れた呼吸で大きく上下している。もう一度ぎゅっと抱き締めた。

「轢き殺しても知らねーぞ」

威嚇するような目を向け、ドライバーは走り去っていった。

梢はしゃがみ込んだまま、泣き続ける男の子に、目線の高さを合わせて訊いた。

「お母さんとはぐれちゃったの？」

だが男の子は「ママー、どこー」と、泣きじゃくるだけだ。

あごを引いて息を呑んだ。小さな子が泣いている様は、すごく胸が苦しくなる。

「ちょっと、大丈夫なの？」と、慌てた様子でパートさんも出てきた。

「怪我はないみたいです――僕、ママとどこではぐれちゃったの？」

もう一度訊くが、泣くばかりで男の子は答えない。

男の子は肩から小さなポシェットをかけていた。

「中、見せてもらってもいいかな？」

男の子がうなずいたのでポシェットを開けると、アニメのキャラが描かれたハンカチとポケットティッシュ、住所など連絡先が書かれたカードが入っていた。家はこの近くのようだ。母親の字だろう。連絡先は達筆で丁寧に書かれていた。

パートさんは少し考えた末、「おまわりさんのところ行こうか」と、男の子に問いかけた。

だが男の子は泣きやんで落ち着いたのか、「大丈夫。僕、帰れる」と、一人で歩き始めた。連絡先の住所からすると、きちんと家の方へ向かっているようだが、車の往来が多い道を歩くため、一人で歩かせるのは危ない。

今ならまだ客が少ない時間帯だ。パートさんと話し、梢は男の子についていくことにした。

しばらく歩き辿り着いたのは、通りを少し外れたところにある二階建てのアパートだった。外壁はもともとは白かっただろうが、今は年月を経て煤(すす)けている。

男の子は錆びた階段を上がり始めた。一段上るたびに、キシキシと音が鳴る。

二階のいちばん奥、つきあたりの部屋のドアを開けた。鍵はかかっていなかった。

「――ただいま」と、男の子が小さく声をあげた。

中を見て思わず目をみはった。

足の踏み場もないほど散らかっている。むせ返るようなほこりっぽさにタバコのにおい。衣類はあちこちに投げ捨てられており、満杯になったゴミ袋も置いてあった。中のゴミはすべて、強アルコール飲料のつぶれた空き缶だった。

バイト先でも売っている飲料だ。商品を売った後のことなど、販売側の知ったことではない。とはいえこういう結果に繋がるケースもあることを、いちいち知りたくはなかった。

「んー？」と、奥から不思議そうな顔で、下着姿の女性がやってきた。明るい茶髪はボサボサで、ポリポリと腕を掻いている。酒臭いにおいが鼻孔をかすめた。

女性は梢を見た途端、目を大きく開けた。ユニホーム姿に困惑したのかもしれない。

「何だよあんたは」

梢はお辞儀をすると、「この子が迷子に」と、状況を説明した。

「迷子って――」

女性は男の子を睨み付けると、頬を思い切りひっぱたいた。パチンと音が鳴る。

「何するんですか！」と、はからずも声が出ていた。それと同時に、「うわあああ」と、再び男の子の泣き声が響く。

「泣くな！　車の中にいろっていったのに、お前が勝手にどこか行ったんだろう」

衝撃で視界がぐるりと揺らいだ。

男の子が母親と再会できてよかった、という結末を思い描いていた。勝手に描いたシナリオだが、こんな裏切られ方には想像が及ばなかった。

「だからパチンコには連れていきたくないんだよ。次からは絶対に留守番だからな」

パチンコをしている間、男の子を車で待たせたうえに、いなくなったことを気にも留めずに帰ってきた……？

梢は歯をガチガチと鳴らしていた。

母親は梢に目を向けると、しっしと手を払った。

「あんた、ありがとね。もう帰っていいよ。お前も邪魔だから、どこか遊びに行ってな」

そういって母親は、男の子の頭をバンと叩いた。

邪魔だって、そんな言い方があるのか。怖くて泣きわめいていた男の子が、どんな思いで母親を求めていたかわからないのか——お前みたいな母親でも。

足を震わせながら、梢は母親に切り出していた。

「あ、あの……。この子、あなたを捜して泣きじゃくってお店に走ってきたんですよ？ 怖くてたまらなかったのだと思います」

「あー？」とポカンと口を開けて、母親は梢を睨みつける。

「何だよいきなり。うちはうちだからしゃしゃり出てくるな」

「おいおい、どうしたんだよ」

そのとき、中から大柄で、短髪を金色に染めた男性が出てきた。上半身は裸で両肩に物々しく刺青(いれずみ)が彫られており、下はトランクスだけ穿(は)いている。夫だろうか、恋人だろうか。だが二人が何をしていたかは、一目瞭然(いちもくりょうぜん)だった。

「こいつが昭之(あきゆき)を連れてきてさ」

男の子は、昭之という名前らしい。

男性は、母親の肩に腕を回し抱きついた。そして昭之に顔を近づけていった。

「昭之。車から逃げ出して悪い子だぞ。それにお母さんと俺が部屋にいるときは、外に出てるようにいったよな。あまり困らすとまたげんこつだぞ。大きな痣作って、友達に見られたら恥ずかしいだろ？　だったら外で遊んでな。コンビニ店員さん、すいませんね」

男性は梢に顔を向けると、不敵な笑みを浮かべた。

今ここで何ができるかもわからないのに、すんなり受諾できない。

「でも」と答えると、男性の顔付きが変わった。

「おい、人の家のことにちょっかい出すなよ。コンビニ店員ならおにぎりでも売ってろ。それとも何だ？　これからあんたが昭之の面倒見てくれるのか？　時給は払わないぞ」

不愉快なジョークだ。下品に笑っているのは男だけだった。

「それじゃあ出てけ」と、梢と昭之は外に追いやられた。

ドアが閉まる瞬間、甘えるような母親の声が聞こえた。


昭之はドアをジッと睨んでいたが、振り返って階段を降りだした。

「――大丈夫？」

梢は声をかけた。昭之は前を向いたままうなずいた。

そろそろお店に戻らないと。そう考える自分は冷たいな、と感じた。

「このあとお家帰れる？」

昭之をこのままにはできない。そう思ったけど、何ができるというのか――。

そこに「おーい、昭之くん」と、こちらに向かって呼びかける声がした。

昭之より少し年上だろうか、男の子ふたりが手を振っていた。

「遊ぼうよー」

昭之の顔が明るくなる。仲のいい友達のようだ。その表情を見られて、安心で涙が出そうになった。

だが同時に理解していた。自分は昭之の家族ではない。いってみればその程度の関係だから、これぐらいのことで安心できるのだ。それを思うと胸が締め付けられる。

昭之は梢の方を振り向き、「僕、遊んでくる」といった。

そのまま梢の顔を見上げる。返事を待っているらしい。

どうにもできず、「――うん。怪我しないようにね」と昭之の頭をなでた。

昭之は微笑みながら首を縦に振って、友達の方へと走っていった。

その後ろ姿を、ずっと眺めていた。


くたくたになって店に戻ると、パートさんが心配そうに待っていた。

「勤務中にすいませんでした。あの子の家で――」

一人で心にしまっておけず、梢は昭之の家で起こったことを話していた。

「大変だったわね。でも深入りするわけにもいかないしね……」

歯を食いしばった。真っ当な意見だが、それが真っ当であることが不満だった。

その日はずっと、梢の頭から昭之やその母、その恋人のことが離れなかった。

――私が昭之くんの家までついていったのは、正解だったのか。

抱えきれないのなら、見なくてよかったのでは、とさえ思う。

どこまでがどうにもならないことで、どこからがどうにかできることなのか。

働くことは、直に世界に触れること。それを理解した。

貞操観念のずれたバンドとそのファンを遠くから眺める。

いつでも関係を断ち切れるツイッターで、倫理観のないアカウントの相手をする。

それだけではわからない。自身に責任が生じるような状況で触れる世界は、喜びも痛みも高い解像度で伝えてくる。

——昭之くんのお母さんの字、きれいだったな。

あの連絡先カードは息子を思いつつ書いたのだろうか。どうかそうであってほしい。

昭之がつらい思いをしないようにと心から願った。願うしかできなかった。

万引きとかチンピラとかネグレクトとか、どこか違う世界の話だと思っていた。

何をしていても気落ちする日々が続いた。

4

少しだけ気持ちが切り替わったのは、数日後だった。

その日は、この間ドーナツを買っていった親子がやってきた。愛想よく対応できず、梢が悔やんだ親子だ。

親子は今日は、レジにチョコレートを持ってきた。

「お姉さん、こんにちは」

レジ台をのぞき込むようにして、女の子が挨拶をした。梢を覚えてくれていたようだ。

「こんにちは」と笑顔で返す。よし、まずここは大丈夫。

この間の反省を生かして、今度はちゃんと――。

女の子が新商品のチョコレートを持って梢に尋ねた。

「お姉さん、これおいしい？」

予想外の質問に、内心戸惑う。手強い質問だ。

スタッフは、店内の全商品を食べたことがあると思っているらしい。

「おいしいよ」と実際は食べたことないのにそう答えたら、「そうなんだ。やったー」と、女の子はぴょんぴょんと跳びはねた。食べる前から大喜びしている。

「お姉さん、またね」

会計を終えた親子は、仲良く手を繋ぎ帰っていった。

「うん、またね」と、手を振って見送った。小さな約束ができたことがうれしかった。前できなかったことが、今日はできた。

またあの親子に会いたい。そう思うと次のバイトが待ち遠しい――。

ハッとした。こんな些細なことでも、未来が待ち遠しくなるのだ。それなら働くうえで、明日に繋がる出来事はどれほど転がっているのだろう。たった今自分が辿った思考の道筋を、愛しくなぞった。

ここの従業員から聞いたさまざまな言葉が、頭の中を流れていく。

「月曜日のシフト好きなんだよね。新商品が来るから」

「また夜勤入りたいな。終電で来るサラリーマン、イケメンなんだよね」

「まだ月初か。給料日まで残り三十日。三十日ぐらいならーーがんばれる」

ーーみんな一緒なんだな。

ほんの一瞬のしあわせ。それが幾重にも重なれば、気持ちよく働くことができる。

自分にもできるだろうか。少しだけ自分に期待する。

昭之親子のような、受け止められない現実に遭遇するのが怖い。

でも怖くなるその瞬間までは、前を向いていたい。

そして今のこの気持ちを信じられるくらい、強くなりたい。

バイト帰り、珍しく自転車を立ち漕ぎしながら、自分の中の何かが変わったのを感じていた。

女の子が買っていったチョコレートが、甘く口の中を満たす。

たぶんあの子も味わっただろうおいしい感覚を、伝えたい。共有したい。

だが結局、梢はそちらには行けなかった。

汚れた人間には、汚れた世界が似合っている。そういうことなのだろう。

5

少しだけ前を向けるようになって数日後。

バイトが終わり、事務所で畑山と二人きりになった。

なぜか事務所入り口にちらちらと目を向けながら、畑山は梢に尋ねた。

「あのさ、一ついいかな?」

「何ですか?」

「意味がわからなかったら気にしないでいいんだけど、梢さんって——アサカ?」

素直に認めるよりもわかりやすかっただろう。動揺が顔に出たのがわかった。明らかに目が泳ぎ唇が震えた。

「な、何ですかそれ?」

とぼけるより前に、畑山はいやらしく口の端を上げていた。

「やっぱりそうか。アサカさん、この間アップしていた写真、利根川に絆創膏貼ってもらった指が赤くなってたよ。普段は腕時計で隠していた手首の傷も、はっきり写っていた写真があったし。おまけに腕のほくろも一致してたから——」

「いつ見たんですか?」

「どうだったかな——ってその訊き方、自分ってみとめてない?」

唇を噛んでももう遅い。

「梢さんがここでバイトを始めたタイミングで、ツイート時間も遅くなっているしね。ネット特定班の実力は見くびれないよ。SNS過去ログも写真一枚も情報の宝庫だよ。いやー、びっくりだな。梢さんがネットの人気者だったとは。みんなにも教えていいかな?」

畑山は冷笑を浮かべたまま、もう一度事務所入り口を振り返ると、声を潜めた。

「梢さんが、寂しい男たちをイメプで慰めてるって。最初は普通に死にたいとかツイートしているだけだったのが、何で急にコスプレして、胸のどアップなんて載せたの？　お金取ってイメプまで始めてるし。うらやましいな——」

「お願いします。それ以上いわないでください」

「しっ、大きな声出したら、店内に聞こえちゃうよ」

畑山は唇に指を当てた。

おどけたその顔を、梢は目をむいて見つめていた。

私をアサカとしか見ていないくせに、梢さんって、馴れ馴れしく名前を連発するな。

強がっても意味はなかった。


ほんの出来心だった。

ある日、死にたいという言葉とともに、顔を隠した自身の写真を載せた。するとどう広がったのか、いつもの何倍ものインプレッション数になった。写真には偶然、際どい胸元が見えていたのだ。

承認欲求が満たされた。味を占めて制服やメイド服などを着て写真を載せたら、爆発的にインプレッション数は伸びた。

そして写真を望むダイレクトメッセージが次々に来るようになる。露骨に性的な内容もあったが気にならなかった。驕りも甚だしいが、梢はこれを有名税だと考えた。

バイトをしていなかった梢は、五分で二千円という値段でイメプを募集してみた。イメージプレイ。要はチャットのやり取りだけでセックスするのである。

ほんの小遣い稼ぎ程度のつもりが、いい金になった。

商品となることで、誰かの何かになれた。梢はそれがとてもしあわせで、罪悪感や後ろめたさはすぐに気にならなくなった。生きているだけで価値のある素晴らしい人々に、この気持ちはわからないだろう。

この頃、アカウント名をアルカロイドからアサカに変えた。イメプのときに名前を入力しやすいように気を使ったのだ。代金はアマゾンのギフトカードで払う方式にした。こうすればお互い、個人情報の授受はいっさい不要となる。

たかが文字を交わすだけなら。

そう考えたらいくらでも淫(みだ)らにもなれた。一度に複数を相手してほしいといわれ、割増料金で応じたら、一日で驚くほど稼げた。金銭面だけで考えたら、梢はコンビニで働く必要はない。

イメプを始めたら不思議なことが起こった。死にたいとつぶやくと、心配の声が以前より増えたのである。単にツイートの閲覧数が増えたからとは思えなかった。

おそらく希死念慮そのものは軽視されるようになった。だが代わりに、アサカという一人の人間への注目度は大きくなった。エロい死にたがりという、変わった人種に。

死にたい。つらく苦しい思いを吐き続ける。

嘘偽りのない思いだったが、もはやアサカというアカウントでは、それが嘘か本当かは意味を持たない。自業自得だった。

なぜバイトを始めたのか。ちっぽけでもいい、梢自身にも価値があることを見いだしたかった。ちっぽけにも限度があり、もう遅かったが。

畑山は嘲るような顔付きで、身振り手振りを交えていった。

「大丈夫だよ。今アサカの正体を知っているのはこの世で俺だけだ。たった一人、どうってことないでしょ？　でも大丈夫かな、口にチャックしておかないと」

ふざけるように口を指でなぞってみせる。

「黙っててあげるからさ、今度付き合ってよ。飲みでも何でもいいし、梢のこともっと知りたいな。それにほら、この間梢の代わりに、柄の悪い客に怒られてあげたじゃん。ちょっとぐらいお礼してくれてもいいかなーなんて思ったり」

虫酸が走る。ここぞとばかりに恩を売ろうとしてくる。

だが助けてもらったのは確かだし、あのときこの人のことを、少しいいなと思った。自分の見る目のなさに呆れかえる。

畑山はにやつきながら、「ライン教えてよ」と手に持ったスマホを振った。

断ったらどうなるか。それを考えたら断れなかった。

ラインＩＤを教えると、「ラインでイメプできるね。また相手してよ」と笑った。

また、ということは。畑山はげらげら笑い始めた。

「楽しかったな。性癖は毎回変えるのかな？　この間は大きいので突かれながら、自分でクリトリスをいじるのが好きだったよね。それで最後は顔にかけられ、鼻に入ってむせるのが興奮する——だったっけ。イメプなんて何が楽しいんだろうと思ってたけど、あれはあれでいいね。ただやたらチンコって連呼するのは、俺的には冷めたかな」

知らぬ間に梢は、畑山の相手をしていたのだ。

「でもこうして梢を知れたからな。イメプだけじゃ物足りなくなるかもね」

畑山の息は荒くなっていた。目線が梢の顔から下にずれて、胸元に行っている。

——だめだ。この先ずっと、この男の思うがままにされるのだ。

絶望で記憶が薄れゆく中、足早に店を出た。

たぶん天罰だ。調子に乗っていたのだ。体を捧げてもいないのに、求められる自分に。でもようやく、新しい世界が見えそうだったのに。働く楽しさを知ってきたのに。

チョコレートを買っていった親子が頭に浮かんだ。視界が涙でにじんだ。

6

疲れ切って家に着いた。たぶんあの店は辞めることになる。

居間にいた父母の顔を見たら、余計に気が滅入ってきた。

畑山の口一つで、梢のイメプのことがこのふたりに伝わる可能性もあるわけだ。そうなったら。誰も知らないのと、たった一人でも知っているのとでは、雲泥の差がある。

梢の心配を、両親は知らない。

「バイトか。いつまでもお子様気分だな」

新聞に目を向けたまま、父親がいった。

「バイトをして、少しは社会と関わっているつもりか？　甘いんだよ。なぜ正社員を狙わない？　別にいい会社に入れとはいわない。だが年齢的には正社員でもいいだろ」

「――ごめんね」

打ちひしがれていたから、反射的に謝罪の言葉が出た。

「憂鬱な表情で謝って、悲劇のヒロイン気取りはやめろ」

「……そんなつもりないよ」

「バイトじゃたいした給料じゃないだろ？　実家暮らしでお金の心配はいらないからな。まともに働きもせずのんきなものだ」

バイトはまともに働くことに入らないらしい。その価値観も理解できなくはない。

「お父さん、それぐらいに」

母親が止めるが、父親は止まらない。

「お前もちゃんと伝えろ。こいつには強くいわないとわからないんだよ」

「私はこの子が元気でいてくれれば――」

「嘘をつけ」と、父親はソファを立ち、ゴミ箱から何かを取り出した。新聞をビリビリに破いた切れ端のようだ。それを梢に見せる。

「これが何だかわかるか。金下さんとこの息子さんの記事だよ。お母さんはな、他の家の子がうまく人生を進めているのが悔しかったんだよ。自分の娘はこんなだというのに」

母親は何かをいいかけたが続かず、静かにうつむいた。

ショックだった。母親はそんなことをするタイプではない。梢が変えてしまったのだ。もうどこにもいられない。

「もし私が――」

梢は顔を上げた。何もかもぶちまけたくなった。

「もし私が優秀で、自慢の子どもだったら、お父さんも――不倫なんてしなかった？」

声が震えるから、せめて大きく声を出した。一矢報いてどうするというのか。

父親は眉間に皺を寄せて、梢を凝視している。だが動揺しているのはわかった。

「何をいっているんだ？」

「あんな下品な女が好きなんだね。使ったホテルの名前もいおうか？　渋谷の――」

「いいかげんにしろ！」

父親が近寄ってくる。梢はそれを両手で押しのける。そして「もう嫌だ」と、くたびれた声を出した。

バッグを取るのも忘れ、スマホ片手に自分の部屋に逃げ込んだ。

鍵をかけると、ドアを叩く音がする。

「開けろ！　何を勘違いしているんだ」

しばらくしたら、母親の泣き声が聞こえた。

「どうしてこんなことになるのですか……」

――ごめんなさい。

何も聞きたくない。ベッドに入り、布団をかぶって耳を塞いだ。

そして梢は、逃げ場所——ツイッターを眺めながら、これからのことを考えていた。

畑山がこの世にいるかぎり、ずっと不安を抱えて生きることになる。

店の前で待ち伏せして、いっそ殺してしまおうか——無理だ、できない。

今日もダイレクトメッセージにイメプ依頼が来ていた。

『お願いしたいです。私が教師でアサカさんが女子高生で。制服で写真撮って見せてください。首にロープとか巻いてくれたらもっと興奮します』

ふざけるな、変態野郎。どうせお前も私と同じように、空想の世界でしか粋がれない意気地なしだろう。

『ねえ、イメプなんかより、会ってセックスしない？　その後一緒に死んでくれるなら、ロープでも何でも、どんなふうにしてくれてもいいよ』

あえて意地悪な返信をしたら、頭がおかしいと思われたのか、逃げられた。

「やりたいんじゃないのかよ！　何で逃げるんだよ！」

スマホを壁に投げつけ、一人叫んだ。

『死にたい死にたい死にたい。身の程もわきまえず、何かを期待していた自分を殺したい。期待の数だけ裏切られる。傷付きたくない』

机に頭を投げ出し、突っ伏したままツイートする。スマホの画面は壁に投げた衝撃でひびが入ってしまった。この世には直らないものもある。

『生まれてこなければよかった。死にたい』

以前から感じていた。感情というものはふわっと曖昧で、つかみどころがない。だから言葉にすると――定まる。漠然と死にたくても、言葉にすればより死にたくなる。どんな方向であれ、定まれば少しは楽になる。

部屋の隅に投げ捨てられた、コンビニのユニホームが目に入った。

――たかがバイトで、何かやり遂げた気になっていた私は馬鹿だ。

そして気づいた。ツイートしたら、畑山に見られてしまう。どこまで愚かなのか。

アカウントごと削除しようとしたそのときだった。

クズ野郎からダイレクトメッセージが来た。

『どうしました?』

『もうだめです。クズ野郎さんはいつも優しいですね。どうしてですか?』

『アサカさんに共感できるからです』

『本当ですか? 私に寄り添うことで、ちっぽけな居場所を見つけたいだけでは? 私を見下しているんですよ。弱い存在を見つけて、自分は強いと思いたいんです』

誰彼構わず、敵意を向けている。

ひどいことを、と思った。だがクズ野郎からの返信は冷静だった。

『否定できないかもしれません。でも私は初めからそういう人間です。アサカさんを利用して、生きる意味を見いだしてきました。私も弱いですから』

『やはりそうなんですよ』

『それなら弱い私からお誘いです。アサカさん、一緒に死にませんか』

突然の申し出に、言葉が詰まった。

返信を送れずにいたら、続けてメッセージが来た。

『本気です。長い間、私も死にたかった。それこそ誰かを抱いているときでさえも。もう疲れました。本当に死にたいなら、一緒にどうですか』

『どうやって死ぬんですか?』

『練炭を用意して、車の中でコンロに火を点ければいいかなと。どうですか? 後戻りはできないので、よく考えてください。練炭に火を点けると、車内に一酸化炭素が充満します。一酸化炭素は無色無臭のため、気分の悪さを感じたときにはもう遅いです。異変に気づいて逃げようとしても体が動かなくて、死に至るまで吐き気や頭痛、呼吸困難に苦しみます。万が一助かっても、知能低下や意識障害などの後遺症に苦しむこともあります。植物状態になることも覚悟してください』

本当に以前から死に方を考えていたのだろう。すぐに説明が返ってきた。

そのときを想像すると、体が震えた。

クズ野郎はあえて恐怖心を植え付けて、梢を救おうとしているのかもしれない。

『断ったらどうするんですか? ひとりで死ぬんですか?』

『断られたら、その先のことは秘密です。初めからそういう間柄ですよね、私たちは』

冷たく突き放された。その通りだ。立場が逆だったら、梢もそうしただろう。

数時間後。初めて梢からクズ野郎にメッセージを送った。もうおびえるのは嫌だった。

『期待することから逃げたいです。一緒に死にます』

すべてを終わりにするつもりだった。

『そうですか。いつにしましょうか。やり残したことはありますか』

『やり残したことがありすぎてわかりません。だから私はいつでもいいです』

『わかりました。日程はまた連絡します』

その場で日程は決まらなかった。

早く決まってほしいが、決まらないならそれはそれでいい。どちらも本心だった。

だがその連絡は意外に早く来た。

『三日後で』

クズ野郎から一言だけメッセージが来た。

——決まってしまった。梢は確かに、そう思った。

その日までは、仮病を使ってバイトを休んだ。ただ気怠かった。畑山に会いたくない気持ちはあったが、まもなく自分は死ぬのだと考えると、どうでもよくなっていた。

ただ自分が、心変わりしないことを願っていた。

7

そしてその日が来た。

いざそうなったら躊躇ってしまいそうで、両親が外出している間に出発した。

——せめて最後に顔を合わせたかった。

両親はそう嘆くだろうか。それを思うと一瞬躊躇う。だが結局、こんなふうに自分が死んだ後のことを考えるから今まで死ねなかったのだ。だから振り切ることにした。

家を出るとき、玄関にあった梢の靴はきれいに揃えてあった。母親が揃えたのだろう。それを見たら、気持ちがこみ上げて泣きそうになった。

一度蹴って、ばらけさせてから履いた。あえての罪悪感で頭をいっぱいにして、ようやく家を出ることができた。

クズ野郎とは、新宿駅近くの歩道で待ち合わせることにした。

梢は電車に乗る前、地元のホームセンターで練炭を購入した。

練炭だけ用意しても、火を点けるのは難しい。そこでクズ野郎が練炭コンロを買ってくることになっている。意志がぶれたら、相手に影響が出るようにした。

練炭は大きな箱に数個入ったものしか売っていなかった。邪魔だったので一つだけ取り出し、古新聞と広告でくるんでバッグに入れ、他はホームセンターのゴミ箱に捨てた。

店を出るとき、出入り口の壁にある連絡板が目に入った。

特売品の広告や地元の催しの連絡など、さまざまな紙が貼ってある。

そこにある、ひときわ大きなポスターの文言に目がいった。

『あのときの判断が、私を戻れなくさせた……』

薬物乱用防止キャンペーンのポスターだった。苦悶（くもん）の表情を浮かべる男性が描かれており、悲劇を煽ることで啓蒙している。

「びびらないよ。戻れちゃったら意味ないんだよ」

誰にも聞こえないような小さな声で、そうつぶやいた。

そして待ち合わせの場所へ向かった。

視界に入るものすべて、もう二度と目にすることはない。道中それをいちいち切なく感じていたが、途中で面倒になって何も考えなくなった。

約束の場所に着いた。新宿三丁目駅や御苑近くの狭い路上で、新宿駅周辺に比べてだいぶ人は減り、ざわめきも和らいでいる。

梢はクズ野郎に連絡した。

『着きましたよ。花柄のワンピースを着ています』

やがて梢の横につけるようにして、空気を震わせるようなエンジン音とともに、美しいフォルムの白いポルシェが停まった。

窓が下にスライドして、運転手の男が話しかけてくる。

年齢は三十代半ばだろうか。髪を真ん中で分けており、色白で白いポロシャツを着ている。目の下のクマがひどく、疲れているように見えた。

「アサカさんですか」

「はい。クズ野郎さんですか」

「はい」と男はうなずいた。しばらくそのまま、無言で見つめ合う。

黙る梢に、クズ野郎が「助手席、乗りますか」と呼びかけた。

こくりとうなずき、反対側に回り込んだ。

車内に入り、バンとドアの閉まる音がして、これでもう戻れない。


初台南料金所から中央環状線を経て、三号渋谷線に出た。

横顔に笑みをたたえながら、クズ野郎はいった。

「何を話せばいいかわかりませんね。散々、恥ずかしいところまで見せ合った仲なのに。それでお願いしちゃったのですが——練炭は？」

一瞬、言葉を出すのに躊躇ったように思えた。加担させたことに責任を感じているならその必要はない。梢としても渡りに船なのだ。

「はい、この中に入っています」

梢はバッグをパンパンと叩いた。

「ありがとうございます。練炭コンロも後部座席に置いてあります」

後部座席を向くと、ホームセンターの袋があった。

「セット、そろいましたね」

クズ野郎は諦めたようにいった。梢も思わずため息をついた。

「死にたくて今日を迎えたのに。思いがけない出来事が起こって中止にならないかなって、どこかで望んでしまいます」

梢の言葉に、クズ野郎は「ですよね」と寂しげに笑った。

首都高から新東名高速に入り、静岡スマートＩＣで降りた。クズ野郎は国道を走り、山の方へ向かっているようだ。向かう先はわからないが、片道の旅だからどうでもよかった。

乗車したときから、実はクズ野郎は快楽殺人犯で、梢を殺すつもりで誘ったのではないかと、飛躍した想像が頭を巡っている。でもそれならそれで、殺してくれて構わない。

ポルシェは徐々に山の奥へと入っていった。

気が付けばあたりは暗くなっている。

無言の車内が続いていたが、しばらく走ったところでクズ野郎がいった。

「考えていた死に場所が近いです。いよいよですね。ようやく終わりにできます。アサカさんは、どうして死ぬことにしたのですか？」

梢は、一度息を吞むといった。

「アサカのアカウントがバイトの同僚にばれました。周囲にいいふらすと脅されて、体の関係を迫られそうになっています。これがいい機会かな、と。クズ野郎さんは？」

「仕事に追われすぎて、生きていく余裕がなくなりました。休みも取れず……。毎日目覚めと同時に、ひどい憂鬱に襲われます」

「会社、辞められないんですか？」

「それだけが理由じゃないのです」

しばらく沈黙を続けたクズ野郎だったが、やがてぽつりと話し始めた。

「私は――性的不能なんです。精神的な理由のようで、学生時代からずっとです。耐えがたい劣等感が続いています。何をしても治る気配もないし、仕事も楽しくないし、もう死のうと思い始めました。そんなことでと思うかもしれませんが、自分には大真面目な問題です――」

「イメプに興味がなかったのも、それが理由ですか？」

「そうですね。何ていいますか、セックスを想像すると、勃起できず萎れた私を見てがっかりする女性が浮かんで、余計に焦って何も機能しなくなるんです。それで恋人とうまくいかず別れたこと、何回もありますから」

クズ野郎は自嘲するように笑みを浮かべた。

「強姦事件のニュースとか見ると最悪ですよ。こんな人間のクズでも勃起はできるのに、自分はできないんです。私はクズ以下のクズ野郎なんです。どうせ死ぬならそんなクズたちを道連れに死にたいですが、それもできませんから」

「生きていてもいいことないですね」

「まったくです。私の悩みも人によってはつまらない悩みなんでしょうね。そして本当はもっと楽しいんでしょうね、人生って」

黙って二人で夜空を見上げた。もうすぐ全部終わる。

家族のことを思わないわけではない。ただ絶望とか恐怖がそれを覆い隠すことが、生きていたらずっと続く。それを考えたら、死を選ぶ。

両親の顔を思い浮かべたが、決断に揺るぎはない。そのことに安心している。

「そろそろ、やりますか」とクズ野郎が持ちかける。梢もうなずいた。

「ところで一点、予想外なことが起こっています。近所で工事が始まったせいで、この道は迂回路となり交通量が多くなっていますね。もっと静かな別の場所に行きましょうか」

「……準備しますね」

いよいよだ。梢は練炭を取り出そうと、バッグの中に手を入れる。同時に「あっ」と声を出していた。

「どうしました？」

不思議そうに、クズ野郎が梢に顔を向ける。

「練炭、新聞紙でくるんでたのにはがれちゃってます。バッグの中が真っ黒です。暗くてよくわからないですけど」

バッグの中に差し込んだ手が、黒く汚れているのはわかった。クズ野郎はお手ふきを梢に渡しながらいった。

「どうせ死ぬんですし——というのはデリカシーがないですか」

「いいえ。クズ野郎さんのいう通りです」

そうだった。もう死ぬのに、バッグの中が汚れようが関係ないのだ。

「もうちょっと車を走らせますね。十五分くらいかな」

十五分という時間を聞いて、梢は練炭をバッグにしまうことにした。やはりまだ、無意識に躊躇っているようだ。

外は暗い。練炭をくるむ古新聞と広告を取り出すため、バッグの中をまさぐった。がさがさと紙を取り出し、練炭に巻き付けた。

しっかりと練炭をくるんだ。あと少しの命だとしても、バッグが汚れるのは嫌だった。

十五分は、あっという間だった。

「まずは窓を目張りします。もう出られなくなりますよ。いいですか」

梢は窓の外に目をやった。ここは山の麓に沿ってできた道路のようだ。外はすぐそこに木々が生い茂っている。見通しは悪い。

——どうしてこうなったのだろうか。

今なら戻れる。だが戻っても地獄の日々が待ち受けている。畑山が存在する限り、安心できる日は来ない。戻らなければ、もう何も得ることはない代わりに、何も失うことはない。何かに期待することもない。

人はいつか死ぬ。それが他の人より少し早かっただけ。ただそれだけのこと。

クズ野郎に顔を向けると、梢はこくりとうなずいた。

二人で分担して、ドアをガムテープで目張りした。

だんだんと言葉はなくなった。二人とも気持ちが強張り始めているのだ。

いつしか梢は泣きながら作業に取りかかっていた。洟をすする音に、クズ野郎が反応することはない。

やがて目張りは終わった。

「終わりましたね。それでは……コンロに練炭を……セットしましょうか」

鼻が詰まったような声になり、途切れ途切れに話すので顔を見ると、クズ野郎もいつの間にか泣いていた。

クズ野郎が後部座席のビニール袋からコンロを取り出す。

梢もバッグから練炭を取り出した。巻いた紙をはがし、コンロにセットする。紙をきれいに折り畳む余裕はなく、横に放った。

「――いよいよです」

クズ野郎はマッチを手に取ったが、その手がぶるぶると震えている。

「それでは……火を点けますよ。本当にいいですね？」

クズ野郎の声は震えていた。

この世から消える決意の固さとこの世から消える怖さは、比例するのかもしれない。

迷えば迷うほど、中断する選択肢を手に取りそうになる。

出会ってきた人が思い浮かぶ。優しかった担任の教師。たいして仲良くなかったクラスメイト。一度も話したことのない大学の同期。親切にしてくれたコンビニの仲間たち。育ててくれた両親。

梢は嗚咽を漏らしながら、両手で顔を押さえていた。

これ以上人生を振り返ったら、もう逃げられない。

抱えきれないほどの後悔にまみれながら、「……はい」と返事をした。

クズ野郎が洟をすすりながらうなずき――。

そして、マッチを擦った。

それをコンロに近づけようとするのだが、手が震えていて練炭に火が点かない。

梢がクズ野郎の腕に手を伸ばし支えてあげた。クズ野郎は小さく頭を下げた。

ついに練炭に火が点いた。

ぼうっと控えめに燃えるその様が、何だか温かく、かわいらしく感じた。

クズ野郎はマッチの火を消すと、倒れ込むようにシートに背中をつけ、目を閉じた。

梢はこの世の最後の景色を目に焼き付けようと、もう一度窓の外を見た。

だが知らない景色だ。この期に及んでも何も思うことはなかった。人生の終わりなんて、こんなものだろう。

練炭自殺のニュースを見るたび、車内は静寂で包まれるものなのかと思っていたが、実際はこの世に未練を残した二人の嗚咽が響いている。

クズ野郎と同じように、視線を戻して目を閉じることにした。

――さようなら。

すべてに別れを告げ、窓の外から目を離した。

Ⅳ－3

1

コンクリートがむき出しの、廃ビルの一室だった。もともとあったテナントの備品が、ほこりをかぶってあちこちに散らばっている。

青葉と大犬は、床に倒れた一人の男を見下ろしていた。

「どういうつもりだ、俺があんたたちに何かしたっていうのか」

血まみれの鼻を痛そうに押さえながら、大学生の男は涙を流していた。

大犬はしゃがみ込むと、男の髪をつかんで顔を持ち上げた。

「別に俺たちは、お前に何の恨みもないよ。ただ何となく誰かぶん殴りたい気分だっただけさ。聖なる夜のプレゼントとでも思ってくれ」

そういうと大犬は、もう一度男の顔面にパンチを入れた。今日はクリスマスイブだった。

「ひー」と情けない声をあげて、男は床をのたうち回る。

青葉は手を出さず、二人をスマホで撮影していた。だがそのとき、男が「助けてください」と、青葉の足をつかんだ。

青葉は足を振って男の手を払うと、そのまま男の腹を蹴(け)り上げた。嗚咽とともに、嘔吐物(おうとぶつ)がぶちまけられる。

酸っぱいにおいが不快だったので、「そろそろ行くか」とあごをしゃくって大犬に合図した。

「えー、もっとボコボコにしたいです」

「相変わらず納豆野郎だな。もういいだろうがよ」

「だからそのあだ名嫌いなんですって。まあいいか。お兄さん、それではメリークリスマス」

大犬は倒れた男におどけてみせた。


「俺たち正義の味方、依頼完了ですね。いいことするのは気分がいいなあ」

大犬はアクセルを踏みスピードをあげた。すっかり上機嫌だ。

さっきの大学生は、夫のいる女性と不倫関係に陥っていた。その夫から、痛めつけてほしいと話があったのだ。いわゆる復讐屋だった。

「まだ正義のためにやることあるだろ」

青葉の言葉に、大犬は「え？　もう一回さっきのやつボコるんですか？」と、不思議そうにこちらを向く。

「運転中だろ、よそ見するな。そうじゃねーよ。自分の手を汚さず、ちゃっかり復讐を果たそうとするやつは——悪だろ」

ぽかんと口を開けていた大犬だったが、だんだんと笑みを浮かべ、最後は声を上げて笑っていた。

「ははは！　確かにそうですね。そんなやつは痛い目にあって、割増料金も請求しなきゃいけませんね」

「だからあぶねーって。ちゃんと前見て運転しろよ」

再度大犬をたしなめた。

ろくでもない者同士の、足の引っ張り合いでしかなかった。だから青葉も遠慮なくやりたい放題できる。

青葉は、さっきの男から奪ってきた財布を開いてみた。

現金はほとんど入ってないが、カード類の中に薄っぺらい紙が入っていた。

取り出してみると、それは予約したクリスマスケーキの引換券だった。店の住所を見ると、ここからそう遠くない。

人妻と仲良く食べるつもりだったのだろうか。まだ大学生だ、思いのままに突っ走って、結果不倫になってしまったのかもしれない。復讐を依頼してきた夫の方も、妻からしたら最悪な夫なのかもしれない。

どうでもいいことだった。青葉は引換券をひらひらさせた。

「ケーキだってよ。せっかくだからもらっておくか」

「俺たちに本当にサンタさんやってきた感じですね。寄っていきましょうよ。俺にも分けてもらえますか？　その……せっかくだから彼女に持っていってやろうかなと」

大犬は彼女の話をするときだけしおらしくなる。さっきまで人を殴っていたとは思えない変わり様だ。

だが、それは青葉も似たようなものだ。引換券を目にして考えたことは——。

一日早いが、これから抜き打ちでゆかりの家に借金の取り立てに行ってみることにした。ひよりと太一にケーキを持っていってやろうか、と思い付いたのだ。不在だったり返済金が用意できていなくてもしょうがない。そのときはそのときだ。

「彼女に楽させてやりたいんですけどね。でかいこと成し遂げて、一気に幹部とかになれませんかね。誰か邪魔な相手を殺すとか」

人を殺す想像に興奮したのか、大犬は鼻息を荒くして目をぎらつかせていた。ハンドルを握る手がかすかに震えている。

純粋な思いを、物騒な手段に訴える大犬がおかしかった。

2

でかい図体に似合わず、手にはかわいらしいケーキの箱を持って、青葉はゆかりのアパートにやってきた。ゆかりはもう帰ってきているだろうか。

チャイムを鳴らすと、室内からドタドタと音がする。

やがて「サンタさん！」という明るい声とともに、勢いよくドアが開いた。暗闇に光が射し、なぜか青葉は安心感を覚える。

迫り来るドアをさっとよけると、そこには太一が満面の笑みで立っていた。

だが「何だ、おじさんか」と、思い切りがっかりされた。

おじさんおじさんと懐いてくれたのに、サンタクロースと比べられたら、あっという間にしょぼい存在だ。

「太一、ママがいってたじゃん。勝手にドア開けちゃだめなんだよ」と、後ろではひよりが心配そうにしていた。

苦笑交じりで青葉はいった。

「何だとはひでーな。俺だったからよかったものの、ちゃんと姉ちゃんのいうこと聞けよ。それで、母ちゃんはいないのか？」

「うん、まだ帰ってきてないよ——」

太一の言葉が止まった。青葉が手に持っているものに目を向けている。

「これか、クリスマスプレゼントだよ」

青葉はくいっとケーキの箱をあげると、それを差し出した。

「えー」と、太一が目と口を丸くする。しっかり者のひよりも、驚いた様子で走ってやってきた。

受け取った二人は、待ちきれず玄関口で箱を開けた。ガサガサ箱がこすれる音が二人の興奮を物語っている。

箱の中身は、サンタとトナカイとツリーが載った、苺（いちご）のショートケーキだった。フォークを入れて崩すのがもったいないくらい、きれいに作られている。

「早く食べよう、早く食べよう」と踊り出す太一を、「ありがとうっていわなきゃ、食べちゃいけないんだよ」とひよりが制する。

子どもたちが食欲を優先させているのに、第一にこのかわいらしい形状を惜しんだ自分が恥ずかしい。顔が真っ赤になっていないことを祈る。心の中で自分にバカヤローと告げた。

「おじさん、ありがとう」

二人は小さな体で大きくお辞儀をした。

「いいんだよ、お礼なんて。気にすんな」

それからの二人の高ぶり具合といったらなかった。「僕がサンタだよ」「私がサンタ、太一はトナカイでツリーがお母さんだよ」「嫌だ、僕がサンタがいい」と、三つのうちの何が誰なのかと、よくわからない争いを始めている。

黙って見ていた青葉だったが、「なあ」と二人に声を掛けた。同時に二人は振り返る。

「母ちゃん、毎日遅くまで仕事で寂しくないか」

二人は少し考えた後、「寂しいよ。でもしょうがないもん」とひよりが答えた。太一も「平気だよー」と、大きく手をあげてジャンプする。

「……そうだよな」

青葉もそう答えるしかなかった。

そのとき、跳びはねる太一のズボンのポケットから、何かが落ちた。

「あっ、また太一、飴を勝手にポケット入れてる。お母さんがだめっていったのに」

「だってさ、いつ食べたくなるかわからないから」

大胆な言い訳だ。あげた分がまだ残っていたのか、同じのを買ってもらったのか、それは青葉があげた飴と同じものだった。

そこに突然、「何でドア開いてるの――」とドアが大きく開いた。ゆかりが帰ってきたのだ。

「お帰り――」と出迎える二人の視線を青葉も追う。

三人とも視線はゆかりの頭頂部、さらにゆかりの背後へと向かっていった。

ゆかりの頭に、白いものがかかっていた。そして外を見ると、暗闇の中を幾重もの白い点が静かに落下していく。

いつのまにか、雪が降り始めていた。


外は白いベールをかけたような光景へと変わっていた。降りゆく雪の粒は大きく、もしかしたらかなり積もるかもしれない。

姉弟は雪を見上げ、白い息を吐きながらはしゃいでいる。最高のクリスマスプレゼントだろう。ケーキのことなんか、すっかり忘れているに違いない。

そんな二人を、青葉とゆかりは部屋の前で見つめていた。

「呑気(のんき)なもんだな。母親は苦労しているというのに」

青葉はつぶやいた。だがゆかりは首を横に振り、「いいんです、私のことは」と微笑んだ。

「父親がいなくて、これからつらい思いもさせるでしょうし。あの子たちのためにがんばれるというか、がんばりたいんです。いちおう母親やっていますから」

「いちおう？　ずいぶん謙虚だな」

「あの子たち、私とは血が繋がっていないんですよ」

意外な事実に、思わずゆかりの横顔を見やった。

母親という役割の強さと同時に、間接的に元夫のだらしなさを思い知る。ゆかりのような真面目な人物が、一時的とはいえよくそんな男に惹(ひ)かれたものだ。

ゆかりは話を続けた。

「だからこそ一層の愛情を——なんてつもりもなくて。ただ私は、あの子たちに会えてよかったです。一緒にいられてうれしいです」

青葉は薄々思っていたことを告げた。

「あんたは風俗向きじゃないな。真面目さが悪い方向に出て、自分の中で勝手に築き上げた責任感や倫理観に押し潰されるタイプだ。今の仕事で返済を続けた方がいいよ」

ゆかりは「そうですね」とうなずいた。

「ありがとうございます。倉科さん、優しい方ですね。ご家族いらっしゃるんですか？　それなら大事にしてあげた方が——」

「俺のことは関係ない」と、話を断ち切るように言葉を被せた。

「俺とあんたらは、債権者と債務者という関係だということを忘れるなよ。残り三十万円、きっちり耳を揃えて払ってもらうぜ。ったく、こんなになめられたのも久しぶりだぜ。優しいなんてよ」

「すいません」といいながらも、ゆかりにおびえた様子はなかった。慈しむように幼い姉弟を見つめている。

ゆかりはもちろん、ひよりや太一も、つらい過去を越えてきたのだろう。

強く生きるゆかりを見て、無邪気にはしゃぐ姉弟を見て、青葉は考えていた。

今ゆかりが返済している金は、元夫が借りた分でも、法外な利子の分でもない。適当に脅して金額を上乗せしたら、あっけなく応じてできたもらい銭みたいなものだ。本来の返済分は返し終わっている。それぐらいなら、おまけしてやってもいいかもしれない。

ひよりと太一がはしゃぎながらやってきた。

「おじさん、これあげるよ。クリスマスプレゼント」

太一は両手で、小さな雪だるまを抱えていた。思わぬプレゼントに、率直に困る青葉だったが、「ほら、大事にするんだよ」と太一に押し付けられた。

「太一。おじさんが困ってるでしょ」

「いや、いいよ」

青葉は雪だるまを受け取った。片手で持てた。

姉弟は満足げに、再び雪が降る中に戻っていった。

青葉の胸の奥に、久しい感情ができあがっていた。暴力の世界に身を置いていた青葉がそれを素直に受け止めるには、時間が必要だった。

だからまるでひとり言のように、ひねくれた理屈をゆかりに伝えるのだった。

「クリスマスだか何だか知らねーけど、サンタなんかいない。プレゼントなんてな、馬鹿がすることなんだよ。無償の奉仕は自然と上下関係を作り、やがてトラブルを招く。大人の世界は対価がすべてだ。金がすべてなんだ。だから——」

青葉は雪だるまを持ち上げると、ふっと微笑んだ。

「これを三十万円で買おう。ちょうどいい、残りの返済額と相殺しよう」

「……何をいっているんですか」

ゆかりは目を丸くしている。裏があると思われているのか、おびえてもいた。

青葉は雪だるまを壊さないように、そっと歩き出した。

「くれぐれも俺と再会するような人生は歩まないようにな。子ども、大事にしろよ。俺はな、この俺にびびりもしないで近寄ってくるガキなんて大っ嫌いなんだ」

姉弟の足跡が点々と付いた雪に足を踏み入れた。

もし自分が取り立てを担当していなかったら。この親子にはどんな未来があったのだろう。

——俺が出会っていない債務者の中にも、こいつらみたいにおかしな気分にさせてくる債務者がいるのだろうか。

運命なんて馬鹿馬鹿しい言葉だと思った。人と人との出会いは、何と運に左右されるのだろう。投げやりに思いのままに生きることに、正当性がもたらされた気さえする。

「あれ、おじさん帰るの？　またねー」

手を振る姉弟の方を振り向くと、青葉は雪だるまを掲げた。

今日で会うのは最後にすると決めた。

親子三人が暮らす部屋に背を向けても、部屋の優しげな明かりがやけに目に焼き付いていた。

名残惜しんでいる自分に、逆らうように前を見て進む。余計に姉弟のはしゃぎ声が耳に響いた。

雪だるまを助手席に載せた。寒いのに暖房も点けず、少し窓も開けた。

今夜中には溶けてなくなるだろうが、少しでも遅らせたかった。

自分でも馬鹿だと思った。三十万円を巻き上げるチャンスだったのに。

これ以上、あの一家に関わっていたら、変に気が抜けて稼業にまで影響が出そうだ。腰の抜けた『おじさん』になるのは嫌だった。

姉弟に渡したケーキは、青葉が自腹で買ったものだった。

暴力を振るって奪った財布に入っていた引換券。それで手に入れたケーキを渡すのは後ろめたかった。だから引換券は大犬に譲り、自分は買った。ケーキを持っていかなければならない理由などないのに。あの時点で青葉は、朝倉一家に対して極端に甘い自分を認めざるをえなかった。

もう会ってはいけない気がした。

真面目な母に素直な子どもたちだ。借金さえなければ風向きは変わるだろう。そんな家族に後押しされて――。

青葉は上機嫌な自分に戸惑いながら、ハンドルを切った。

愛情というものを思い出していた。まだ忘れていなかったらしい。

向かったのは、スナックアオバだった。

3

やはりクリスマスは各々予定が入っているらしく、アオバも客足が鈍かった。来てくれるのは独り身の客が多い。

伊地知はいつもの席に座っていた。伊地知とママの二人になったとき、伊地知が声を潜めていった。

「ママ、最近変な客来てないか？」

「え？　心当たりないけど、どうして？」

「この店を見張っている男がいた。暗くてよくわからなかったけど、すごく背が高かった」

首をかしげるママに、伊地知は苦笑しながら、

「変に心配してしまうのは想いの現れかな——ごめんなさい、遠回しなアピールになってしまった」

と、山崎のロックを口にした。

ママはママで気分が浮かなかった。他の客がいなくなるのを、伊地知が待っているのがわかるからだ。

そして店内は二人だけになった。

沈黙が訪れて、伊地知が「さて——」と切り出した。

「今日は、もう一度お願いしに来た。ママ、私と一緒に来てほしい」

「いいの？　私、実はすごく悪い人かもよ」

おどけて見せた。諦めてほしいのではなくて、結論を出すのが怖いだけだった。

「善人にかぎってそういうんだよ。それに、ママになら騙されたっていいさ。だから——」

伊地知はバッグをまさぐると、一枚の紙をママに差し出した。それは航空券だった。

「空港で待ってる」

躊躇いがちに券を受け取る。ママの手に、伊地知の手が重なった。

「これまで生きてきて思った。人生が変わる瞬間なんて、えてして後にならないとわからないものだなと。だからたまには、自分でその瞬間をつかみたいんだ。一人はもう飽きた。誰かと一緒に暮らしたい。ママは？」

「私は……このお店があるから寂しくないし、飽きてもいないわ」

「それなら、何で迷っている？」

見透かされていた。以前から伊地知のことは気になっていた。トシエに指摘されたとき、こういうのって隠せないものだなと思った。

伊地知もそれなりに成算があって、話を持ちかけているのだろう。それが何だか頼もしく思えた。

「ママはずっと一人なのか？」

伊地知の問いに、ママは宙を見上げた。

「そうね。一人になってもう長いわね。一人はいなくなったし、もう一人は亡くなったし……」

ママの境遇は、さすがの伊地知にも誤算のようだった。

「ごめん。つらいこと思い出させてしまった」

「いいのよ。昔のことだから」

「前にいっていた忘れられない人とは、どうにかなりそう？」

ママは返事をしなかった。

伊地知はしばらく、ウイスキーを口に運んでいた。

だがコトリとグラスを置くと、立ち上がってママに告げた。

「ママ、ゆっくり考えてくれ。絶対に幸せにするよ。今日で会うのが最後にならないことを祈っている。それじゃ、私はこれで――」

伊地知はコートを手に取った。

変に粘らず、さっと切り上げて帰っていく伊地知は素敵だった。

第四章

I－4

1

気持ちとは裏腹に、からっと晴れたさわやかな朝だった。

小さな門を開けて外に出た。取り乱して気が荒れていた、昨日までの自分を反省する。

帰る家がある。たいせつな家族がいる。それを思うと、うなだれてばかりはいられない。

門を閉めて、駅の方へ歩き始めようとした瞬間だった。

心臓が止まりそうな衝撃に襲われた。

――そこには、つづみが立っていた。

呆然とした表情で大地を見上げている。いつもの赤い携帯電話を手に抱えていた。

「な、なぜここに……」

惚けた表情で、つづみは大地を見つめるままだった。

本能に誘われるように、家の方を向く。家族がすぐそばにいる。

「なぜここにいるんですか？　最後といったじゃないですか」

懇願するようないい方になる。

大地が会社から帰宅するところをつけられていたのだろうか。まさか自宅にまでやってくるとは思わなかった。

つづみは大地を凝視し、唇を震わせながらいった。

「やっと終わったと、ほっとしたんですか。できの悪い純のことをいつまでも追い続けるおかしな母親を処理できたと」

「どういうつもりですか。これ以上変なまねしたら——」

大地がいい終わる前に、つづみはバッグから庖丁（ほうちょう）を取り出した。

息が止まり、身体が強張る。あたりには誰もいない。

助けを求めようと大声を出す前に、つづみは切っ先を自身に向けた。

「少しでも騒いだら、これを私の体に刺してやる。抵抗したら死んで仕返ししてやる」

唇がプルプルと震えている。

「このまま一緒に来てほしい。私はただ、純のことを思い出したいだけ」

「——わかりました。会社に連絡させてください」

逃げられない。直感的に悟った。

「変なことといったら許さないわ。もう私は、死ぬことなんて何とも思っていない」

大地はうなずくと、会社にメールを送った。

「私が息子を失って、頭がおかしくなったと思っている？　それは大きな間違いだから。冷静だし、自分がおかしいことをしている自覚はある。でも頭はおかしくなっていないわ。ただ純が生きてきた証（あかし）を、私だけは心に刻んでおきたいの」

庖丁の切っ先を自分の腹に向けながら、つづみは目を血走らせていた。

大地は無意識に家を振り返っていた。

玄関前の自転車や並んだ植木、庭に停めてあるセレナ。突如日常に侵入した違和感に脅かされ、こめかみから汗を垂らしていた。

二人は京浜東北線に乗っていた。つづみは埼玉県の川口市に行きたいようだ。

朝の通勤ラッシュは落ち着いている。途中で席が一つだけ空いた。

「座ったらどうですか」

自然と勧めていた。刺激しないように媚びているつもりはなかった。

つづみは「ありがとう」と、座席に腰かけた。

さっきはだいぶ興奮していたようだが、少しずつ落ち着いてきたようだ。

なぜ大地は連れ出されたのだろうか。

それはわからないが、つづみが手に持ったバッグに目が行き、そして胸が痛んだ。

手作りだろうか、かぎ針編みできれいに編まれ、小さいうさぎのアップリケがついていた。日の光に揺れて、うさぎが表情をころころ変えているように見える。

きっとつづみは穏やかな心持ちで、かわいらしいバッグを作り上げたくて、これを付けたのだろう。

つづみにも普通の生活があったことを思い知る。息子の死によって、日常が突如崩れたのだ。ちょこんと座り、視線を動かさず電車に揺られるその姿を見ていられず、視線を窓の外に移した。

「子どもは何歳？」と、突然話しかけられた。「十三歳です」と答える。

「十三じゃ、本人は大人になったつもりでも、まだまだ親にはかわいい年頃ね」

まったくその通りだった。流星は生意気になって会話も減っているが、父親からしたらまだ幼稚園や小学生の頃と同じ感覚だ。十三年なんてあっという間だった。

「子どもからしたら親との思い出なんて、小さい頃のことばかりかもしれないけど、親からしたら子どもとの思い出は一生続くよ」

純を思い出したのか、つづみは宙を見つめた。

そのとき、つづみの隣の席が空いた。

「座れば？　せっかく付き合ってもらうから」

つづみは穏やかな笑みを浮かべた。大地も座ることにした。

大地と反対側のつづみの隣には、小さい男の子が母親と一緒に座っていた。元気な盛りで、窓の外を見てはキャッキャとはしゃいでいる。母親はうとうとしているようだ。

つづみはバッグから飴を取り出すと、「これあげる」と、男の子に優しく声をかけた。

男の子はつぶらな瞳でつづみをじっと見つめ、「ありがとう」と手を差し出した。

そのときだった。

眠りかけていた母親が目を覚まし横を向くと、「何やってんの」と子どもを抱き上げて、膝(ひざ)の上に座らせた。

「知らない人から、勝手に物をもらっちゃだめっていってるでしょ」

その後、不審げにつづみに目を向けると、

「やめてください、知らない人にお菓子をあげるなんて非常識です。この子はいろいろアレルギーがあるから、大変なことになる可能性があるんですよ」

母親は憮然と会釈をすると、それきりつづみと大地の方を見ようとしなかった。

男の子はちらちらこっちを向くが、母親が「前を向いていなさい」と顔を前に向けた。

つづみは手を静かに下げ、「ごめんなさい」と、そそくさとバッグに飴をしまった。

ガタンゴトンと、静かな車内に電車の音だけが響く。

つづみが、ため息交じりにいった。

「目黒さんと純も、こういうことだったのかもね。不幸は必ずしも悪気から生じるわけではないのね。むしろ悪気がない不幸がほとんどなのかもしれない。でもそれなら――私たちは、どう生きていけばいいの」

どこか疲れた様子のつづみの横顔を、鉄塔の影が断続的に横切っていた。

2

電車は西川口駅に着いた。

改札を出るとロータリーが広がっていた。その奥に見える大きなテナントビルがひときわ目立つ。つづみは息を大きく吸い、「なつかしい」と気持ちよさそうに手を上に伸ばした。大地はまったく土地勘のない場所だ。

どうしてここに連れてきたのか、薄々は勘づいていた。

「離婚して純と二人きりになって、この街に引っ越してきたの。純が小学校三年生になるまでいたかな。本当、二人きりだったな。もともと純の父親が家庭を顧みない末に浮気をしての離婚だったから、純の父方の両親も初めは心配してくれたんだけど、その後話せる状況じゃなくなったからね」

つづみは懐かしそうに周囲を見回すと、「散歩がてら、歩きましょうよ」と、うれしそうに足を踏み出した。大地もその後に続いた。

道中つづみは、一つ一つの風景を噛みしめるような表情で歩いていた。

二十分ほど歩くと、少し遠くの空に大きなボウリングのピンが見えた。

つづみは大地の視線に気づくと、ふっと微笑んだ。

「ああ、あれ？　面白いでしょ。アオキグランドボールっていうボウリング場よ。純もあれが見えるとよくはしゃいでいたわ」

それからもつづみは優しい眼差しで街を歩き、純との思い出を一つ一つ振り返っていた。

「ここのスーパーでよく買い物をしたわ」「この交差点が通学路になっていたから、いつも見えなくなるまで見送っていたの」「誕生日は毎年ここのレストランでお祝いしたわ」「学校に持っていく文房具は、よくここで買ったわね」「このゲームショップの店頭モニタにゲーム画面が映っていて、いつも止まらされたわ」と、説明をしながら街を回るつづみに、大地は見たことないはずの親子の姿を頭に浮かべていた。

これからつづみはどうするのだろうと警戒はしていたが、行動をともにしていて穏やかな気分になることもあった。気が付けばずいぶんと時間が経っていた。

少し日が沈み始めた午後三時半過ぎ、二人は広い公園に着いた。

「ここも、純とよく来た公園なの。中青木公園っていうんだけど、あまり変わらないな」

グラウンドの端にベンチがいくつも並んでおり、二人は空いているところに座った。

目線の先では、小学生がサッカーをしている。明るい声を上げながら、笑顔で活発に動き回っている。大地はその姿に我が子を重ねていた。おそらくつづみもそうだろう。

つづみが話し始めた。

「純が小さい頃はドッジボールが流行っていて、お母さん練習に付き合ってくれって、よくここでボールを投げ合ったよ。だんだん上手になっていったのがうれしかった。それとともに、練習に付き合うことが減ったのは寂しかったけどね」

「仲のいい親子だったんですね」

思わず伝えると、つづみはハッとした表情を大地に見せた。

そして、目尻に皺を寄せてうなずいた。

「体が弱くて面倒見ることも多かったからね。おろおろしながらお医者さん呼んだりしたよ。純は学校休めてラッキーとかいってたけど。そのくせお昼にはもう、飽きたから学校でみんなと遊びたいとかいい出すの。私は仕事休んだ分、お給料が減るのに」

つづみは目を細めて微笑んだ。

「私、これでもパートの面接とか落ちたことないの。だから純が前の仕事を辞めたときも、私の写真を入れたお守りでも送ろうかっていったら、うるさいなっていわれたよ」

つづみは屈託なく笑うが、大地は罪悪感を覚えた。大地は純を面接し、落としたのだ。

だがつづみはそのつもりはなかったようで、「あっ、そういうつもりじゃないの」と、困ったように眉をひそめた。

それから悲しげな顔のまま、首をかしげた。

「ただ一つ、いつも胸が締め付けられるのは、たぶん――純はたぶん、楽しく生きることができなかったんだろうな。それは薄々勘づいていた。あまり笑うこともなかったし、結婚はもちろん彼女を見せに来たこともなかった。私が悪かったのかな」

つづみは、惜しむように目を閉じた。

大地は流星を思っていた。親が子を振り返るとき、どうしてこんなに胸が切なくなるのだろうか。それは、この子のためなら何でもしようという強い思いとは裏腹に、親ではどうにもできないこともあるのだと、理解できる分別があるからではないか。

しあわせに、楽しく、安らかに。ただ祈ることしかできないときもある。

3

つづみに誘われ、二人はタクシーに乗った。

少し走っていくと、外の風景がどんどん落ち着いていく。いつのまにか川口市を離れ、さいたま市に入っていた。同時に太陽が沈み、暗くなっていった。

おそらく今走っているのは、有名な見沼(みぬま)たんぼと呼ばれる区域だろう。建物の数は減り田園が姿を見せ始め、完全な日没前、まだわずかに藍色を見せる空が広くなっていく。

大宮駅やさいたまスーパーアリーナからもそう離れていない地域だろうが、とてもそうは思えないくらいのどかな風景である。

住宅街でタクシーから降りると、つづみはまた懐かしそうに周囲を見回した。

「私の仕事の関係で、次にこっちに引っ越してきたの。純が引っ越しを嫌がって泣いちゃって、それはつらかったけどね」

再び二人で歩き出した。

暗い住宅街を、噛みしめるように眺めながら歩くつづみだったが、「まだ残っているんだ」と笑みを浮かべ、小さなアパートの前で足を止めた。

「ここが純と暮らしていた場所だよ。離婚したときに相手からワンルームマンションを用意されたんだけど、このアパートにすぐ引っ越してきたの。環境がくるくる変わっちゃって純は泣いてばかりだったけど。その分愛してきたつもり」

つづみは感心するように外観を眺める。

「本当に変わらない……。色が落ちたアパートの表札も、あそこの蜜柑の木も、錆びた階段もあのときのままだ。うちはお金がなかったから、純にあまり好きなものを買ってやれなかった。でも純は星を見るのが好きだったわ」

はっとして、つづみに目を向けた。大地と純には共通点があったのだ。

それからおそるおそる、空を見上げた。まばらに星が光っている。

光を繋いで星座を作る遊びの中で、見落とした光もあったのだろう。ふと、そんなことを思った。

「よくベランダで純を膝の上に乗せて空を見たよ。田舎の方ほどではないけど、星は見えたの。寒いから中に戻りたいっていっても、お母さんの膝の上で見ていたいって」

大地が星のことで直江と仲を深めたように、純も星に思いを馳せる人物であることをもし知っていたら——いや、採用には関係なかったはずだ。

強くそう思い込むしかなかった。純が死を選ばなかったら、という仮定さえ受け止めきれない。

つづみはアパートの階段前に立ち、錆びた手すりにふれていた。

さっきまでいた川口市と比べるとだいぶ落ち着いた地域ではあるが、アパートの次につづみが向かった先は、さらに暗い田園地帯だった。土や草のにおいが強くなり、人通りはない。とぼとぼと二人で歩いた。風がさらさらと草を揺らす中、足音だけがやけに響いた。

そして着いたのは小学校だった。一面田んぼの中にぽつんとあるようなロケーションで、あたりはすでに真っ暗だった。

ふと空を見上げた。星のまたたきが見える。それぐらいあたりは暗い。点在する街灯がもの悲しげに光っている。

校門に張られたチェーンをくぐり、つづみは校庭へと入っていく。大地も続いた。

校庭の真ん中で懐かしそうに校舎を見つめながら、つづみはいった。

「もう統廃合で廃校になったけど、純が通った小学校よ。ランドセル姿もうれしかったな」

つづみは大地の方を振り向くと、笑みを浮かべた。

「今日はありがとうね。知らない人の昔話なんて、つまらなかったでしょ」

「そんなことないです。私は――」

さっきからずっと思っていた。

大地は、倒れ込むようにして地面に手をついた。

「あの日私は、面接で一生懸命息子さんに向き合いました。それでも――もし私の判断が、息子さんの命を奪うことに繋がっていたなら、私は間違っていました」

とめどなく涙が流れてくる。つづみは何もいわず、校舎に目をやった。

「やめてください。私が八つ当たりしただけ。目黒さんは真面目に仕事をしただけ。悪いのは純よ。弱い純が悪かったんだ」

諦めたようなその口調には、すべてを包もうとする母親の優しさも感じた。

「本当にごめんね、一日。目黒さんはいい人ね。いつでも逃げられたのに、もし私が庖丁で自分を刺しても、目黒さんは悪くないのに。本当に――いい人よ」

そういってつづみは、肩を落とした。

なぜつづみは落胆しているのか。なぜつづみは大地を連れ出したのか。

何となくわかった。つづみは、もっと大地を恨みたかったのだ。

そして大地を連れ出したものの、いざとなったら何もできなかった。初めからつづみは、何かを諦めたような表情だった。もともとつづみは、誰かに恨みを向けられる人物ではなかったのだろう。

何とはなしに感じていた。だから逃げなかった。

途中から、つづみの思いを受け止める義務があるように感じていたのだ。

「どうしてうまくいかなかったんだろうね。純が悪いとわかっているのに、私はそれに納得できない。人は親になると弱くなるね。そう思わない？」

大地はしばし考えた後、素直な気持ちを伝えた。

つづみを興奮させないようにしようとか、余計な気遣いはなかった。

「弱くなるのではなくて、たいせつな人が増えたからそう思えるだけです。だからその気持ちのまま、たいせつな人と繋がっていけばいいのです」

つづみの動きがぴたりと止まった。

徐々に仕事の幅も広がり新しい経験も増え、自分の世界が広がっている感覚があった。だがその一方で、時にこぢんまりとした世界にいる感覚もあった。

それは家族や仲間を思うときだった。世界の狭さを思えば、その先にたいせつな存在がいる。

「——そうかもね」と、つづみはうつむいた。

「たいせつな人が増えた、か。ぽつんと一人でいるような不安に襲われる。そんなときに頭をよぎる誰かは、たいせつな人に違いないわ。純と私は今もまだ繋がっているのね——懐かしいな。この校庭。思い出がある場所なの」

つづみは静かに話し始めた。

「こっちに引っ越してきた頃には、純も大きくなってきて、あんなに嫌がっていた転校だったけど新しい学校ですぐにたくさん友達もできて。だから私と一緒にいる時間は前より減って、わかりやすいんだけど、こっちに来てからの方が思い出の数は少ないんだよね」

そういってつづみは悲しげに微笑むと、首をかしげた。

「子どもの世界が広がっていくことに寂しさを感じていた私は、きっとだめな母親だったわ。私が寂しい分、純がいろいろな経験をしているのなら、それはいいことのはずなのに。そんなときに運動会があって、親子で二人三脚があった。参加者はみな父親と子どもだったのに、うちは父親がいないから私が出て。案の定びりっけつだったんだけど、余計に純は熱が入って『お母さん。リズムを合わせようよ』っていうのよ」

そこで言葉が止まった。肩をすくめ空を見上げている。

風がつづみの髪を揺らした。洟をすする音が聞こえた。

「それで……ビリなのに一緒にゴールしたのがうれしかったのか『お母さん、やったね』って……。お弁当のときも……純は一人っ子だし父親もいないから静かなもので、二人でちっちゃくなってお弁当食べて……。私の気持ちに気づいたのか、『お母さん。僕は寂しくないから大丈夫だよ。そうだ、今度どこかつれていってよ』って。いいことのない人生だと思っていたけど、純がいるから世界一しあわせだって……。この子のためなら何でもできるって……」

嗚咽をもらしながら、つづみは声を絞り出していた。

一日中こらえていたのがついに溢れた。

そうだ。我が子が死んで、穏やかに振り返る余裕なんてあるわけない。

「代わりに私が死んであげたかった……。純、顔を見せて。もう一度お母さん、って呼んで。会いたいよ……」

言葉は空しく風に消えた。

4

しばらく沈黙が続いた後。つづみは顔を上げた。

「目黒さん。私はここで休んでいくから、先に帰ってください。タクシー呼べるでしょ」

吹っ切れたように、穏やかで儚(はかな)い笑顔を浮かべている。

「何をいってるんですか。置いていけません――」

大地が話すと同時に、つづみがバッグから庖丁を取り出した。両手で持って、それを大地に向ける。二人の動きが止まる。

「いいから帰って。私のことはもういいから」

「……できません」

大地の返答に、つづみは残念そうに息を吐いた。そして一人で校門の方へ歩き始めた。ここを出てどこへ行くというのか。大地がついていこうとすると、

「来るな！」と、叫び声とともに、庖丁を向けられた。

「一歩でも動いたら、これを私に刺してやる。近づいてきたら――そのときはあなたを刺す。絶対に刺してやる。それで終わりにする」

一人校庭に立ち尽くす。とぼとぼと歩くつづみを見送るしかないのか。

――できるわけない。

「つづみさん！」

名前を呼びかけた。校門を出る直前の、つづみの動きが止まる。

「もう一緒に帰りましょう。そんなことをしても純さんは喜びません」

一か八か、つづみの下へ走り寄る。

突然走ってきた大地に、つづみは弾かれたように庖丁を振り回し始めた。

「やめて。もう死なせて」

つづみの声があたりに響く。やはりここで死ぬつもりなのだ。

庖丁を取ろうとするが、必死の形相で抵抗されてしまい近寄れない。

「純のところに行きたい。純に会いたい」

つづみは泣きながら庖丁を振り回す。隙を突いて、大地がその手を取った。

だが信じられない力で返されて、庖丁を振り回される。

競り合いが続き、二人はもつれ合う。

どこかで車の走行音が聞こえた。ライトの帯が暗い夜に線を作っている。車がやってきているようだ。

だが興奮したつづみはそれに構うことはない。大地も食らいつくのに精一杯だ。

一瞬の隙を突かれ、大地は振りほどかれた。

つづみは庖丁を振り回し大地を遠ざけ、チェーンをくぐり校門の外へ出た。そのまま歩道を横切り車道にまで出ていく。その姿が、ライトで照らされる。

激しいクラクション音が鳴り響く。小型トラックが直進してきた。

「あぶない！」

大地は叫びながら、車道に向かって駆けていた。

二人の姿をヘッドライトが照らす。

つづみを突き飛ばし自分も逃げようとした。

だがその瞬間、腕が強大な力に引きずられたような感触がした。タイヤのこすれるブレーキ音が耳のすぐ横でした。

ガシャンと、石が砕(くだ)け散るような大きな音がして、視界が大きく一回転する。

気が付けば地面に叩きつけられていた。

激しい衝撃に、体中の力を奪われた。

5

目を開くと、トラックは校門脇の塀に突っ込んでいた。塀は大破し、そこにあった電話ボックスも無惨に破壊され、グリーンの電話機が地面に落ちている。

埃(ほこり)っぽさにむせると同時に、左腕に激痛が走った。

朦朧(もうろう)とした意識のまま、右腕を地について立ち上がる。つづみはへたり込んで、トラックを凝視していた。足下には庖丁が落ちている。

「大丈夫ですか」

よろよろとつづみに走り寄る。

「私は大丈夫。それより運転手さんが——」

そうだった。塀に突っ込んだトラックに目を向ける。

フロントガラスは割れ、蜘蛛の巣のようにひびができている。

その奥に、動かない人影が見えた。頭をぶつけて気絶したに違いない。

すぐに向かいドアを開けようとする。うっかり左腕を使い、激痛にのたうち回る。

幸いドアは開いたが、五十歳くらいの大柄なドライバーが、運転席でぐったりとしていた。

額はぱっくりと割れて、そこから血が流れている。

すぐに救急車を呼ぼうと、ポケットからスマホを取り出し愕然とした。

「まずい、壊れている」

トラックに吹き飛ばされたときだろう、大地のスマホは液晶が割れて、使いものにならなかった。となると――。

「つづみさん。携帯電話を貸してください」

いつも大事そうに持っている携帯電話を借りるしかない。

呼びかけるが、目の前の状況を理解できていないようで反応がない。

「つづみさん」

もう一度呼ぶと、体をびくっとさせて、つづみは我に返った。

車道にいたつづみを歩道まで移動させた。

「救急車を呼びます。携帯電話を貸してください」

なぜかつづみは泣き出しそうな顔で、大地を凝視する。そしてバッグから、携帯電話を取り出した。

「これでしょ？　これは最初から壊れているから使えないわ」

「変なこといわないでください」

「だったら使ってみてよ」

冗談かと思ったが、つづみは真剣な眼差しで携帯電話を渡してきた。

――確かに電源が入らない。

「何でこんなものを」

答えはなく、つづみは携帯電話を取り返すと強く目をつむり、大事そうに胸に抱えた。

大地とつづみの携帯電話は壊れ、電話ボックスも大破。人通りもまったくない。どちらに向かって歩けばいいかもわからない。誰かが通るのを期待するしかない。

まずはドライバーの救出が最優先だ。その後ドライバーのスマホが運転席周辺にないか探すことにする。

運転席から引きずり出そうとするが、大柄なうえに大地も片手しか使えないから難しい。やっとの思いで引きずり出し、地面に寝かせた。

額にティッシュを当てたが、すぐに真っ赤に染まる。胸と腹部に動きはなく、正常な呼吸がないようだ。

街灯のぼんやりとした光の中、思い出していた。こういうときの応急処置は――。

あの日の海江田へのコンプレックスが、大地を動かしていた。

胸部に両手を重ねて上から強く押し、「うわっ」と思わず手を離した。

やはり左腕に激痛が走る。

だが呼吸をしていない人がいる。大地は覚悟を決めて、再度両手をドライバーに当てた。胸部が五センチほど沈むまで圧迫して戻す。それを一分間に百回のペースで絶え間なく繰り返していく。

心臓マッサージを三十回したら、あごを上げて鼻をつまみ、息を吹き込んで人工呼吸をする。ドライバーの胸部が膨らんでいることを確認する。

その都度走る激痛で、汗がこめかみからあごを伝い、何度も流れる。

それに耐えながら、心臓に刺激を与え続けた。

つづみはおろおろしながら、意識のない男性を見守っていた。

「私のせいで……私なんか生きていても……」

つづみが涙で顔をぼろぼろにしながら、大地に呼びかける。

「目黒さん。どうして私を助けたの？　散々な目にあわせてきたのに」

「自然に体が動いた、ただそれだけです。死んでいい人なんていません。だって誰にでも、死んだら悲しむ人がいるじゃないですか。この人も絶対に助けます」

大地もいつの間にか泣いていていた。

「つづみさん、私のことは一生恨んでください。でも私は——息子さんは死ぬべきではなかったと思います。あなたのように悲しむ人がいるからです。そしてあなたが死んでも悲しむ人がいます。この言い方が、時にその人を追い詰めたりするかもしれません。でも、私にはこれしかいえず——」

初めこそ、助かりたいとか丸く収めたいとか、そういう思いもあったかもしれない。だが口から出たのは、紛う方なき本音だった。

人の死を前に、言葉は薄っぺらなものになるかもしれない。それでも本音なら伝えるものだ。

「そんな人、私にはいないわ……」

つづみは祈るように手を合わせ、意識のないドライバーに謝り続けていた。

心臓マッサージと人工呼吸は施したが、これからどうすればいいか。

ドライバーのスマホは見つからなかった。車内のどこかに転がり落ちたようだ。

途方に暮れる大地に、「目黒さん、私のせいでごめんなさい」と、ドライバーを見守りながらつづみが静かに話し始めた。

「私、目黒さんに責任を押し付けていたの。遺品の携帯電話を見てわかったんだけど、純が死ぬ前、私に電話をかけてた履歴があったの。でも携帯電話が壊れていて、純からの電話を受けることができなかった」

つづみは携帯電話を手に持った。

「純が死ぬ前日、突然の夕立にあって、これもずぶ濡れになって壊れてしまった。あのとき、買い物帰りにドーナツ屋に寄ったの。純とよく行ったチェーン店よ。転職活動がうまくいっているか心配で、純のことを思い出すことが多くて、それで純の好きなのと同じバニラとチョコとストロベリーの三つを買って帰ったの。でも信号待ちで箱を開けて中を見たら、バニラがなくてチョコが二つ入っていた。間違えて入れちゃったのね。それを見た私は……おかしいんだけど……」

うなだれるつづみの話を、大地は静かに聞いていた。

「これでは純が喜ばない、思い出を馬鹿にされたと思って、お店に戻って取り替えてもらうことにしたの。店員さんにレシートを見せて事情を説明して、すぐに帰れるはずだったんだけど……私が悪い、私が……」

つづみは両手で顔を隠し、謝るように体を丸めた。

「暑い中引き返したものだから、少し怒った口調になっちゃって……。それで店長さんに丁寧に謝られて、お詫びの品まで用意してくれて、お店を出るのに時間がかかったの。そうしたらもう少しで家に着くというところで大雨が降り出して、傘がないからドーナツだけ必死で守って帰ってきた。そうしたら携帯電話が動かなくなっていた」

途切れ途切れでありながらも、つづみの独白は続く。

「私が怒ったりしなければ、雨が降る前に家に着いていた。そうすれば……携帯電話は壊れなかったし、あの日純からの電話も取れた。もし電話を取れたら純は死ななかったんじゃないかって、後悔すればするほど……純に申し訳なくて。それで他に原因がないかって考え始めて、そんなときに純のメモから目黒さんの名前を見つけたの。悪いのは全部私なのに、自分が楽になりたくて、私は……。純、こんなお母さんでごめんね……」

つづみは大事そうに携帯電話を抱え、静かに涙を流し続ける。

「あの日の選択は、私にとっては正しい選択だった。でも純にとってはどうだったのかな。お父さんに引き取られた方がよかったのかな。純を手放したくなくて、相手の家に乗り込み、純を無理やり引き取った私は間違いだったのか——」

今日、つづみから話を聞いていて、何となく察していた。

初めは心配してくれていた夫の両親と、その後話せる状況ではなくなったこと。用意されたワンルームからすぐ引っ越したこと。夫に原因があるのに慰謝料をもらった様子がなかったこと。つづみはそれでも、純と一緒にいたかったのだ。

「この思い出が独りよがりだったら……どうしようね。『ママ大好き』って幼い純はいってくれたけど、私が無理やりいわせていたのだとしたら……。そして純は、自分で電車に……。小さかった頃のあの子が、自殺なんて考えるわけがない。なのに時が経って、そんなことを考えるようになったなんて、それを思うと私はやりきれなくて……」

嗚咽を漏らしながら、つづみはその場にくずおれた。

「純からの電話を受けられなかった自分が嫌だ、かわいい子どもがいる茜ちゃんを見て嫉妬する自分が嫌だ、目黒さんのせいにしようとした自分が嫌だ——」

「つづみさん……」

言葉が続かない。無力感を覚える。

何が悪かったのか、誰が悪いかなんて、どうにでも解釈できてしまう。結論は永久に出ない。それぞれが純の死を胸に刻んで、これからも生きるしかないのだ。

しかしどうすればいいのか。大地は周囲を見回し、歯ぎしりをした。

そのときだった。

どこからか車の走る音が聞こえてきた。こっちに近づいてくる。

最後のチャンスかもしれない。道路に飛び出てでも停める気だった。覚悟を決めて、車道に出て仁王立ちする。

やがて一行をライトで照らしながら、車がやってきた。

車が来る方を向くと、大きく手足を広げる。左腕がじんじんと痛む。

だんだんと車が見えてくる。小型車だった。

そのとき、信じられないことに、聞き覚えのある声がした。

「――目黒くん！」

運転席の窓から顔を出し、大きな声で名前を呼んでいる。

声を出しているのは、車を運転しているのは――直江だった。

6

直江が運転席から降りてきた。さらに助手席と後部座席からは、つづみの隣の部屋に住む茜とその息子も降りてきた。

「どうしてここに」

「話は後にしよう。それよりどうなっているんだこれは」

「連絡手段がなくて、救急車を呼べていないんです」

それを聞いた直江は、すぐにスマホを取り出して一一九番に連絡した。

「おばさん、何してるんだよー」

一方茜は、泣きながらつづみに走り寄り、そのまま抱きしめた。

「馬鹿馬鹿。どれだけ心配したか――」

息子は指を口にくわえて、それを見ている。

つづみは啞然とした表情で、茜に抱かれていた。

「茜ちゃん。どうして私なんかのために――」

「当たり前じゃない。おばさんに何かあったら私は……。もう変なまねしないで。つらいときは私たちがそばにいるわ。私たちは他人じゃないの――ほら」

茜は息子を呼んだ。

「この間、この子が何か描いているから見てみたら――ほら、おばさんに見せてあげな」

「……おばちゃん、これ描いたの」

息子は小さな声でそういいながら、手に持っているものをつづみに渡した。

それは絵だった。クレヨンで「いつもありがとう」と書いてあり、親子と一緒ににっこりと微笑むつづみが描かれていた。お気に入りの遊び道具なのか、絵の中の息子はこの間会ったときに持っていた青いキャンディボールを抱えている。

「私に……描いてくれたんだね」

きょとんとしたまま、息子は「うん」とうなずいた。

茜が語りかけるようにいった。

「一人じゃないんだよ。おばさんのつらさの全部を私はわからないけど、また元気になってほしいから。おばさんまで死んじゃったら悲しいよ――」

つづみは茜の顔をじっと見ていた。だがやがて両手で顔を覆い、うずくまって泣き出した。茜の目からもぶわっと涙が流れ出る。

時間も人も、目の前を通り過ぎていく。その儚さを思えば、自然と素直に繋がりを求めていける。それは今を大事にすること。それは強いこと。

茜に抱き締められ、つづみは残った思いを言葉にしていた。

「純、何で死んだりしたのよ……。馬鹿な子……。これからたいせつな誰かと巡り会うこともあったかもしれないのに、理由の一つもいわずにさ。純の最後のときを想像すると、胸が張り裂けそうになるよ。直接ありがとうを伝えられないのはつらいね。私の下に生まれてきてくれて、あんな幸せなことはなかったのに」

そんなつづみを、茜は優しく抱き締め続ける。

その横で息子も、「泣いちゃ、泣いちゃだめなんだよ……」と、涙を浮かべていた。

救急車がやってくるまでの間、ドライバーの様子を窺いながら直江に訊いた。

「それで直江さん、どうしてこんなところまで」

「つづみさんに何かあったら連絡をもらうよう、茜さんに連絡先を伝えていた。まだ心の傷が癒(い)えたとは思えなかったからね。そうしたら今日、つづみさんがまだ戻らないと連絡が来て、こっちはこっちで目黒くんがいきなり休んでいる。気になってＩＴ部に目黒くんの社用携帯の位置情報をチェックして茜さんに伝えたら、つづみさん縁(ゆかり)の地であちこち動き回っている。間違いなく二人は一緒だと、後を追ってきたわけだ。目黒くんは、つづみさんに連れ出されたというわけか」

直江の問いに大地は一瞬考えた。つづみと茜の方を向く。

そして再度直江の方を振り向くと、かぶりを振った。

「いえ、ただ私の意思で、純さんを振り返る道程に付き合っただけです。勝手に会社を休んですみませんでした。本当にそれだけです――」

直江は大地の顔をじっと見ると、「そうか」とうなずき、それ以上は追及してこなかった。

茜の前でつづみは、「ごめんね、ごめんね」と泣きじゃくっている。

次につづみはドライバーに寄ると、顔をのぞき込み、頭を下げ続けた。

「ごめんなさい、お願いだから助かってください」

「すぐ救急車が来ますから」と、直江がつづみの肩を叩き励ました。

全員で救急車が来るのを静かに待った。

そのとき、つづみが立ち上がった。

「この方の荷物も一緒に病院へ持っていきます」

そういって、トラックの運転席へ向かおうとした。

「あっ、それなら自分が取ります」

代わりにやろうと、つづみを止めた。

つづみはトラックの荷台の横で足を止め、大地の方を振り返る。

そのときだった。荷台の積み荷が、ミシリと音を立てた。そして――。

「あぶない！」

トラックの積み荷が崩れてきた。

駆け寄った大地は、思わず両手でつづみを突き飛ばす。
左腕の激痛に苦しむ暇もなく、積み荷が落ちてきて頭に鈍い痛みを感じた。
目の前が真っ暗になった。

Ⅱ－4

1

静かな電車の中。長谷川の定期入れは、真一の手の中にあった。

長谷川は懇願するような目をしていたが、やがて自嘲気味にフッと笑った。

「そんなに気になるなら、見ていいですよ。たいしたものじゃないです」

長谷川と目が合った。下世話な好奇心が抑えられず、真一は定期入れの中にあるものを取り出した。

「これは……」

意外に思った。定期入れの中に入っていたのは——写真だった。

飲み会のワンシーンだろうか。松平や原田、細谷が笑みを浮かべ、こっちを向いている。もちろん長谷川もいる。キャビネットで見かけた写真と同時期のようだ。

照れたような表情で、長谷川は真一から写真と定期入れを取った。

「不思議ですよね。でも僕はやっぱり——今が大事なんです。やっと入れた会社だから」

長谷川は小さく息を吐いた。

「僕は頭悪いから、みんなに迷惑かけてばかりだし、辞めた方がいいかなって考えることもあります。でもせっかく出会った人たちだし、もっと仲良くできると思うんです。外の世界を知らなすぎるだけだろうけど、僕にとって会社員ってこういう世界なんです。大変で、我慢して、いろいろ諦めて……。他の世界が想像つかないです」

何もいえない。職場に対する純粋な思いを非難する気にはなれなかった。

「どうしてそこまで」

「自分でもわかりません。でもどんな関係であれ、みんなは――仲間です」

長谷川の気持ちも理解はできる。今いる場所から抜け出す難しさは、他人に理解できるものではない。だが――。

長谷川は大きく息を吐いた。

「小さな可能性に賭けてもいいじゃないですか。傍目から見たら恥ずかしいくらいの、わずかな希望に賭けるときは誰にでも訪れます。仕事なんていつもそうですよ。中本ファクトリーはこれからの会社だし、常にわずかな望みに賭けている――それだけです」

長谷川は照れくさそうにうつむいた。

――全部、ひとりよがりの思い違いだった。

手ひどい目にあい続ける長谷川を救いたかった。いろいろいわれてくすぐったさはあったが、林十夢を知ってくれていたことにも感謝している。

だが長谷川は長谷川で、中本ファクトリーの厳しい環境と折り合いをつけて、できるところまでやってみようとしていたのだ。

長谷川を救う使命感に酔いしれて、何て愚かだったのだろう。それは使命感ではなく、下世話な好奇心でしかなかった。

「それと仁木さん、僕は松平さんを殴っていないです。松平さんもわかっているから、真面目に犯人を探そうとしなかったんですよ」

——どういうことだろうか。

「現実はミステリとは違いますね。僕が定期入れを自販機前に落としたこと、戻ったら松平さんがいたことは本当です。真実は松平さんしかわかりませんが、僕が自販機前の松平さんを見たとき、下を向いているように見えました。定期入れを拾って中の写真を見られるのは嫌だと、僕があわてて走り寄ったのも本当です。でもそれだけだったんです」

「どういうことですか？」

「僕が走り寄ろうとする前に、松平さんが突然跳びはねたのです。そのまま転んで、気を失ってしまいました。松平さんの足下をゴキブリが通ったんです。松平さんはゴキブリにおどろき、頭をぶつけて気を失ったのです」

言葉にならなかった。

「馬鹿馬鹿しい真相ですけど、これが現実です。論理的、理性的に導けることなんて、思ったより少ないのかもしれません。世の中は、他人には理解できないことだらけです。仁木さんからしたら、僕が中本ファクトリーで働いていることも理解できないでしょうし。でも心配してくれるのはうれしいです。理解できないから歩み寄ろうとする気持ちが芽生える。それは素晴らしいことですが、歩み寄ってからのことは誰にもわからない——」

自分の愚かさに、何もかもを投げ捨てたくなった。

ゴキブリで転倒したという真実に照れて、松平は自分を殴った相手がいるようないい方をして、互いに疑心暗鬼にさせた。

誰も気にしなくなったのに、真一だけが真相に気づいたと思い込み、長谷川に話を持ちかけた。ミステリ小説を書いたことがあるという過信があったのだろうか。

現実はミステリのようにはいかない——。

奴隷のように扱われ極限でもがく人たちを見て、共感ではなく同情をしていた。遠巻きに眺めて、お門違いな考えをしていた。真一は愚かなよそ者でしかなかった。

他人を理解することは、こんなにも困難なのか。

電車の揺れに身を委ねながら、真一は肩を落とした。

2

長谷川への評価を改めたのは、真一だけではなかった。

松平と原田がいなくなって、すぐの頃である。

二人が抱えていた業務は属人的になっており、誰も対応できなかった。顧客との関係も二人によるところが多く、真一が退職する頃、会社は大騒ぎだった。

そのときも篠原が、困った様子で「すいませーん」と声をあげていた。

「松平さんと連絡がつかないって、ＰＣオンの三宅さんから連絡ありました。あの人怖いし、すぐ解約ほのめかすから、松平さんプロパーの客先でしたよね。どうします？」

あまりの混乱ぶりに部署の垣根が曖昧になっていて、とりあえず何かあったら全社に伝える流れになっている。

だが誰からも返事がない。手助けできるメンバーはいないようだ。篠原はがくりと手を下げ、「しょうがない。一つ一つ説明するか」と力なくいった。

だがそのときだった。

「あの――」と、長谷川がおどおどと手を挙げた。

「三宅様でしたら、ディスカウントショップ・アサヒの担当者さんとご懇意なので、そちらから話を進めてみるというのはどうですか」

「どうして知っているんですか？」

細谷の質問に、長谷川は緊張した面持ちで、胸ポケットからメモ帳を取り出した。

「これに松平さんの話をメモしていました。落書きは破かれちゃいましたが、それ以外のところは残っていてよかったです。僕は、無駄に社歴はあるので、そういう面では少しは役に立てるかもしれません」

誰もが呆然としていた。こういう注目のされ方は慣れていないのか、長谷川はメモを手に持ったまま、目をきょろきょろさせている。そして、おそるおそるといった様子で話し始めた。

「僕は、聞いたり思ったりしたことを、すぐにメモしておかないと忘れてしまうんです。頭が悪いだけだと思います。だからせめて、メモは怠らないようにしてきました」

はっとした真一は、長谷川に視線を向けた。アイデアをメモにしたためる孤独な作業を、長谷川ならわかってくれそうな気がした。

「それ、見せてもらうことできますか」

手を伸ばす細谷に一瞬躊躇った長谷川だったが、おそるおそるメモを渡した。

細谷はぱらぱらとめくると、「これは」と声を漏らした。

「かなり使えると思います。ちょっとした雑談とか、契約関係だけではわからない細かい情報がたくさん載っています。顧客との関係維持に役立ちそうです」

感嘆しながらメモを見続ける細谷だったが、おかしそうに口に手を当てて、目尻に皺を寄せた。

「長谷川さん、取引先だけじゃなくて社員のことも書いていますね」

「あっ、それは――」と、長谷川が耳を真っ赤にする。

「いいじゃないですか。素敵な紹介です――松平さん。頭の回転が速い。怖いけど。社長、中本さん。夢を持つ大事さを教えてくれた」

恥ずかしさが限界に達したのか、長谷川は両手を頭に載せて、強く目を閉じていた。

それから「僕は……」と、誰とも目を合わさず話し始めた。

「今この会社は大変なときだから、少しでも力になれたらって思います――」

細かい内容を書き連ねたメモにも、写真を忍ばせた定期入れにも、長谷川がこの会社を愛する気持ちが込められていた。長谷川は会社に支えられ、そして長谷川も会社を支えていた。

オフィスの真ん中で恥ずかしがる長谷川のことを、誰も笑うことはできなかった。

細谷は「ん?」と、不思議そうに眼鏡をかけ直した。

「これは誰ですか？　林十夢さん。憧れる。とてもとてもすごい人。がんばれ――って」

はっとして長谷川の方を向く。

長谷川の視線も、こちらを向いていた。

真一は胸に手を当てた。こみあげる思いに目の奥が熱くなる。

潤んだ目でうなずいた。長谷川がうらやましくてしょうがなかった。そして――。

もらった言葉を、そのまま長谷川にも返した。

ありがとうございます、長谷川さんもがんばれ、と。

そこに付け加えた――ごめんなさい、と。

3

こうして中本ファクトリーを辞めたことも、知佳と結婚し翔太が生まれることも、真一にとってもっともな理由になった。

新しい職場に勤め始めて半年が経ち、仕事にも慣れて楽しく働けるようになってきた頃、翔太が生まれた。

初めて翔太が家にやってきた日。

「パパとママのところにようこそだね」

知佳が横で見守る中、ぎこちない手つきで翔太をベッドに寝かせた。小さな我が子は、気持ちよさそうにスースーと眠っている。

甘い赤ちゃんのにおいに、家がしあわせにつつまれる。

翔太にそっとタオルケットをかけて、ソファに座った。

知佳が真面目な顔で切り出す。

「ねえ、真一は本当に正社員でよかったの?」

「もちろん。父親になるんだ、俺もちゃんとしないと」

「今までもちゃんとがんばっていたじゃん」

中本ファクトリーを辞めた後、真一は派遣会社への登録をやめ、今の会社で正社員として働くことに決めた。

冷静に判断したというよりは、勢いで自分をごまかしたという表現が近い。

結婚して子どもができて、守るものができた。長谷川が定期入れに忍ばせていた写真と松平が自販機前で倒れていた事件の真相で、無力感でいっぱいになった。

リビングの片隅にある、ついたてとデスクを指した。

「もっと家族のためにがんばるよ。翔太のベッドはここに置こう」

「えっ、狭いよ」

デスクとついたては、執筆に集中できるよう、知佳が置いてくれたものだ。でも——。

申し訳なさで胸が痛い。だが正直な思いを伝えた。

「せっかく知佳が準備してくれたけど、ついたてはどかしてデスクを隅に移動させよう。そうすればベッドを置ける。最近は資格の勉強用にしかデスク使ってないしさ」

真一は、資格試験に向けた勉強を日課にしている。

ノートパソコンは、実機をさわって勉強するためにあった。これで小説を書いていたと思うと、今や不思議な気分だ。

真一は知佳の目をまっすぐに見た。

「あのさ、俺、小説はもう諦めるよ」

「えっ……」といったきり、知佳の言葉は続かなかった。

「今の俺にはもっと大事なもの、好きなものがある。今の仕事が楽しくてしょうがないんだ。本当なんだ、言い訳じゃない」

「真一……」

知佳は困った表情を見せた。

「人一倍努力が必要だけど、少しずつキャリアアップしていくよ。今は下っ端だからユーザーのところに駆けつけることが多くてさ、おかげで社内の人にやたら詳しくなって、それがチームの役に立っているんだ。あの人は短気だとか、あの人はそそっかしいとか。下っ端なりの貢献方法だよ」

そんな忙しくも充実した毎日を伝える。知佳は何もいわずにうなずいた。

心配そうな顔なんてするから、胸がしめつけられる。

「もう俺は――今の仕事が楽しいし、俺の人生は、知佳と翔太のためにありたいし」

じっと真一の顔を見ていた知佳は、

「ごめんね、支えられなかった。私のせいだね」

と、悔やむようにいった。

「それは違う。俺が選んだんだ。ずっと何かに追いかけられているようだった。小説のことを考えていない、すべての時間に後ろめたさを感じていた」

長く空虚な時間を思い出したら、涙が出そうになった。

どんな道もどこかに繋がっている、遠回りは必ず意味がある——本当だろうか？　毎日はそう簡単ではない。

「でも今は大事なものができたから。書くも何も、小説のことが頭にないんだ」

「……本当に、いいの？」

「ああ。今まで迷惑ばかりかけてごめんな」

「迷惑なんかじゃないよ。そんなこと、一度も思ったことない」

「俺が作家としてもう一度やり直せる想定で、我慢してくれていたのにな」

この期に及んでの身勝手な言い分に目を伏せた。その想定の下、いつもわがままだったのは自分の方だ。我慢させていたのだ。

「違うよ、真一と一緒にいる想定ではあったけど」

返事ができず、目をつむった。

原稿執筆中、後ろからのぞき込む知佳に微笑み返す。

何度もあったその光景が記憶に留まっている。

希望なんてものただ一つだけで、ずっと我慢してくれていた。

これからその分、絶対に返していくから——。

「今はまだ少し小説のことが頭に残ってるけど、確信しているよ。やがては今の仕事の方が好きになる。もうこのまま——」

——あれっ、息が詰まる。一度決めたのに情けない。まだ少し強がっていたようだ。

宙を見上げ、喉の奥からこみあげるものを必死でこらえる。

知佳は黙ったまま、真一の言葉を待っている。

真一は、絞り出すようにいった。

「忘れてしまえばいいんだ。このまま……」

もうこれ以上、大事なものを何もなくさないように。

知佳が飛びついてくる。そっと背中に手を回した。

知佳と翔太のために生きることにした。

この決断の裏には、一つの現実を知ったこともあった。

原稿の返事はすでに来ていた。あの日、電話口で編集者からいわれたのは――。

「残念ですが出版できるレベルではないですね。これでは修正も難しいのでまた別の案があったら」

情けないことに門前払いだった。意気込んだところで、何も変わらなかった。決意なんてひどく個人的な事情で、他人には無関係なことだ。

作り上げた作品が大事なのは世界で自分一人だけ。もう書く勇気もなくなった。

固執は見苦しい。だがそこから自分を解放するのも、それはそれで苦しい。

でも簡単ではない毎日を経て、いつかは解放される。そうでなくては困る。

「小説家――か。短い夢だったな。好きって気持ちだけじゃどうにもならないことなんて、これからいくらでもあるんだろうな。でも負けてられないさ。切り替えてがんばるよ」

真一が告げると、知佳は目を潤ませながらいった。

「小説にしなくても、真一の言葉や思いの価値は変わらないわ。だから私や翔太に目一杯伝えてね。本当にありがとう、うちの両親のために婿養子に入ってくれて。そして私たちのために、正社員の道を選んでくれて」

「俺の方こそありがとう。知佳に感謝してる。そして生まれてくれた翔太にも――だから、早く直江姓にも慣れないと」

一人娘のため家系が途絶えることを懸念した知佳の両親から、真一は婿養子に入ることを提案され、応諾していた。これまでずっと迷惑をかけてきたことに比べれば、それぐらいのことだと思えた。

真一は知佳の家系の名字となった。

今、真一の名は、直江真一である。

新鮮な気分で新しい生活――株式会社アディショナルの正社員としての人生――を始めるタイミングで名字を替えた。ちょうどいい機会の改姓だと思っている。

二人でベッドの両脇に立ち、翔太をのぞき込んだ。

どんな子に育つのだろう。たいせつな宝物がここにある。

赤ちゃんって何時間見ていても飽きない――。

4

絵本を手に持ち、三歳になった翔太の寝顔を眺める。

知佳がおかしそうに、さっきの話を繰り返す。

「林先生っていわれるの、本当嫌がるのね」

「もう昔の話だ。照れくさいんだよ」

心に引っかかることなど何もない。

ただただ照れくさい。今となっては、本当にそれだけだった。

視線を感じたのか、翔太がパッと目覚めた。

眠そうな目をしながら、真一に顔をのぞかれたのが恥ずかしくてそれの照れ隠しか——。

翔太は親指を上げてウインクしてみせた。

「まったく。それ、どこで覚えてきたんだよ」

苦笑しつつ、真一も同じジェスチャーで返す。

翔太の真似をしていたら、真一までこれが癖になってきた。

「親子ね。その顔そっくり」と、知佳が笑った。

Ⅲ－4

1

視線を戻すとき、梢はあることに気が付いた。

「……クズ野郎さん、すいません。ライト、つけてもいいですか」

「どうしました？　構いませんけど」

梢はルームランプをつけた。

そして練炭を包んでいた紙を手に取った。古新聞と広告のつもりだったが、よく見たら別のものが紛れ込んでいた。

「これは――」

練炭に巻いたので煤けて汚れているが、それは便箋だった。

皺だらけになったそれを広げてみると――。

「――お母さん」

思わず声が漏れた。それは母親から梢に向けられた手紙だった。見慣れた達筆で書かれている。父親ともめた際、バッグをリビングに置いて部屋に閉じこもった。梢が話に応じてくれそうにないと、そのときに入れたのかもしれない。

梢は、手紙に書かれた文字に目を落とした。

だめなお父さんとお母さんでごめんね。

もしあなたがつらい思いをしていたなら、私たちが悪かったのです。

お父さんとは今回のこと、よく話します。

気持ちの整理がついたらでいいです。

少しでもいいから、また話をしてほしいです。


胸の奥から愛しさがこみあげてきて、目に涙がたまっていく。

何度も皺を取ろうと手紙を伸ばす。表面を払って煤を取ろうとする。「うう……」とわめきながら、躍起になって同じ行動を繰り返した。

母親が書いてくれた手紙は、梢自身が汚してしまった。

「どうして……どうして」

涙声で繰り返す様を、横でクズ野郎が静かに見守っている。

手紙は元に戻らなかった。梢は手紙を胸に当て、堰(せき)を切ったように叫んだ。

「……どうして思い出させるんだ。そうしないように我慢していたのに。思い出したら、死ぬのがつらくなるじゃないか！　どうして邪魔するんだ！」

泣きわめきながら梢は、ドアハンドルに手をかけた。しかしドアは開かない。ガムテープで目張りをしている。

「死にたくない、死にたくない」

うわごとのように泣き声を上げながら、ガムテープに爪を立てて、勢いよくはがしていった。ビリリとつんざくような音が車内に響く。爪がはがれそうになって血が出た。

ガムテープをはがし、梢は思いきりドアを開けた。転げ落ちるように車外に出た。

地面に突っ伏し、嗚咽を漏らしながら、思いを吐き出していた。

「死ぬのが怖い。誰にも会えないのが怖い。何も見られなくなるのが怖い。怖いよ……」

バタンとドアの閉まる音がして、「アサカさん」と、クズ野郎が駆け寄ってきた。

梢は立ち上がり、どこともなく逃げ出していた。

なぜ逃げたのか。自分でもよくわからない。

ここでなければどこでもいい。走り続けた。

石につまずき足がもつれた。勢いよく転んでしまった。

手と足に鈍く痛みが伝わってくる。地面にうつぶせに横たわり、真の絶望が訪れた。

──死にたくない。

何度も何度も、ツイッターに死にたい感情をつぶやいてきた。それが今日、この瞬間だけの「死にたくない」で、すべて覆されてしまった。

「大丈夫ですか」

クズ野郎は梢の下に辿り着くと、道路にしゃがみ込み梢を抱きかかえた。

もう逃げる気力もない梢は、抵抗もせず抱き起こされた。擦りむいた膝からは血が流れ、小石と砂で傷口は汚れている。

クズ野郎は、梢の怪我に気づくとハンカチを取り出し、膝に当てた。

涙で顔はボロボロだ。見下ろされるのが恥ずかしい。

「痛いです。痛いのは嫌です。膝を擦りむいただけでこんなにも痛い。擦り傷ぐらいで痛がる私は自殺なんてできない……死にたくないんです」

クズ野郎は梢の言葉を噛みしめるように、何度もうなずいた。

梢は抱きかかえられたまま泣いた。幼い頃のように、声を上げて泣き続けていた。

深々とした山の麓で、自然のにおいが鼻をかすめる。木々のざわめきが耳に心地よい。

まだ生きているのだ、と思った。


泣きやんだ梢は、クズ野郎に抱きかかえられ、車に戻った。

練炭の火は消えていた。窓は全開で、涼しい風が車内に流れ込んで気持ちがいい。

煤けたスマホに目を向けて、梢はいった。

「もう九時ですね。明日はバイトです。出ようと思います。たぶんまた、何度も死にたくなる……」

「死にたいけど死なない。それでいいんですよ」

クズ野郎は視線を落とした。自分にもいい聞かせているようだった。

「——さっきアサカさんが車から出ていったとき、ああこれで今日は死ななくて済む、と思いました。本心に気づかされました」

「本心はみんなそうなのかもしれませんね。うまくいった人も、いかなかった人も——」

死ねることがうまくいくことなのだと、当たり前に判断している。いつかはそんな自分を改められるだろうか。

　黙る梢に、クズ野郎は続けた。

「死にたくない。そう思えるのが日常のほんの一瞬でも、その一瞬にすべてを懸ける生き方があって、それが誰かに届くこともあるかもしれません」

　はっとして、梢の過ごしてきた日常を思い出す。

　コンビニの仕事で、似たようなことを考えていたのを思い出した。

　ほんの一瞬のしあわせが、自分を生かしている。

　来る日も来る日も人生を悲観し、前を向けなかった。働くときに感じたささやかな幸福がそれを帳消しにするわけではない。だが少なくとも、一歩を踏み出す勇気はくれた。

「そうですよね——ありがとうございます」

　しかしクズ野郎は、寂しげに首を横に振った。

「お礼なんてやめてください。だから……自分は間違っていました。アサカさんをこんなことに誘うなんて。一人で死ねばよかった」

「いいえ、私も誘われて——助かった、と思いましたから」

　梢は窓越しに空を見上げた。数え切れないほどの星が輝いている。

「すごくきれい。東京では見られませんね。この中に星座とかあるのかな。わからなかったらもったいないかな」

　クズ野郎も空に目をやった。

「きれいって思えるならそれでいいですよ。星座を知っている人の方が、知らない人よりも星空を満喫していることにはならない」

梢は「そうですね」とうなずいた。

「本当にきれい。自分がそう思えることこそが尊いというのに。他人の目を気にして、承認欲求に踊らされ続けるのでしょうか」

「踊らされ続けなければ、大丈夫ですよ」

うなずきながら梢は、無意識にスマホを取り出していた。

きれいと感じられればそれでいいはずなのに、自然にインターネットで星座図を開こうとしていた。とりあえず道しるべを欲しがる思考に辟易する。

だが星空を見慣れていない梢には、残念な結果となった。

「星が多すぎてよくわからないです」

星座図と本物の星空は違った。頭上に見える大量の星から星座を見つけられず、自分は心底ちっぽけな人間なのだと思い知る。

ぼうっと光を放ち続けるスマホに目がいった。すがるように本体を握りしめた。

結局ずっと、この光に頼りっぱなしだ。

味気なくて頼りないかもしれないが、いつも守られ、そそのかされ、励まされ、ほだされてきた。柔らかさやあたたかさを何度も感じた。

無機質と例えるには、あまりにもこの光に救われてきたし、傷付けられてきたのだ。

――私は間違ってしまったけど、この光のことは否定されたくない。

だがスマホにできることに限りがあることもわかっていた。

ふと、めったに切らない電源を切ってみた。そしてバッグの中にしまってみた。

星座なんて知らないが、無数の星を眺めた。

美しい風景だが、星々は遠くにあって寂しげに感じた。

何だか手持ち無沙汰だ。ちょこんと膝の上に手を置いている自分が滑稽に思える。

躊躇いが沈黙を招き、喉の渇きを感じた。バッグに入っていた飲み物を取り出す。

「あっ」と、クズ野郎が声を上げた。

「どうしました?」

「その飲み物、私が勤めている会社の製品です」

「へー。偶然ですね――株式会社アディショナル。すごいですね。CMとかやっている会社じゃないですか。私が働いているコンビニにも、商品たくさん置いてます」

「ご愛顧いただきありがとうございます」

クズ野郎が笑って頭を下げると、梢も「どういたしまして」と頭を下げ返した。

そして二人で顔を上げる。照れたようにお互い目を合わせる。

クズ野郎が時計を見ながらいった。

「今日は帰りますか」

「そうですね。それでまたそのときが来たら死にますか」

梢の言葉にクズ野郎はうなずき、ハンドルに手を置いた。

ふと、後部座席に目をやった。

水をかけて火が消えた練炭コンロが置いてある。乾けばまた火は点くだろう。

大きく息を吐いた。

火を点ける選択肢があることが、不思議と勇気になる気がした。

――勇気になる。勇気にはなるけど。

クズ野郎は不思議そうに、後方を向く梢を見ている。

梢が視線を前に戻すとき、二人の目が合った。

梢は考えていた。今この瞬間、わかり合えた気持ちはこんなに愛しい。

「いや、違いますね」

梢は、もう一度後方を向いた。おもむろに身を乗り出し、後部座席に手を伸ばす。

そして練炭コンロを手に取ると、車のドアを開けて――思い切り遠くへ投げ捨てた。

ぱっぱっと手を払いながら、梢はいった。

「そのときが来たら――会って話でもしませんか。話しましょう」

ぽかんと口を開けて梢を見つめるクズ野郎だったが、やがて微笑んだ。

ポルシェは夜の首都高を走る。

街路灯にテンポよく照らされるクズ野郎が、前を向いたままいった。

「今日は助けられてばかりでした。また会えたら――今度は私がアサカさんの力になります」

そういわれた梢は、運転の邪魔にならないよう、そっとクズ野郎の着ているシャツの裾をつかんでいた。

頼りたいのではなく、守りたかった。

不思議だが梢は、自分の方が力になりたかった。

そんなことをいい出したクズ野郎が、自分なんかよりよほど弱い人間に思えた。

2

翌日、緊張しながらバイトへ行った。

今日は畑山がいない日だった。だがいつかは、畑山の気分次第ですべてをばらされる。

そのときこそ、本当に辞めることになるだろう。

「おはようございます」と入った店内は、いつも通りだった。

だが事務所に入ると様子が違った。

店長は不満げな様子だし、先に来ていた利根川もふてくされている。

また万引きか何かあったのだろうか。

店長が梢に切り出した。

「梢さん、突然だけどシフト増やせたりする?」

「えっと、大丈夫ですけど……どうしてですか?」

「畑山が辞めることになった」

いつもくん付けで呼んでいたのが、呼び捨てになっている。

「何でですか?」と尋ねる梢に、店長の代わりに利根川が答えた。

「あいつ、隠しカメラ使って、女子の着替え撮ってたんだって。最悪すぎるよ」

想定外の答えに、梢は口に手を当てた。

「梢ちゃんが入る前に、畑山と一緒にシフト入っていた女の子がいるんだけど、その子いきなり辞めちゃったのね。誰にも何もいわず、いきなり消えたからどうしたんだろうって思ってたんだけど、畑山から盗撮画像で脅されて、しつこくデートに誘われてたみたい。最低だね、天罰だよ」

利根川は吐き捨てるようにいった。

「天罰?」と、梢は首をかしげた。

「女の子が畑山のことを警察に相談したいって彼氏にいったんだけど、そうしたら警察が動く前に彼氏が怒って畑山ボコったの。今入院しているみたいだけど、もう一生入院してろって感じ。梢ちゃんは――大丈夫だった?」

うんうんと大げさにうなずく。大丈夫ではなかったが、梢の方にも落ち度があったことを、利根川は知る由もない。

店長は困った様子で肩を落とした。

「これはきつい。本部への報告もしなきゃいけないしな……。ったく、やってくれるよ」

畑山と顔を合わせずに済むことに、一瞬だけ安心した。

だが畑山がいる限り、常に不安はつきまとうのだ。

「はー、馬鹿みたい」と、利根川は大きく舌打ちをした。

「本当に馬鹿なやつっているんだね。そんなやつのことは忘れて仕事、仕事っと」

利根川はそうぼやきながら店内に出ていった。いつも元気な利根川の「いらっしゃいませ」

の声が、今日はいつもよりさらに元気だった。

梢は漠然と思っていた。

いつか自分は、この店を訪れる客がみんなアサカのことを知っているのではと、疑心暗鬼に陥ることになるだろう。そうなったら自分はやっていけるのだろうか。自然な顔で来客対応ができるのだろうか。

だが呆れながら、いや、おそらく強がりながら出ていった利根川を見て――。

思わず梢は、後を追って店内に飛び出していた。

そして「利根川さん」と呼びかける。

「あの人が抜けた分、私も一生懸命、手伝います」

利根川はきょとんとしていたが、やがて表情を明るくさせると、

「オッケー」と手を上げた。

梢も同様に手を上げ、思い切り利根川の手にそれを当てた。

パチンと音が鳴り、ハイタッチが決まった。

そのとき、かすかに足が震えていた。踏み出す恐怖ではなく、武者震いだということにした。

前より強い人間になれたとまでは思わない。

ただ昨夜の一件以降、胸にあるこの勇気は何だろうか。

強がっていれば強くなる。そんな短絡的な話ではないと思うが、そう信じていたい。

勇気とか強さとかそんな曖昧なものは、いつのまにかこの胸にあればいい。

クズ野郎に、コンビニでの顚末を告げた。

「アサカのことがばれたバイトの人、盗撮で辞めさせられました。ひどいことしますよね。でもこの世に、私がアサカだと知っている人がいるのは変わらないので、不安なことに変わりはないですが……」

「自暴自棄にならないでくださいね。話ならいつでも聞きます」

「はい、ありがとうございます。私もいつでも話聞きます」

「それではアサカさん、一つ、私の胸の内を聞いてもらってもいいですか？」

「もちろんですよ」

梢は微笑んでいた。

「会社にいると、同僚が結婚したり子どもが生まれたりといった話題は、あちこちに転がっています。お祝いしたい気持ちはありつつ、どこかに引っかかりがある自分もいるんですよ。自分にできないことを、みんなはやっている」

「どちらの気持ちも、本物だと思います」

「そうですよね。私には優秀な同期がいて仲もいいのですが、そいつはとっくに結婚して子どももいるんです。私はそいつがうらやましくて、内心ずっとコンプレックスがあります。何であいつはしあわせな家庭を築いているのに、自分はこんな体で何もできないのかと。でもその同期も、私をうらやんでいる節があるんです」

「人間なんてそんなものですかね。私も、嫉妬のない人生なんて想像つきません。すいません、こんなただのフリーターが」

「そんなに自分のこと、卑下することありませんよ」

誰に向けるでもない希死念慮を吐き出す関係から、一緒に自殺を試みる関係になり、日常の悩みを話し合う間柄になった。シンプルな対人関係に逆戻りしている。そのような移り変わりが、何だか心地よい。

「――さて。あまり遅くならない方がいいですかね」

クズ野郎が時計を見ながらいった。

梢もあたりを見回す。夕飯時が過ぎて、客もまばらになっていた。ウエイトレスが空席を片付けている。

「そうですね」と、梢もうなずいた。

自然と二人は、再び顔を合わせる約束をして、今日はファミレスにいた。

――どうせなら会って話したい。

梢もクズ野郎も、同じ気持ちだったようだ。

アサカのアカウントは削除した。それを心配してくれる人もいるかもしれない。だがそう遠くない未来、アサカのことは思い出されなくなるのだろう。

会計時、クズ野郎が財布からクレジットカードを出した。

梢は何となくカードに目を向け、そして硬直した。

クズ野郎が梢の視線に気づくと、「あっ」と目を丸くし、そして笑った。

「名前、見えちゃいましたね。ここ出たら自己紹介します」

二人の会話を、レジの店員が不思議そうに聞いていた。

暗い駐車場を歩きながら、クズ野郎がすまなそうにいった。

「私がクズ野郎だなんてアカウント名だから、直では呼びにくかったですよね」

「さすがに本人にいうのは抵抗が……」

「さっきからアサカさん、私のことをどう呼ぼうか困っているのがわかったので。気を遣わせちゃって申し訳ないです。でもさっきカードに書いてあるの見えましたよね？　というわけでいってしまいますが――」

クズ野郎は立ち止まると、梢の方を向いた。

「私は――海江田悟といいます。アサカさんはアサカさんのままでいいです」

だが梢は微笑を浮かべて、首を横に振った。

「いいえ。それなら私も本名で自己紹介します」

「えっ、でも――」と、戸惑う海江田の言葉にかぶせて、梢は伝えていた。

「私は――梢瀬那といいます」

互いの名前を知り、二人は微笑み合った。

温かい気持ちが訪れる。

もし海江田が梢を自殺に誘わなかったら、ずっと顔を知らない二人のままで、それを疑うこともなかっただろう。それを切なく思える二人でいられれば。

そう思えるなら、もう自殺なんて考えることはないだろうし、ひょっとしたら二人はこれから――。

思い上がりでもいい。そんな予感に身を委ねるだけで、うれしかった。

また話したい。クズ野郎ではなく、海江田悟と。

アサカではなく、梢瀬那として。

――すぐには、そんなすぐには変われなくても。

3

『孤独で死にたい。泣いても落ち込んでもしょうがないから死にたい。死んで失うものを数えたら思いのほか少なくて死にたい』

梢は新しく作ったアカウントで、希死念慮を吐き出した。不遜（ふそん）なことに、自身を孤独と詐称している。

このアカウントのことは海江田も知らない。誰の目も気にせず、たった一人で言葉を吐き出せる場所がないのは、やはり梢には耐えられなかった。

イメプなんて始める気はない、今のところは。

このアカウントも不要になったら削除するつもりだ、今のところは。

明日のことは、梢にも誰にもわからない。

ただ梢にとっては、今日の不安を少しでも楽にすることが必要。

この間インターネットで、どこかの小学生が書いた作文が紹介されていた。

死ぬのはいけないことです。周りの人が悲しむからです。

私は、もし自分が死んだらと考えます。家族や友達の泣き顔が思い浮かび、私も泣きそうになります。

もし死にたいと思うことがあっても、負けないで強くならないといけません。

弱いままではいけません。死にたいというのもよくないです。

軽々しく使っていい言葉ではないと思います。


まったくだ、耳が痛い。何年も年下の相手に正論をぶつけられ、梢は頭を抱える。

弁解の余地はない。だが死にたいと一言つぶやくのにどれだけの思いが詰め込まれているかも、少しはわかってほしい。わがままな言い分が自分を意固地にさせてしまう。

背中合わせの隣人たちは、いつも振り返らずに去っていく。

だからいつもお互い、知らず知らずのうちに見送り見送られている。

でも見栄（みえ）も衒（てら）いもない素直で正直なツイートから、その体温や息吹は感じられるはず。

——背中合わせの隣人たち。あなたたちのおかげで私は。

名前も顔も知らない多くの人に、梢はこれからも共感し、感謝し続けるのだろう。

自殺に失敗した帰り、梢は車の中でぽつりといった。

「いつかは理解しないと。死にたいと口にすることは、本当はとても残酷なことだって」

海江田はうなずくだけだった。梢も今はそれでよかった。

まだ答えは見つけられない。だから探す。きっと海江田もそうなのだろう。

胸がすくような言葉をくれる誰かは、いつか大事な人になるのかもしれない。

自殺に失敗した海江田と梢は言葉と思いを紡ぎ合い、やがて生涯の伴侶となる。

海江田は治療に成功し、二人の間に女の子が生まれる。

過去は振り返らずに前だけ向く——その意味を込めて、女の子は来未と名付けられる。

そんな未来が訪れることを、今はまだ誰も知らない。

第五章

I−5

1

気が付いたら、視界は真っ白だった。

あたりを見回す。消毒液のようなにおいが、鼻をくすぐる。白いのは天井だった。大地は病室のベッドに横たわっていた。窓の外は暗い。まだ夜のようだ。

徐々に記憶がよみがえってくる。そうだ、トラックの荷物が落ちてきて——。

頭を押さえると包帯が巻かれていて、触れたところがずきずきと痛んだ。

「おっ、起きたようだね」

病室に入ってきたのは直江だった。

「直に目を覚ますと聞いていたから安心はしていたけど、よかったよ」

「直江さん……俺は。つづみさんは？　それにドライバーさんは」

「大丈夫。つづみさんには茜さんがついている。怪我もないそうだ。ドライバーさんも額が切れているのと足を骨折したものの、命に別状はなく意識もはっきりしているらしい」

「よかった……」と、胸をなで下ろす。

「救急隊の人がびっくりしていたよ。ドライバーさんへの応急処置が完璧だったって。救急隊が到着するまでに応急処置をすると、生存率が二倍になるって」

い。

「無我夢中でやっただけですけどね」

海江田への嫉妬から、こっそり学んでいたものが役に立った。何がどう役に立つかわからな

「事故を起こしてしまいました。ドライバーさんに謝りに行かないと」

保険会社とか賠償とか、これからそういう話も出てくるだろう。一つ一つ真摯に向き合っていくしかない。

「まだいいじゃないか。つづみさんも目黒くんも命があったから。一歩間違えればどうなっていたかわからないし——純さんのことは本当に残念だ。結局死を選んだ理由は、遺書もなくはっきりわからないそうだ」

ふと、考えてしまった。

たいせつな人の死の理由がわからないと、何が理由だったのだろうと、永遠に辿り着けない答えを探り続けることになる。死の理由がわかった場合は、その理由を回避するため、自分に何かできたはずだと過去を悔い続けることになる。

小さく首を振った。そんな選択肢を設けた自分を戒める。

「つづみさん。純さんが亡くなってから、ずっと自分を責め続けていたのだと思います。その気持ちがついにはち切れて、思い切った行動に出ちゃったんですよね。俺に庖丁を向けながら、ずっと悲しそうな顔をしていました」

直江は「うん」とうなずき、大地に目を向けた。

「心のどこかでは、目黒くんは悪くないと確認したかったんじゃないかな。そしてもっと自分

を責めて、とことん自分を悪者にすることしかできなかった。気持ちをごまかして、誰かのせいにすることができる人じゃなかったんだよ」

「とても……優しい人なんですよね」

「ああ」

二人はしばらく黙り込んだ。

いつの間にか大地は、ベッドの縁を強くつかんでいた。

「俺も——これからやっていけますかね」

つい弱音が出てしまう。

直江はそれに答えず、「就活フェアの件だけど」と、話を変えた。

顔が青くなる。東京ビッグサイトで就活フェアがあったのだ。

各企業がブースを用意し、就活生がそこを回り、気になった会社を見つける。直に学生に会い、直に自社メンバーを見てもらえる、貴重なイベントだった。

「そうですよね、すいませんでした。八重樫さん、大丈夫でした？」

「いや、人事以外の部署から誰か連れていこうとなって。海江田くんの申し出があって行ってもらったよ。持つべきものは同期だね。同期のピンチには駆けつけるってさ。おかげで遅くまで仕事する羽目になったみたいだけど」

直江は目尻に皺を寄せた。

「海江田が……」

あんな突き放すようなことをいったのに。

「録画があるよ。海江田くんはもちろん、八重樫さんの成長も見られると思う」

直江はバッグからタブレットを取り出し、動画を流した。

アディショナルのブースが映っている。スクリーンの前で、八重樫が一生懸命説明していた。直接スクリーンを指差すのが大変なため、レーザーポインターをうまく使っている。

スクリーンから学生たちに目を移すと、八重樫はきはきと話し始めた。

「私は見ての通り車椅子生活です。しかしこの会社に入り、自分らしく働くことができています。周囲のサポートにいつも感謝しています。仕事でそれを返していきたいと思っています――」

堂に入った説明だ。配属されてきた頃の頼りない感じはもうない。

「もっとも私はそれ以前に、アディショナル商品が大好きですから。ただのマニアなので、何でも訊いてください」

おどけて説明する八重樫に、就活生からどっと笑い声が上がる。

八重樫は大学三年のとき、就職活動中に交通事故に遭い、車椅子生活となった。

塞ぎ込んだ八重樫はなかなか内定がもらえず、就職先を探すのに苦労していた。だがそんな八重樫の書いた履歴書に、光るものを感じたのが大地だった。

この豊富な商品知識を見過ごすのをもったいなく感じた大地は、内定通知と同時に八重樫に伝えた。

「君の熱い消費者目線は、絶対アディショナルの戦力になる。よかったら待っているよ」

そして今八重樫は、アディショナルで働いている。

少しでもいい出会いだったと思ってくれていたら、今何のハンデも感じずに働いてもらえているなら、何よりの喜びである。

八重樫の会社説明の後、先輩社員の仕事紹介というパートで海江田が前に立った。

「営業部で働く海江田です」と挨拶し、普段はどのような業務をしているか、一通り説明した後、

「営業というと何かと会社の顔、会社の花形と称されがちです。ただアディショナルで働いていると、そうではないと感じます。一人一人が会社の顔です。たとえばこちらの八重樫は人事部なので、直接取引先との交渉のテーブルに着くことはありません。しかし裏で会社をよりよく回すために、努力をしてくれているのです――」

最後にこういって切り上げた。

「各々が自分らしく働ける会社だと思います。以上です」

動画を見終えた直江は満足げだった。

「いいスピーチだ。今度から他部署メンバーを連れていくのもありだね。人事とは違った視点で会社の良さを説明してくれる」

そのとき、部屋に着信音が響いた。直江のスマホのようだった。

直江は画面を見ると微笑み、「目黒くんと全然連絡つかないって、ずっと僕に電話をかけてきてたんだよ。無事であることは伝えてある」と、それをそのまま大地に渡した。

受け取って「もしもし」というと、一瞬間が空き、「おー」と沸き立つ声がした。

「目黒だな？　意識戻ったか！」

電話の相手は海江田だった。

「——ああ。海江田、すまない。迷惑かけたな。直江さんも横にいるよ」

「……よかった。こっちこそ留守電が山ほど入っているだろうがごめんな。でも馬鹿野郎！俺は、俺はな……めちゃくちゃ心配したんだよ」

洟をすする音が聞こえ、泣き声になった。

「いいよ。ありがとうな。スマホが壊れただけで、俺の怪我はたいしたことない。海江田——俺はお前にあんなことといったのに、腹立っていないのか？」

「別にいいよ。誰でも苛立つときはあるさ」

「すまない。八つ当たりだった」

「気にしてない。早く戻ってこいよ。助けるべき相手がいるときは絶対に助けるって決めているからな。どんなにそいつがふてくされて機嫌悪くてもな」

海江田の笑い声が聞こえた。この男はずっとこんな調子だ。周りを巻き込んで明るくする力がある。

——そんなお前だから、俺はいつもコンプレックスまみれなんだよ。

そう思いながらも、海江田が同期であることが誇らしかった。

「海江田、いつもお前の明るさに助けられているよ」

「馬鹿、俺もお前のまっすぐなところに勇気づけられてきたんだよ。あと俺だって悩みまくるときもあるんだからな。まっ、俺がいっても説得力ないよな」

また受話器の向こうから、笑い声があがった。

電話を切った後、「よかったね」と直江がいった。

「人事に配属となったとき、目黒くんは最初の面談で、僕に何ていったか覚えている？　組織のためというよりは、採用や異動を通じて、その人の人生がよりよくなる手伝いをしたい、だったかな」

顔から火が噴きそうなほど恥ずかしい。

でもこれがすぐに出てくるところが直江の人徳だ。

「照れなくていいじゃないか。どうせビジネスパーソンなんて、現実に踊らされ続けるんだ。せめて心にはロマンを持っていたいじゃん。それって、一人一人の個性を大事にしたいってことだよね。たいせつなことじゃないか。僕もいつも心がけるようにしているよ。八重樫さんや海江田くんや僕はもちろん、みんな目黒くんのおかげで働けているんだよ」

そういうと直江は、自身の胸をグーでぽんぽんと叩いて見せた。

「僕は少し変わったルートで人事に来てるんだ。アディショナル入社時、もともとＩＴ系の部署だったんだよね。それでパソコンの設置とかで社内をかけずり回って、結果多くの人と話すから社内メンバーにやたら詳しくなって。それで人事に興味を持って、割と早くに異動を申し出たんだ。僕と目黒くん、表現が違うだけで、たぶん似たようなことを考えてるよね」

「本当に……今回はありがとうございます。もし直江さんが来てくれなかったら、どうなっていたか」

「もしもの話なんていいんだよ。もし僕と茜さんが行かなかったら。もし目黒くんがドライバーに応急処置をしていなかったら。考えたらきりがないだろ。起こったことがすべて、そしてそこからどうするかがすべてさ。まあこれ、ある人の受け売りなんだけど」

目を細めて笑う直江だが、すぐに真面目な顔に戻った。

「たとえそれが正しくなくても、ベストじゃなかったとしても、とにかくどうにかしなきゃ。そのためには最低限――生きていなきゃだよね」

直江はやりきれない様子で、ため息をついた。それから思い出したようにいった。

「そういやあの悪趣味なサイト、消されていたらしいよ」

大地のことが書かれた、告発サイトのことだ。

ほっとため息、とはならない。

「それはよかった……といいたいところですけど、たぶんまたどこかに……」

これがデジタルタトゥーというものだ。

きっとサイトの内容はどこかにコピーされ、また誰かが大地を軽蔑し、憤るのだろう。

「でもすぐ忘れますよね……」

直江は「そうだよ」とうなずいた。

うれしかった。たとえ気休めだとしても、そういってほしかった。

ふと思い出して、訊いてみた。

「直江さん、人事配属のときじゃなくて、入社面接のときの俺を覚えていますか？」

「ああ、大体ね」と、直江はうなずく。

「あのとき、カノープスの話題で話が通じ合ったんです。もしそれがなくても、俺は採用されていましたか？　あれが採用の決め手でしたか？」

直江は困ったように「難しい質問だ」と頭をかいた。

「決め手だったかどうかはわからない。印象がよくなったのは事実かな。でも」

直江は微笑みつつ、宙を見上げた。

「結局自分がどうなるかはわからないから、与えられたポジションで力を発揮するため努力するしかないよ。目黒くんはそれができる人だとは思った。今の仕事が本意でも不本意でも、必ずあるだろう一瞬の充実感を繋いでいくしかないよね。ちっぽけな人生を送ってきた、僕みたいな人間の真理だよ」

人事部長にまで上りつめた人なのに、つくづく謙虚である。

そしてその後で直江がつぶやいた言葉に、これからも大地は、いや誰もが、頭を悩ませるのだろう。

「人生、何が起こるかはわからない……まいっちゃうよ。そんなの当たり前すぎるって」

大地は小さく息を吐いた。

納得のいく答えは、世界中どこを探してもないとわかっているからだ。

直江は窓の外の空に目をやった。

「カノープスか、いい星だよね。たいせつなのは、そばにある光をこぼさずに受け止める気持ち……かな。それでもなお、僕たちは互いに、その人の人生のほんの一面しか見られない。だから少しだけでも、自分からは見えなくなった先のことに思いを馳せてもいいのかもね。人よりはわかっているつもりなんだ。自分がここにいるのに、まるで相手にされないというつらさは。僕が人事という仕事に導かれたのは、それがあったからかもしれない」

直江がここまで自分の考えを話すのは珍しい。過去に何かあったのだろうか。

だが直江は照れくさそうに、「まっ、おせっかいかな」と、人のよさそうな笑みを浮かべ、頭をかくだけだった。

「おせっかいじゃないですよ。俺も直江さんを見習って、これからも努力を重ねていきます。お互いすぐに見えなくなるから、人は繋がりを求めていくのです」

思わず告げていた。そうあってほしいという願いもあった。

「その心意気でいこう」と、直江は優しく微笑んだ。

うなずく大地だったが、その拍子に、直江が手に持ったスマホに目が行った。蛍光灯が数珠ストラップの光沢を際立たせている。

そして気づいた。よく見るとストラップは、珠（たま）と勾玉（まがたま）が交互に紐（ひも）に通されている。珠だけではなかったのだ。

「昇進試験はいけそうですか？　直江さんのこと、応援してますよ。早く統括部長になった直江さんを見たいです。御利益でも何でも、合格すればいいんです」

直江は大地がストラップを見たことに気づいたらしい。

なぜか照れくさそうにスマホを掲げた。

「違うんだよ、これ。願掛けとかパワーストーンとか、全然そういうものじゃないんだ」

「どういうことですか？」

直江はスマホを操作し、こちらに画面を見せた。

「中学生のときに読んで以来、僕はこの作品のとりこでね」

大地は知らなかったが、『百億の昼と千億の夜』という小説だった。

「中でも阿修羅王というキャラは僕のヒーローでさ。何があっても負けない、どんな強大な敵にも立ち向かうんだ。それで漫画版の阿修羅王がこれなんだけど——」

直江は別の画面を大地に向けた。

青い髪で、刀を手に持ったキャラだった。胸の膨らみから女性だとわかるが、どこか中性的な雰囲気もある。大きな瞳が力強い意志を感じさせる。

そして首には、珠と勾玉が交互に配置された首飾りをかけていた。それは直江のストラップとそっくりだった。

直江は目尻に皺を寄せた。

「ということさ。今でいう推しってやつだね。推しグッズは肌身離さず持っていたいよね。昔は小説と漫画の二冊をいつもカバンに入れていたんだけど、今はそれが電子書籍とストラップになったわけだ。作中ではこの首飾り、瑜珞や瓔珞といわれているけどね」

直江はうれしそうに、ストラップを指で弾いた。

「まさか何十年も阿修羅王を身近に置くなんて、あの頃は思いもしなかったよ。でも意外にそんなものかもね。単純だろ？　阿修羅王がいなかったら、僕は人生のどこかでつまずいてたかな。それはわからないけど、少なくとも今の僕は、自分に負けてきたつもりはないし、まだまだ終わらないよ」

そういって直江は、親指を上げてウインクをした。

「直江さん……」

屈託のない表情に、大地も勇気を得た気がした。直江が上司でよかったと思った。

2

そこに紗理奈と流星が入ってきた。二人とも焦った様子だ。

「よかった、心配かけないでよ……」

紗理奈が倒れ込むようにして手を繋いでくる。

「ごめんな」

泣いている紗理奈の背中を叩いた。紗理奈の後ろで、流星は立ったままだ。

「流星、来てくれてありがとうな」

そのときだった。

流星の顔が赤くなり、口が歪んだ。そして肩を震わせる。

やがてその目から、大粒の涙を流し始めた。

うつむき涙を拭いている。泣いている流星を見るのはいつぶりだろう。

心配してくれたのだ。そして無事な父親を見て安心してくれたのだ。

「流星、もっとこっち来てくれ」

大きくうなずき、流星がベッド脇にやってくる。

手を伸ばして、紗理奈と流星を抱き寄せる。

「二人とも、本当ごめんな」

三人で互いの体温を感じ合った。涙が流れて声がうまく出ない。
「俺たちは家族じゃないか。だから何かあったら、支え合って生きていくんだ」
当たり前すぎて、伝えられていなかった。
直江が静かに席を立ち、部屋を出ていく。
たいせつなものを今この手に抱えている。
何があってもこの二人を守るのだ。あらためて胸に誓った。

インタールード Ⅱ

その日も真一は、電車に乗って帰宅の途についていた。

「駅で非常停止を告げるボタンが押されました。いったん停車します」

駅と駅の間で電車は止まった。ふと顔を上げる。

疲れた顔ぶれの社会人たち。真一もその中の一人なのだ。

でもその疲れた顔の後ろに、それぞれの人生がある。

昇進試験が目前に迫っているが、今日事業部長に相談してだいぶ手応えを感じた。あとはいつも通りの力を発揮し、面談でとちらなければ、今度こそ大丈夫なはずだ。

初老のくたびれたサラリーマン。

その内心が静かな熱意で燃えていることは、誰も知らない。

目線を上げると、今月の小説の新刊広告があった。

遠い昔、一度だけ会ったことのある作家の新刊がラインナップされている。あの頃は新人作家だったこの人も、今やベテラン作家だ。

そういえば昔、小説家だった。

思い出すと不思議な気分になる。

中本ファクトリーに派遣社員として勤めているとき、小説家を続けることを諦めた。そこで出会った長谷川も、今や管理職だ。今はだいぶ働きやすい会社になったらしい。そのときの縁で、中本ファクトリーはアディショナルの大切な取引先にもなっている。長谷川とは旧友のような間柄だ。

そのアディショナルに入社してすぐ、知佳と結婚し翔太が生まれた。あわただしい毎日を過ごすうちに、小説に対する熱意は消えた。そうしているうちに二人目、三人目が生まれた。忙しすぎる毎日が、この歳までずっと続いている。

——やすやすと環境の変化に流され、夢を諦めた。

そういわれても間違いではない。選択だらけの人生だ、自分で決めているつもりでも、さまざまな要因に流されているのだろう。かつての情熱もそんなものだった。

だがずっと、人生も折り返した今に至るまでなお、真一は充実し続けている。

窓の外は新興住宅地で、マンションが何棟も並んでいる。

その間にひときわ輝く星を見つけたところ、車内にアナウンスが流れた。

「大変お待たせいたしました。間もなく電車が動きます——」

よかった。ほっとため息をついた。

この間、友人に教えてもらった。

あるサイトで、消えたミステリ作家特集がアップされていたそうだ。一、二作出版してそれきりの作家を、意地悪な目線で紹介しているらしい。

林十夢はそこに、名前すら挙がっていなかったそうだ。

——消えたとは、ひどいなあ。

情けないやら、恥ずかしいやらで苦笑する。

林十夢は消えたが、直江真一は消えない。

今は今で、あの頃と違う夢を見ているのだ。夢見る頃の憂鬱の果てに。

夢を追い続けても、離れても、見えるものはある。

離れるつらさは痛いほどわかる。それでも今、離れたからこそ見えている輝きがある。その輝きを誇らしく思えるまで、時間はかかったが。

カバンからスマホを取り出した。

阿修羅王を思って付けたストラップを眺めて、静かに微笑む。まだまだ人生の先は長い。

ふとした拍子に、誰もが誰かの下から消えていく。

目黒がいっていた。だから人と人は繋がっていく、繋がりを求めていくのだと。

それは未来の自分にも当てはまるのだ。今の自分を未来の自分へ繋ぐこともできる。

かくして人生には、『もしかしたら』が溢れている。

自身の行く末に驚ける幸せが、きっと誰の下にも訪れる。

電車が揺れて、運転が再開した。星はすぐに見えなくなった。

見えなくなっただけで、消えてはいない。

また別の誰かが、あの星を眺めるのだろう。

——それにしても、星のことなんてまったく知らないのにな。

二十年以上前、人生最後に書いた小説のタイトルを思い出した。ただのボツ作品だし、原稿もデータもどこかに行ってしまった。

その作品の執筆中に、カノープスという星を知った。

結局何の形にもならなかった作品だが、執筆過程でカノープスを知れたことは大きな財産だと思っている。

人と人とが織りなす世界は、各々の輝く瞬間で成り立っている。互いにその繰り返しで、誰もが誰かに輝きを見せている。仕事や趣味、友人関係。人と人との関わりは、互いが互いの輝きを観測するようなものだ。

そんな真一が書いたのは、光に触れる人々の物語だった。

夢のような期待のままに、淡い想像をした。

誰の下にも光が寄り添っている。誰もが光に誘われ、光を追いかけて生きている。

そして誰かと出会い、誰かと別れていく。

いつかは別れゆくのなら、たくさんの背中を見送るのなら、つかの間の出会いを、どれだけ強く受け止められるだろう。

いや、きっと出会いとは、どれだけ強く受け止めても足りないくらいの出来事なのだろう。

全部がいい。これからの出会い全部が、輝いてくれたらいい。

そんな祈り——そう、それはたかが祈りでしかない——をイメージして、真一はタイトルを付けた。

かつて書いた小説のタイトル。それは——。

『まだ出会っていないあなたへ』。

Ⅲ

家族三人で、久しぶりに川越を訪れた。

瀬那の実家に行き、両親に来未の元気な姿を見せた後、川越市駅前のコンビニに寄った。かつて瀬那がアルバイトをしていた店だ。

店内に入ると、トゥルーシズの新曲が流れていた。長い下積みの末のブレイクというドラマ性も込みで、最近話題のバンドとなっている。何が起こるかわからないのは、笑えるくらい誰にでも平等だ。

レジにはちょうど、店長と利根川がいた。結婚して辞めて以来だから、三年ぶりか。店長は変わらないが、利根川は髪の色が暗くなって大人っぽくなっている。

「いらっしゃいませ」と、店に入ってきた瀬那に顔を向けたら、すぐに気付いたようだ。

店長は目を大きく開き、利根川は「梢ちゃん！」と店中に響き渡る声で叫んだ。相変わらず元気がいい。「もう梢さんじゃないよ」と、店長が指摘する。

仕事の邪魔にならないように、二人に近況を伝えているときに気付いた。

利根川の名札には『副店長』の文字がある。持ち前の明るさでお店に貢献し続けてきたのだ、意外ではなかった。瀬那も随分助けてもらったものだ。

店内を見回す。懐かしさを胸一杯に吸い込んだ。

そのとき、店内に小学生の四人組が駆け込んできた。

「ほら、売ってるよー」

レジ前にある、漫画のキャラクターが描かれたカードが目当てのようだ。カードの前でわいわいとはしゃいでいる。瀬那がアルバイトをしていたときも、小学生から高校生までカード目当てのお客さんは大勢いたので懐かしい光景だった。

その様を眺めていて、瀬那は気付いた。そのうちの一人に、見覚えがあった。

──あれは、昭之くん？

子どもの三年間は大きい。背が伸びたので一瞬わからなかった。

昭之のことはずっと心の片隅に残っていた。だが友達とはしゃぐ様を見ていると、楽しくしているように見える。真実を知ることはできないが、どうかそうであってほしい。

瀬那の視線に気付いたのか、昭之も瀬那の方を向き、二人の目が合った。

だが昭之は瀬那のことを覚えていないのか、すぐに視線をそらして、また友達と大盛り上がりで話し始めた。

実家にもコンビニにも挨拶を済ませ、再び車に乗り、帰りの道中となった。

初めはエンジン音に物足りなさがあったものの、今のハイトワゴンの広々とした車内もお気に入りだ。ポルシェは売り払い、家族用の車に買い替えていた。

瀬那と来未は後部座席に座ったが、疲れていたのか、来未はすぐに眠ってしまった。かわいい寝顔を夕陽(ゆうひ)がつつむ。

「来未、明日はキャンプに行きたいって」

「おいおい、この間行ったばかりじゃないか。疲れちゃうよ」

「来未の説得はお父さんに任せたよ」

「まいったなあ」と、悟は弱ったように笑った。

「あっという間に楽しい場所になったね。あのあたり」

瀬那の言葉に、「そうだな」と悟はうなずいた。

三人で行ったキャンプ場は、かつて悟と瀬那が自殺を試みた場所の近くにあった。

楽しい思い出で塗り替えたい。この地に染みついた死に場所という印象を消し去りたい。

そう思って、来未を連れてキャンプに行った。

たった一度のキャンプで、あの場所の印象は大きく変わった。もうネガティブな印象はない。

瀬那はスマホを取り出し、キャンプではしゃぐ三人の写真を眺めた。

その後で気付いた。そういえばこのスマホには、まだツイッターが入っている。

——もう見ないし消しちゃおうか。

ふと思った瀬那は、すぐさまアカウントもアプリも消した。もっと大事な場所ができたからだ。

来未は寝ているから、真面目で込み入った話ができる。悟は瀬那に訊いた。

「それよりどうだった? 今日は」

「楽しかった。お父さんとお母さんも喜んでたし、店長たちにも久しぶりに会えたし。本当あのとき——死ななくてよかった」

「俺もよかった。ごめんな、間違ってたよ」

「今さらだよ。私だって悟が誘ってくれて助かったし、失敗して吹っ切れたし」

眠っているとはいえ、来未のそばで自殺なんて言葉を使いたくなくて、あえて避ける。

「それに今は、パパが頑張ってくれてるおかげで幸せに暮らせているし。もしあのときのことに借りを感じているのなら、悟はとっくにそれを、何倍にもして返してくれているよ」

なぜなら悟のいった通り、あのときが人生が変わる瞬間だった。

時間が経って、間違いなくそういえる。

「……ありがとう。そういや、腕の傷大丈夫そう？」

「うん、もうほとんど消えた」

バックミラーに、瀬那は手首を映した。来未が「かわいそう」と何度も気にするようになったので、リストカットの痕を美容外科で消したのだ。

悟は苦笑するようにいった。

「あらためて思うけど、こんな出会いから結婚するのも珍しいな」

瀬那は窓の外を見ながら返す。

「結婚に限らず、他人の人生なんてほんの一部しか見られないいんじゃないかな。誰にだって隠れたドラマはあるよ」

「傍から見たら俺たち、どう思われているんだろう。この間イベントで会った目黒いるだろ？あいつも俺に嫉妬していたみたいだけど、そんなさ——」

そのとき、信号待ちで車が止まった。

悟の言葉も途切れた。エンジン音だけが車内に響く。

「そんな俺たち、かっこいいものでもないんだけどなあ」

悟は後ろを向くと、後部座席に手を伸ばし、瀬那と来未の頭を順にそっと撫でた。優しい目をしていた。

信号が青になり、悟はあわてて前を向く。再び車は走り出した。

スマホの画面に夕陽があたった。より強い光に照らされて、画面は見えなくなった。だからしまった。

悟にはああ告げたものの、瀬那自身も感じていた。

——死にたがり同士で巡り合った、私たちの出会い。

間抜けで情けない出会いだったのか、無様(ぶざま)な傷のなめ合いだったのか、甘ったれた共依存だったのか。

引きこもり、死にたがり、イメプ要員、コンビニ店員、娘、妻、母。一体どれが本物の瀬那なのか。

どうでもいい。くだらない問いかけだ。

どれも自分の一面なのだろう。光の終わりが見えないように、緩やかな境界で分かれているだけだ。

かといって、私は私だなんて声高に叫べるほど、自分に自信もない。

今の私には、たいせつな存在がいる。だから今が正解に違いない。

乱暴に結論付けた。たとえそのことに不安や疲れを覚えたとしても、他に何ができるというのだろう。

スマホが照らした一瞬の光。それでは見通しは悪く、だから明日に脅（おび）えながら、今がずっと続けばいいと祈ることしかできなかった。

だが光が瞬時に視界を照らすように、実は多くの選択肢も照らしていたのだ。

そして今こうして家族がいる。こんな未来になるなんて、あの頃は思いもしなかった。

描きもしなかった出会いが、これから続く夢になることもあるらしい。

悟と来未に出会えた幸せを噛みしめている。

——たぶん今まで諦めてきたことがたくさんあるから、これからは。

運転をする悟を見て、横ですこやかに眠る来未を見て。

ずっと寄り添い合って生きていこうね。瀬那はそう思った。

I

大地は家族と一緒に、天体観測をするため世田谷（せたがや）区の砧（きぬた）公園へやってきた。

今は冬。広々とした夜の公園は、乾いた風が吹いて寒い。

紗理奈も流星も初めはしぶっていたが、ありがたいことに付き合ってくれた。駐車場に停めてきたセレナの後部座席には、今日流星に買ったグローブが置いてある。

公園には、他にも天体観測をしている人がいる。

一人で大がかりな望遠鏡をのぞいている人や、目視で夜空を眺めている人など、観測スタイルはさまざまだ。

大地も車の荷室から望遠鏡を出した。

「流星、手伝ってくれよ」

二人で組み立てる。紗理奈は地面にマットを広げる。

空にレンズを向けて立つ望遠鏡はどこかロボットめいていて、遊び心を誘う。流星も満足げに望遠鏡のボディに触れている。のぞいてみると、いい具合に月が見られた。

「流星、見てみな」

レンズから目を離して流星を促した。

流星は興味深そうにレンズをのぞき込んだ。口元に微笑を浮かべている。よく見ると、手に大地の星座図鑑を持っていた。少しは興味を持ってくれたのだろうか。父親が長年使ってきたものを息子が手にしている。あたたかな気分になる。

大地も夜空を見上げた。澄んだ冬の空に星々が瞬いている。

流星が「あっ」と声をあげ、一度レンズから目を離す。そして肉眼で空を見上げて指を差した。

「オリオン座があったよ。でもあれ、砂時計みたいだね」

流星の何気ない言葉に、ハッとした。

八重樫がいっていた。純を面接した際、カバンに砂時計のキーホルダーが付いていたと。あれは砂時計ではなく——オリオン座をかたどったキーホルダーだったのではないか。

流星に、オリオン座にまつわる雑学を一つ伝えた。

「砂時計か。確かに似ているな。でもオリオン座の別名は――鼓星(つづみぼし)っていうんだよ」

――つづみ。

面接が得意な母親からお守りをもらうことを純は拒んだ。照れくささが勝ったのだろう。だがそれでも母親の気持ちをありがたく思い、鼓星の別名を持つオリオン座のキーホルダーを付けたのかもしれない。

本人に確認できないことがもどかしい。本当は違う理由かもしれないし、八重樫のいった通り砂時計だったのかもしれない。理由や感情をどんなに推し測ったところで、真実はわからない。

キーホルダーのことを告げたら、つづみは余計悲しんでしまうかもしれない。

だがこれは、純が残した思いの欠片(かけら)かもしれないのだ。

だから必ず、つづみに伝えようと思った。

これまで出会った、多くの人々を思い出す。

生きることは、星々を繋いで星座を形作ることに似ている。

誰もがそれぞれ輝いている。それを繋ぐと、一つの意味ある形ができあがる。星の輝き方は千差万別だ。ひときわ輝く一等星から、ぼんやりと輝く六等星まであるだろう。たまたま雲に隠れていたり、木々やビルに隠れていて、場所をずらしてようやく見える星もあるだろう。

もし生きることが星座を作ることなら、そんな一見見逃しそうな星も、掬(すく)い取って星座の形を成す星の一つにしたい。それこそ、たとえ星座なんか見えなくても。

――自分ならできるかもしれない。光を集めては星座を作ってばかりの、子どもみたいな自分なら。

内心で苦笑しつつ、そう思った。

消えたかと思いきやまた輝き、天に広がる四季折々の光の大伽藍(だいがらん)。刹那に抗うように、いつでも空には星座がある。

星を見ていると、壮大な時間の流れに触れた気になる。

それは同時に、人の生きる短さを知ることにもなるのだ。

そして人と人は繋がっていく。それはつまり今を大事にすること。未来を思うこと。

それぞれの出会いが愛しく光る。人と人との無限の繋がりに可能性を感じる。

短く儚い関わりなのかもしれない。そしてこれは家族にもいえる——。

以前に比べて、流星は話に乗ってきてくれるようになった。

だが今よりもっと近い関係になりたい。父親の大地はわがままを思う。

流星に替わり、紗理奈が望遠鏡をのぞいていた。

「あの三つの星が有名よね」

中央に並ぶミンタカ、アルニラム、アルニタクの三つ星を見つけたようだ。

望遠鏡から目を離すと、ふと紗理奈がいった。

「仲良く寄り添って、家族みたい」

流星と目が合った。

流星はすぐに目をそらすと、「また見たい」と、紗理奈をどかして望遠鏡をのぞき始めた。

照れくさくて顔を隠したのがばればれだ。

――俺たちがあの三つ星なら、誰と繋いでオリオン座を形作れるだろうか。

頭の中で人を挙げたらきりがなかった。何て幸せなことだろうか。大地の家族は、たいせつな存在に囲まれて生きている。

そしてこれからも、たくさんの出会いがあるのだ。

目をつむった。眼の奥が少しだけツンとした。

かすかな不安は期待に覆われて消えた。

――なあ、流星。

いいかけて口をつぐんだ。きょとんとされそうだからだ。

お父さんにとって、お前は生きる意味なんだ。

お前が覚えていなくても、お父さんはお前の言葉、仕草、表情の一瞬一瞬を覚えている。それぐらいたいせつな存在だ。

流星がしあわせであるように。悲しい思いをすることがないように。

それだけを祈っている。

そしていつかは、両親よりもたいせつな相手を見つけてほしい。

その姿を見せて、どうかお父さんを寂しくさせてくれ。

もう一度大地は、夜空を見上げた。

だがすぐに視線を戻し、望遠鏡をのぞく流星の笑みを眺めていた。

横の紗理奈も、同じように流星に優しい目を向けている。大地の視線に気付いた紗理奈は、こちらを向くと照れくさそうに笑った。

二人で視線を流星に戻した。
一瞬も逃したくなくて、ずっと眺めていた。

エピローグ

1

スナックアオバはもう目前というところで、青葉の足が止まった。

サッと、電柱に身を隠す。

店を出てきたスーツ姿の男性を追って店主も出てきた。まるでドラマのようだ。

夜も更けて、雪はやんでいた。うっすらと積もった雪が、店から漏れる明かりで輝いている。

男性が足繁く店に通っているのを、青葉は目撃していた。そして以前に男性が店を出た後で、店先に出てこっそり背中を見送る店主の姿も見ていた。

どこかでずっと気にはなっていた。こんな自分が家に戻れるとは思わないが、元気かどうかぐらいは知りたかった。

——よかったじゃないか、いい人見つかって。それにしても驚いたな。自分でスナックを始めるなんてな。

店名が『アオバ』であるうえに、スタンド看板の上に飾ってあるのは——青いキャンディボール。すぐにわかった。青葉はいつもあのボールで遊んでいた。

青葉がここ、埼玉県越谷市で暮らしていたのも、だいぶ前の話だ。

幼かった青葉がやくざになるほどの時間が経った。

それならば母親の茜にとっても、大きな変化が訪れるほどの時間が経っているのだ。

男性と茜は店の前で向かい合っていた。

静かに、言葉少なに思いを交わしている。

何を話しているかはわからないが、恋する母親を目の当たりにするのはいじらしい。

2

青葉の幼い記憶にはいつも、母親ともう一人の人物がいた。

住んでいたアパートの隣の部屋に、水岡つづみという初老の女性が一人暮らししていた。茜も青葉も『おばさん』と呼んでいた。

仕事が忙しい母親に代わって、つづみは何かと青葉の面倒を見てくれた。母親が二人いたようなものだった。

洋服のボタンが取れたら付けてくれたり、病気のときは医者に連れていってくれたり、生活の全般を見てもらっていた。

日々の食事についても世話になっていた。つづみは、自分で育てたブルーベリーの実を煮詰めてジャムを作っていた。青葉はそれが好きだったので、今でもコンビニやスーパーではついジャムパンに手を伸ばしてしまう。

ただ幼いながらも、時につづみの表情がかげるのを青葉は感じていた。

一度、茜とつづみと青葉の三人で、東京に出かけたことがある。

そのとき、三人は山手線の外回りと内回りを間違えて乗ってしまい、青葉はもちろん、茜とつづみもそれに気づかなかった。

だが「次は新宿です」のアナウンスで、二人がはっと顔を見合わせた。なぜか表情が青ざめていくのを、青葉は不思議そうに見ていた。

そして新宿駅に着いたときだった、つづみは目を閉じ、体を震わせ始めた。その目に涙がにじんでいった。

「どうしたの？」

青葉は訊いた。いつも笑顔で優しかったおばさんの姿に、胸が苦しくなったのを覚えている。

だがつづみは「大丈夫だよ」と青葉の頭をなでた。茜もつづみの肩に手を置いていた。つづみは新宿駅に、つらい思い出があったのかもしれない。

うっすらとしか覚えていないが、青葉がもっと小さいときにも、印象的な記憶がある。

トラック事故の現場で、つづみは座り込んで泣きじゃくっていた。

母親はつづみを抱き締め、青葉は絵を渡した。自分と母親、そしておばさんの三人を描いた絵だった。おばさんはその絵をずっと家に飾っていた。

あの日に何があったのかは、結局最後まで訊けなかった。

つづみは青葉が小学校六年生のとき、病気でこの世を去っている。

最後まで明るかったが、病室で日に日に痩せていくつづみを見て、ひょっとしてという予感はあった。

——青葉ちゃん。おばさんはお母さんと青葉ちゃんに会えて幸せだったよ。

力ない声で頭を撫でてくれた手は細くて小さくて、つづみは死んでしまうのだと実感した。毎夜、布団を被って泣いていた。

つづみは青葉のことを『青葉ちゃん』と呼び、青葉にもそれがうつり、幼稚園くらいまで自分で自分を『青葉ちゃん』と呼んでいた。

そしてつづみは亡くなった。うっすら笑みを浮かべた亡骸を見て、ああ、僕とお母さんのことを思い出してくれているのかな、と考えたのを覚えている。

つづみはいなくなり、青葉は中学生になった。

反抗期もあったのか、母親との仲は急激に険悪になった。

今でも青葉は後悔していることがある。

聞き分けの悪い青葉に対して、ある日母親がこういった。

「おばさんが今の青葉を見たら、どう思うか。悲しい気持ちになるよ」

それに対して、売り言葉に買い言葉でこう返した。

「赤の他人のことなんて関係ないだろ」

涙目の母親に、青葉は頰を強くひっぱたかれた。

嚙み合わない親子関係が続き、青葉は徐々に夜遊びをするようになった。

高校は一ヵ月で中退し、たまり場となっていた先輩の部屋に寝泊まりすることが増え、やがて家に帰らなくなった。それが今でも続いている。悪い繫がりができ、組の構成員になっていた。

環境で人はたやすく変わる。三人で手を取り合って暮らしていたあの頃は、記憶の彼方に消えていった。

ずっと心残りだったのは、何もいわずに消えたことである。

どうせならぶん殴って、「もう帰ってこない」の一言でも吐き捨てていった方が、母親も諦めがついたのではないか。たまにそう思う。

昔のことを急に思い出すようになったのも、たまたまこの一帯に組が頭を突っ込むことになったのと、何よりも朝倉ひより、太一の姉弟が昔の自分と重なったからだった。

茜は水商売で生計を立てており、家を留守にしている時間が長かった。

青葉はつづみがいたからよかったものの、もしそうではなかったら。

親が戻らない夜の長さは、よくわかっていた。

3

青葉はだだっ広い駐車場に戻った。弱々しい街灯の光が、周囲をわずかに照らす。

今さら調子がよすぎるように思えてきた。母親には母親の人生があるのだ。

失踪した息子がクリスマスに帰ってくるなんて、できすぎた話で逆に恥ずかしい。いや、できすぎた話でさえない。失踪した息子はやくざになって、悪事を繰り返しているのだ。

クリスマスに息子が帰ってくるサプライズを――なんて、お気楽に考えていた。

だが自分は、招かれざる客ではないか――。

意気地がない自分を隠すように、ポケットから取り出したキーのリングに指を通し、くるくると回した。

カローラに戻りドアを開けると、助手席に置いておいた雪だるまが形を失い始めていた。仕方ないとはいえ残念だ。

そのとき、気付いた。

雪だるまの中に何かが入っている。

雪を避けて、白い雪の中に紛れた水色のそれを取り出した。

それは――サイダーの飴玉だった。

「あいつら……」と、思わず笑みがこぼれる。姉弟がこっそり忍ばせたのだ。

手に取ったそれを顔に近付けた。

ケーキのサプライズに、向こうもしっかりとしたサプライズで返してきた。

朝倉家の三人の顔が思い浮かんだ。これからの人生が幸せであることを心から願う。

ふと水色の飴玉と、青いキャンディボールが重なった。

青葉にとっては、どちらも家族を思い出すものだ。

そういえばあのボールも、クリスマスにサンタからもらったものだった。「よかったね」と、母親から頭をなでられた記憶がある。

こみあげる思いに、もう一度車の外に出た。

「お母さん、真っ暗な中をソリに乗って、サンタさんは寂しくないの?」

あるクリスマスの日、そう尋ねたら、母親は笑って返した。

「寂しいかもね。だからサンタさんを待っているお家の灯りを目指してやってくるんだよ。青葉ちゃんの喜んでいる顔も楽しみにしているんだよ」

やっぱりサンタさんはいるんだ。寂しがり屋なのにたくさんの家を回ってえらいんだ。当時の青葉はそう思った。

真っ暗な空を見上げた。星は見えない。

暗い空に星の幻影を見出し、一人の人物を思い出した。

茜とつづみの知り合いに、目黒という男性がいた。星が好きな男性で、青葉も小さい頃、よく星の話をしてもらった。おおいぬ座の尻尾を構成する三角形は、静岡の焼津地方で『納豆箱』と面白い呼ばれ方をすることも、目黒に教えてもらった雑学である。

ハッと我に返る。まるで決断を先延ばしするように、別のことを考えていた。

今までを振り返れば、多くの人を思い出せる。

その中でとりわけ色濃く脳裏に現れるのは、結局家族になってしまうようだ。

——やはり顔ぐらいは出していこう。

寂しさを覚えている自分をごまかすように、口の端を上げて余裕の表情を作ってみた。

冷たい風に乗ってきた喧騒が、かすかに耳をかすめた。

気持ちの赴くまま、ゆっくりと足を踏み出す。

思えばずっと光を求めていた。外に漏れる家庭の光。同時に聞こえる楽しそうな声。心が落ち着くのを感じていた。

ずっとこの胸に灯る光があった。自分がいちばんわかっていたはずだ。なぜ思いのままに追いかけなかったのか。

淡い光を目指す。朝倉家を訪ね、スナックアオバを訪ね、光から光へと辿って走って、青葉はまるでサンタだった。

だが肝心なときにプレゼントはない。「ガキじゃないんだから」とつぶやきながら、飴玉一つをポケットに入れた。少しでもサンタを気取りたい。赤い服も着ていないのに。

幼かった青葉は、いつからサンタが来ないのを受け入れていただろう。いつサンタがいないことを知ったのだろう。

今この瞬間、サンタを信じたふりをしてみる。

幼い記憶に後押しされて再びスナックアオバへ向かう青葉は、完全に無防備な状況だった。

その青葉を、車の陰から睨みつける男がいた。

吐息は荒く、その目は血走っている。大犬だった。

大犬は上着の内ポケットからナイフを取り出した。強く握りすぎて手の甲に血管が浮き出ている。その手が震えるため、しっかりと腰に固定している。

そして大犬は、勢いよく陰から飛び出した。

青葉は気付かない。その顔はわずかに微笑んでいる。

何度も宙を見上げては、ため息とともに視線を下ろし歩いている。

そんな青葉の耳に、強く踏み込むような足音が入ってきた。

ハッと振り返ると、大犬が目前に迫っていた。

青葉が大きく目を開く。歯を食いしばった大犬の形相。

二人はぶつかり合った。

ナイフが青葉の腹部に突き刺さる。街灯にぼんやり照らされ、鈍く光っていた。

荒く臭い息を吐きながら、耳元で大犬がささやいた。

「あんたの命取ればな、玉置さんが幹部に薦めてくれるってさ。俺は上に登りたいんだよ。ったく、朝倉のアパートのところで刺そうと思っていたら、ガキどもとはしゃいでいてチャンスなかったじゃねーか。おかげでこんなところまで追ってくる羽目になったよ。何だよ、この間中華料理屋でキレたのは、あんたがママを狙っていただけじゃねーか」

そんなんじゃねーよ、あれは俺の母親だ。説明する気力もなかった。

「まあいいや。すんませんせん倉科さん、大変お世話になりましたし、今までお疲れさまでした。雪が本降りになる前に帰ってください、帰れるものならね。それじゃお先です、俺は帰って彼女とケーキ食べます。やったぜ、今日は最高のクリスマスだ！　まっかなおはーなーのートナカイさーんはー」

汚い声で上機嫌に歌いながら、大犬は逃げていった。


燃えるように熱い腹部をさわると、手にべっとりと、赤黒い血液が付く。

「……ふざけんなよ」

ひとり言のようにつぶやく。

——大馬鹿野郎が。そんなの、玉置の嘘に決まってるだろ。

意識が遠くなり、その場にくずおれていく。

あお向けに倒れた青葉の腹部には、ナイフが刺さったままだ。

朦朧とした意識の中、空に向かって手を伸ばした。血が腕を伝い落ちていく。

胸部から噴く血が、青葉の身体を赤く染めていった。まるでサンタクロースの赤い服のようだ。

また雪が降り出していた。

「母ちゃん、俺は元気だよ」

うわごとのように放たれた思いは、夜の闇に溶けて誰にも届かない。

雪が降ってくる先に星は見えない。誰も青葉を照らさない。

母親は、いつから青葉がいないことを受け入れたのだろう。

何年も音信不通だったのだ、母親の日常から青葉はとうに消えたはずだ。もし今日再会しなかったとしても、母親にとっては変わらない日常が続くだけ。

——だから、これからだよな。

懐かしい光景が脳裏に流れていく。

誕生日ケーキにはしゃぐ青葉を、左右からつづみと茜が挟んで、ハッピーバースデーの曲を歌ってくれたこと。茜に「高い高い」と抱き上げられてはしゃぐ青葉を、つづみも横で手を叩いて喜んでくれたこと。痩せこけたつづみを見舞って病室を出た途端、茜が青葉に泣きついてきたこと。つづみの葬式の後、涙をこらえながら、「元気出しなよ」と茜を励ましたこと。

「今まであげられなかった分、これからたくさんのプレゼントをするよ。だから――」

サンタのように光を求めれば、その先にたいせつな人がいる。きっとまた会える。

それを思い上がりで終わらせたくなかった。だから生きたい。まだ死ねない。

だがそれは、声にはならなかった。

頬に熱いものが流れる。涙だった。泣くのはいつぶりだろう。

――泣いちゃ駄目だよって、いつも母ちゃんにいわれていたのに。

青葉の目に空が映る。

しんしんと雪が降ってくる。体が熱っぽい。だるくて力も出ない。

涙の跡に落ちる雪が、ひんやりとして心地よい――。

ポケットから飴玉を取り出す。それを掲げた。

かすかに微笑むと、青葉は静かに目を閉じた。

4

夕方、開店準備の合間に、茜はカウンターに座っていた。

やはり今日は、どうしても落ち着かない。

下校中の子どもたちがはしゃぐ声がする。やわらかい日差しに賑やかな声が、茜をほんの一時だけ、心地よい気分にさせる。

この間、店から少し歩いたところにある駐車場で殺人事件があった。チンピラ同士のもつれ合いで、片方が刺し殺されたらしい。身近でそんな物騒なことがあるのだと驚いた。

——迷惑な話ね。別の場所でやってほしいわ。

自分とは関係ない世界の話だ。加害者にはもちろん、亡くなった被害者にも同情できなかった。

つづみが亡くなり、青葉も家を出ていってしまい、静かな日々が続いていた。

時の流れる速さには驚くばかりだ。

そんな中、思いがけず訪れた伊地知からの誘い——。

迷うのは青葉のせいだった。

——こんな泣き虫だと、青葉ちゃんに笑われそう。

青葉のことを思い出すと自然と涙が溢れるのは、ずっと変わらない。

青葉は今、どこで何をしているだろう。

——やっぱり毎日思い出すよ。人に迷惑かけていないといいけど。生活はできているのかな。笑って暮らせているのかな。二十五歳なんて、まだまだお母さんからしたら子どもだよ。いくつになっても子どもは子ども。

窓の外に目を向ける。空はどこまでも繋がっている。

この店で出している料理の多くは、つづみから習ったものだ。

特に焼きうどんは、つづみの故郷で生産されている特別な醤油を使うことで、他の店には真似できない味の深みを出すことに成功している。

カウンターの椅子に置いた円座に目をやった。裁縫が得意なつづみに教えてもらい、茜が自作したものだった。つづみは手提げバッグのようなものも簡単に作ってしまうので、円座ぐらいはお手のものだった。

インテリアで置いた楽器の中に、鼓がある。これだけは他のものとは別の意味で置いてある特別なものだった。つづみがそばにいてくれる気がして、元気をもらえるのだ。

このように、この店の端々には、つづみが生きた証が残っている。

あのとき、純を失ったつづみだったが、茜や青葉と交流することで、少しは元気を取り戻すのに役立てたのではないかと思っている。

いつかの青葉の誕生日だった。

ケーキでお祝いした後、茜は青葉に告げた。

「青葉ちゃん、おばさんにもありがとうっていわないと」

青葉はひょこりと頭を下げ、「いつもありがとう」と元気よくいった。

するとつづみは、優しい目をして首を横に振り、「ありがとうをいうのはこっちだよ」と、青葉を抱き締めるのだった。

死去する数日前のつづみの言葉は、今も頭に焼き付いている。つづみはすでに覚悟を決めていた。

「親より先に死ぬなんて親不孝だよ。でもあっちに純がいると思うと、少し死ぬのが怖くなくなる。まったく遅い親孝行だよね。私は茜ちゃんと青葉ちゃんに会えて、本当に楽しかった。純が死んで、もう一生楽しいことはないと思っていたけど、そんなことなかったよ。ありがとう、ありがとう――」

つづみの言葉はずっと茜の力になっている。その言葉を思い出すだけで、自分も、そしてどこかにいる青葉も、幸せに生きていける気がする。

純の死はつらい出来事だったけど、それを機に知り合ったアディショナルの目黒とも、気が付けば長い付き合いだ。出会った頃の役職は課長だったが、今や統括部長という、ずっと上の役職になろうとしている。かつての目黒の上司である直江も就いた役職だ。

もっともこの店では、ずいぶん前から目黒の呼び名は『部長』である。

なぜなら目黒の息子の流星も、客として訪れるからだ。大人になった流星は、子どもっぽいからと下の名前で呼ばれるのを嫌がり、仕方なくここでは『目黒くん』と呼ぶことになった。

流星は早くに結婚しており子どももいる。初めて会ったときは制服姿だったのが、今はスーツを着て、反抗期の息子との付き合い方に悩んでいるのだから感慨深い。

父親と一緒に来ることもあり、二人でカウンターに座っているのを見ると不思議な気分になる。

時代を越えた繋がりといえるだろう。

かつての楽しかったことも悲しかったことも、今に繋がり、今を彩っている。

茜は壁の時計に目をやった。

そろそろ、飛行機の出発する時間だった。

空港へは行かなかった。

いつか青葉が帰ってくるのでは。それを考えたら行けなかった。

「伊地知さん、ごめんなさい。そしてありがとう」

想いに応えられない申し訳なさから、握った両手を額に置き目を閉じた。

——いけない、そろそろ準備をしないとね。

茜は立ち上がると、カウンター内にある引き出しを開けた。

かつて青葉が描いた、つづみと茜、青葉の三人が並んだ絵が入っている。この絵を見ると、温かな気分とともに胸が切なくなる。

いつもはそんなことないのだが、引き出しの取っ手を握る手が震えていた。伊地知の誘いを断り立ち止まることを選んだのは自分なのに、どこかに不安はあり、だからこそ余計に寂しく思う。

思いを追いやるように、引き出しを閉じた。

もう一度、自分と青葉の人生が交わる日が、きっとやってくる。

茜はその日が来るまで、この店を守り、たくましく生きていくつもりだ。

胸の奥、切なさの向こうにある希望が気分を軽くする。

窓へ寄り、空を見上げた。

誰の下にも等しく、夕陽がだいだい色の帳を降ろす。間もなく住宅街の屋根の向こうに沈むが、また日は昇る。そんな風に明日の光を思えることを、希望と呼ぶのだろう。

そのとき、店内にある立て看板のキャンディボールに日が当たり光った。まるでどこかにいる青葉が、照らしてくれたかのようだった。

茜はふっと微笑み、キャンディボールに触れた。そしてもう一度、空を見上げた。

「青葉ちゃん、元気にしていてね。いつでも帰っておいで。家族はずっと家族だよ。そう思えるだけでも、お母さんは幸せだよ。今の青葉ちゃんに出会えるのが楽しみだよ」
声に出していってみた。
あの空の下、どこかにいるはずの青葉に向けて。

参考文献

野尻抱彰『星と伝説』中央公論新社
野尻抱彰『星三百六十五夜　春・夏／秋・冬』中央公論新社
光瀬龍『百億の昼と千億の夜』ＫＡＤＯＫＡＷＡ
萩尾望都（著）・光瀬龍（原作）『百億の昼と千億の夜　完全版』河出書房新社

※本書は書き下ろしです。
この物語はフィクションです。実在するいかなる個人、団体、場所等とも一切関係ありません。

柾木政宗（まさき　まさむね）

1981年、埼玉県川越市生まれ。ワセダミステリクラブ出身。2017年『NO推理、NO探偵?』で「メフィスト」座談会を侃々諤々たる議論の渦に叩き込み、第53回メフィスト賞を受賞しデビューを果たす。著書に『朝比奈うさぎの謎解き錬愛術』『ネタバレ厳禁症候群　～So signs can't be missed!～』『困ったときは再起動しましょう　社内ヘルプデスク・蜜石莉名の事件チケット』がある。

まだ出会（であ）っていないあなたへ

二〇二三年一月三十日　第一刷発行

著者　柾木政宗（まさきまさむね）
発行者　鈴木章一
発行所　株式会社講談社
〒一一二-八〇〇一　東京都文京区音羽二-一二-二一
電話　出版　〇三-五三九五-三五〇六
販売　〇三-五三九五-五八一七
業務　〇三-五三九五-三六一五
本文データ制作　講談社デジタル製作
印刷所　株式会社KPSプロダクツ
製本所　株式会社国宝社

定価はカバーに表示してあります。
落丁本・乱丁本は購入書店名を明記のうえ、小社業務宛にお送りください。
送料小社負担にてお取り替えいたします。
なお、この本についてのお問い合わせは、文芸第三出版部宛にお願いいたします。

ISBN 978-4-06-530407-5　N.D.C.913 383p 19cm